長編官能サスペンス

背徳の祝祭

南里征典

祥伝社文庫

『結婚劇場』改題

目次

1　深夜の訪問者

1

（気のせいかな……？）

はじめは、そう思った。

しかし、ドアをノックする音はたしかに聞こえたのである。

出雲龍太郎《いずもりゅうたろう》は、今まさに結合したばかりの萩原千亜紀《はぎわらちあき》の乳房に埋めていた顔をあげ、

「ちょっと、タイム。誰か来たようだよ」

そう言って離れようとした。すると、

「いや。離れちゃ、いやだ」

千亜紀が身をよじって、抱きしめてくる。

「こんな時間、誰も来るはずないわよ」

ドアをノックする音は、どうやら千亜紀には聞こえなかったようである。

それもそのはず、千亜紀は濡れあふれたカトリーヌに龍太郎の男性自身を深く受け入れ、見事なプロポーションの両下肢をしっかりと男の太腿に巻きつけて、さてこれから……という姿勢で、昂《たか》まりの声を洩《も》らしていたところである。

しかし、龍太郎はノックの音が気になって、いまいちノリが悪い。

「ねえ、どうしたのよう。いらっしゃいよ」

千亜紀はじれったそうに、腰をくねらせる。

当年二十三歳の花のOLである。のみならず、出雲龍太郎が勤める結婚情報企業「東京ブライダル・アカデミー社」のモデル兼キャンペーン・ガールも兼ねているのであった。

「ねえ、ほらったらあ」

千亜紀が腰を持ちあげて催促《さいそく》した時、トントン、と二度目のノックの音が響いた。

「ね、聞こえただろう」

龍太郎が降りかかると、

「いや、いや。降りるなんて、いやよ」

千亜紀は激しく首を振る。

「蛇《へび》の生殺しなんて、あたし、絶対にいやよ」

「しかし、表に誰か来てるんだぜ。ほっといたら、まずいよ」

「気のせいよ。こんな時間、龍太郎さんの部屋を訪ねてくる人なんかいるはずないわ」

「じゃ、ちょっとだけ見てくるから」

「ああーん、しようがないわねえ」

千亜紀はようやく諦《あきら》めて足をほどく気になったようだが、

「じゃ、ちょっとだけよ」

「うん、すぐ戻るよ」

「抜く前に、あと一突きだけ、して」

「あと一突きすれば、いいのかね」

「ええ、それで許して、我慢してあげるわ。このまま敵前逃亡されるなんて、私、いやだもの」

「それもそうだね」

出雲龍太郎の男性自身は、並みはずれた豪根である。反対に、千亜紀のカトリーヌは兎《うさぎ》の蜜口のように可憐《かれん》で小さい。したがって、龍太郎が腰をふるっておねだりされたあと一突きを、カウンターパンチ気味にぐんと打ち込むと、

「ああーッ」

千亜紀は華やかな乱れ声をあげ、目をまわしたような至福の顔になった。

しかし、運命は非情だ。その時、三度目のノックの音が響いたのである。

「はーい、ただ今」

出雲龍太郎は今度こそ、萩原千亜紀との結合を解いて、女体から降りようとした。

すると、千亜紀が、

「ねえ、もう少し、お願い」

龍太郎にしがみついて、離れようとしない。

「あと一突きだけでいいというから、やってあげたはずだよ」

「でも、いやよ、まだ蛇の生殺しだわ」

千亜紀はそう言って離すまいとして、結合している部分の膣肉を、きゅっと締めた。

その途端、膣内の通路に深く呑《の》みこまれていた龍太郎のタフボーイに、環のような膣内筋の締めつけが加わって、彼は思わず呻《うめ》き声をあげ、

「おおう、気をつけてくれよ。きみのは名器なんだぞ。抜けなくなったら、困るじゃないか。気をつけて締めてほしいな」

「龍太郎さんが離れるなんて言うからよ」

「しかし、表に誰か人が来ているんだぜ。会員の相談者かもしれない。このまま居留守を使って、ほっといたら、ちょっと、やばいよ」

二人が今、ベッドインしている部屋は、都内の一流ホテルの一室である。

六月上旬のその日、出雲龍太郎が指導課長をする結婚情報企業「東京ブライダル・アカデミー社」主催の宿泊付お見合いパーティーと結婚セミナーを開催したあと、それぞれが割当ての部屋に引きとって、もう二時間になる。

龍太郎と千亜紀とは一年前からのオフィスラブの関係なので、久々の機会に二人は寸暇を惜しんで愛し合っているところだった。

ところで、龍太郎が気になったのは、ドアをノックする表の訪問者がホテル従業員などではなく、カウンセリングを求める会員の相談者だったら、と思ったからである。

しかし千亜紀は、ほっとけばいい、と言い張る。

「もう夜の十一時よ。こんな時間に男の人の部屋を訪ねるほうが非常識よ」

「きみもその非常識なうちの一人じゃないか」

「あら、龍太郎さんが呼んだくせに」

「それは、ま、どっちでもいいからさあ。ちょっと表を確かめてくるよ」

「いいわ。じゃ、最後にあと一回だけ」

「今度も突くのかね」

「いいえ、今度は〈の〉の字を書いて欲しいわ」

「のの字を書いたら、離してくれるのかね」

「ええ、離すわ」

「こう……かね」

龍太郎は、腰で「の」の字を書いた。

「ああン……響くわ」

千亜紀が悩ましい声をあげた時、

――ピロンポローン。

と、今度はいよいよ、室内に本格的にチャイムが鳴り響いた。

ドアをノックする音と違って、さすがに、部屋で大きく鳴り響くチャイムの音に、千亜紀も根負けしたようである。

「やっぱり誰か人が来ているみたいね。早く行ってらっしゃい」

出雲龍太郎はそこでやっと解放されて、バスタオルを巻きながらドアをあけに行った。

「今、あけます」

ドアチェーンをつけたまま。

「どなた?」

細目に扉をあけた。

外に立っている人物の顔を見た瞬間、出雲龍太郎はあっと、驚きの声をあげた。

「これは……会長!」

会長といっても、むくつけき老紳士ではない。

当年三十二歳の、水もしたたるマドンナ会長、若林槇子《わかばやしまきこ》であった。若林槇子は、龍太郎の上司である。上司も上司、龍太郎が勤める結婚情報企業「東京ブライダル・アカデミー社」に出資している親会社、城東化学の女会長なのであった。

城東化学は一部上場の大手化粧品会社だが、最近では化粧品だけではなく、化学調味料から家庭用品、女性の生理用品、ランジェリー、ファッションから女性マンションの開発まで、幅広い総合戦略をとっている。

五年前、空前の結婚難にあえぐ現代の未婚男女のために、コンピューターによる結婚情報会社を設立したのは、もとより悩める未婚男女を救おうという情熱からではあるが、それ以外にも、対象とする若い男女の、大型コンピューターによる膨大な個人情報の収集処理によるさまざまなマーケット戦略や、生涯管理のメリットを考えてのことであった。

その城東化学の最高責任者であるマドンナ会長が、不意打ちにドアの外に立っていたので、龍太郎はいささか驚いて、声を失ったのである。

「どうしたの？　そんなに驚いて」

美貌と知性を誇るマドンナ会長は、いとも涼しげな眼で、龍太郎を睨《にら》んだ。

「はァ……いえ……こんな時間に会長がぼくの部屋をノックされるなんて、予想もしませんでしたから」

「入っていい？」

「何か、ご用でしょうか」

「用事があるから来たのよ。そんなに泥棒猫を見るような眼で見ないで」

「い……いえ……けっしてそのような眼で見ているわけではございません。しかし、何しろ睡眠中だったものですから少々、お待ちください」

龍太郎は、ドアチェーンをかけていたことを天に感謝しながら、着替えるから少し待ってください、と言ってドアを閉めた。

そうして大急ぎでベッドにとって返すと、まだ掛布団の中で身体を熱くして待っていた裸の牝猫、千亜紀に耳打ちをした。

「おいきみ、大変なことが起きた。うちの会長が見えたんだ。頼む、浴室かクロゼットに隠れてくれないか」

三突き半されたばかりの千亜紀は、ふくれっつらをしていたが、若林会長と聞いて、

「ええっ、それは大変」

社内情事はたてまえ上ご法度《はっと》なので、千亜紀は恐慌をきたしてベッドから飛び降り、グラマーな裸身をバスタオルに包みながら大急ぎで浴室に隠れた。

「お待たせしました」

出雲龍太郎はやれやれと一息つき、ドアをあけにいって、外に待たせていた城東化学のマドンナ会長、若林槙子を丁重に部屋に通した。

「ずい分、ドアをあけるのに時間がかかったのね。それに出雲くん、着替えると言ってたけどキミ、まだバスタオル一枚じゃないの」

「は……はい。会長をあまり待たせるのも、どうかと思いまして」

「私のために気を遣《つか》ってくれたのね。ありがとう。ホント、キミってすてきな身体してるわ」

槙子は通りすがりに、惚れ惚れと龍太郎の胸板をひと撫でしてから部屋の中まで歩いたが、ふっと室内の空気に気づき、何かを悟ったように、部屋の中央で立ち止まった。

「出雲くん、キミ……」

立ち止まって、くるりと振りむき、小鼻をぴくつかせて、女の匂いを嗅《か》いでいた。

「い……いいえ。ぼくは今まで一人で静かに、ベッドでやすんでいたのでありまして」

龍太郎はあわてて言った。

「隠しても駄目よ。ランバンのコロンに、フェミニンシャンプーの匂い。それに女のあそこの匂いも少し混じっているわ……」

「会長、女のあそこの匂いというのは、どのようなところなのでございましょうか」

「あそこって、あそこのことよ。何度ノックしても開けないと思ったら、キミ、女を引き込んでよからぬことをしていたんじゃないの？」

「い、いえ……けっして、そのようなことは」

「どうだか。検査してあげます。出雲くん、そのバスタオルを取ってごらんなさい」

「は、はい。しかし……」

出雲龍太郎はどぎまぎした。

身体にはバスタオルを一枚、腰に巻きつけているだけだが、不肖《ふしょう》の息子は訪問者をわきまえずに、まだ先刻のまま雄々《おお》しくいきりたっていたからである。

「どうして取らないの？　恥ずかしいの？　それとも、情事のさなかだったことがばれるのが恐ろしいの？」

「いえ……しかし……バスタオルを取ると、ぼくは一糸《いっし》まとわぬ裸になります」

「えーえ、そのとおりよ。私はあなたを裸にして検査してあげたいのよ」

「しかし、ぼくが裸になっているというのに、会長は赤いシルクのドレススーツで盛装なさっている。それでは何だか、きわめて不平等だという気がいたしますが」

槙子は、今夜の自社主催のお見合いパーティーとセミナー後のレセプションのため、真紅のシルクのドレススーツを着ていた。

「不平等ではいけませんか？」

「はい。人間は一切、差別や不平等があってはいけないと思います」

「ああ、それもそうね。じゃ、こういうふうにしたらいいの？」

槙子は両手を背中のファスナーに回した。ファスナーをしゅっと引くと、赤いシルクの布地が背中でぱっくりと割れて、そこから女会長の見事な裸身が現われたのであった。

「どう、これなら」

若林槙子は、はなはだ城東化学のマドンナ会長らしくない振る舞いに及んだ。布地が背中で割れると、シェイプアップされたプロポーションのいい肢体が、黒色の薄いスリップに包まれて現われた。

つづいて槙子の肩から、赤いドレススーツがすべり落ちた。槙子は小さく蹲《しゃが》んで、足許《もと》に輪のようにたまったドレススーツの布きれから、足を抜いた。

出雲龍太郎は、その白い大きなヒップを眺めて、ごくりと生唾《なまつば》をのんだ。

槇子は黒色のランジェリーで、統一していた。黒いレースの透け透《す》けスリップは、その下に弾《はず》む肉感をきわだたせて、男の欲望をひどくそそるものだ。

槇子はそれからスリップもブラも取ると、最後に、お義理程度に秘所を隠していた小さな、黒いレースのスキャンティーを取ってしまって、まっすぐに立った。

「どう？　こういうふうだと、出雲くんと平等になったんじゃないの？」

週三のフィットネスクラブ通いと、エステティックで磨《みが》いたプロポーションが、今、龍太郎の眼前に現われたのであった。

城東化学傘下《さんか》の会社は多いが、その頂点にたつマドンナ会長の一糸まとわぬ裸身を見た社員は、おそらく他にいないに違いない。

「出雲くん、そんなにそわそわしないで、遠慮なく私をしっかり見ていいのよ」

槇子はそこに立ったまま、腰に両手をあてると、モデルのように身体をくるりと一回転させた。

彼女が止まった時、茂みがわさっと揺れて、止まった。そこはかなり黒艶《くろつや》があって、濃かった。歩きだした時、艶のある茂みが盛りあがるような動きをみせて、ひどくそそった。

龍太郎はごくりと生唾をのんで、金縛りにあったように動けないのだ。今、何か言わなければならない、と思うのだが、言葉にならないのである。

2

そうするうちにも近づいてきたマドンナ会長は、

「私もこうして脱いだんだから、今度は出雲くんがそのバスタオルを取る番よ」

彼女は検査をする、と言った当初の目的を少しも忘れてはいないのである。

「し……しかし……」

「キミが自分で取る勇気がないのなら、私が取ってあげるわ」

槙子の手がすっと動いてバスタオルをむしり取ると、雲から出《い》ずる龍のごとき出雲龍太郎のタフボーイが、ふてぶてしくしなりを打って、揺らぎながら現われた。

「あらあ、すてきだこと」

マドンナ会長は、ホーッと熱い吐息を洩らして、切なそうにしなりを握った。

「まあ、すてきだわ」

若林槙子がそう言って、眼を輝かし、ホーッと熱い吐息を洩らしたのは、自分でバスタオルをむしった出雲龍太郎の股間のものが、並みの男性のその部分を圧するほど凛然《りんぜん》たる男性の尊厳を備えていたからであった。

「キミって、ほんと……噂どおりね。すてきよ」

マドンナ会長は龍太郎の首に腕を回して抱きつき、もう一方の手で切なそうに、しなりを打って揺らぐものを握った。

握っただけではなく、若鮎《あゆ》のように美しい指先は、タフボーイの形状をなぞってゆく。

「まあ、出雲の神様って、こういうふうになっているのね。雄々しく高射角で、雁首《かりくび》が張っているわ。先端から真珠のお露が洩れていて……こういう太いので子宮を突かれたら、女はたいてい、いちころでイキそう。いかせ屋龍太郎だなんて、ホント、噂どおりじゃないの」

若林槇子はそう言った。

「は、はい。そのようにおほめにあずかると、光栄でございます」

出雲龍太郎は、かしこまって答えた。

出雲龍太郎は結婚情報会社「東京ブライダル・アカデミー社」では、出雲の神様といわれるほど、婚姻するカップルを作る名人である。会員同士の男女を見て成婚率NO・1の組み合わせを作る天才的コーディネーターであり、またそのタフボーイの立派さから、いかせ屋龍ちゃんと か、いかせ屋龍太郎と呼ばれている。

親会社のマドンナ会長、若林槇子の耳にまで、そのような勇名と蛮名がとどろいていたとするなら、もって瞑《めい》すべしである。

しかし、何しろ相手は女会長。この局面、どうしたらいいのかと、ふだんのいかせ屋龍太郎にもあるまじき狼狽《ろうばい》ぶりである。

「あらあ、変よ。キミのって、何だか根っこまでぬるぬるしているわね」

槇子は気づいて、変な顔をした。

そうして改めて検査するように、顔をタフボーイに近づけ、くんくんと匂いを嗅いだ。

「それに、女のあそこの匂いもたしかに混じってるわ。出雲くん、やっぱりキミ、先刻までやってたんじゃないの？　この部屋のどこかに、女が隠れているんじゃないの？」

「い、いえ。けっしてそのようなことはございません！」

出雲龍太郎は躍起《やっき》になって、否定した。

（千亜紀、見つかるなよ。物音をたてるなよ。しっかり隠れていろよ）

心の中で、必死でそう念じている。

「そうね。ホテルの部屋には押し入れはないし、誰も隠れてるはずなんかないわよね」

槇子は安心したらしく、

「お近づきのしるしに、キスしてくれる？」

今度は眼を閉じて顔を上むけ、キスをねだった。

龍太郎は遠慮がちに背中に腕を回し、唇を合わせた。軽い、そよぐような接吻《せっぷん》がいつのまにか濃厚なものとなり、

「ね、出雲くん。二人で立ってても、何だか変よ。そこに横になりましょうよ」

女会長、槇子は、そう言ってベッドに誘うのであった。

「ね、わたしをベッドに運んで」

槇子が耳許で囁《ささや》いた。

龍太郎は槇子の熱い裸身を抱いて、ベッドに運んで、そっと押し伏せる。

もうこの段階になったら、相手がマドンナ会長であろうと誰であろうと、ひるんではおれない、と考える。もし槇子の意向にそぐわなかったら、女に恥をかかせるわけだから、どのような仕打ちを受けるかわからない。出雲の神様、いかせ屋龍太郎としては、この際、マドンナ会長を

しっかり舞いあがらせるまで、励むしかないようであった。

唇を合わせながら、ゆっくりと乳房を揉む。槙子の乳房は寝ていても裾《すそ》崩れを見せず、高い標高を保《たも》っていた。その標高の頂点を掌《てのひら》の中央部分に押し包み、円周を描いたり、下から上へマッサージするうち、掌の中にこりっと、苺《いちご》が硬くなるのがわかった。

「ああ……出雲クン……キミってずい分ね」

槙子は満足そうな吐息を洩らした。

龍太郎はひとしきり、固締まりの姿のいい乳房を裾野から押しあげるようにしてサービスしたあと、乳首を吸いにいった。

「ああ……、いやいや。そこ、とても弱いの」

槙子は身体をよじり、泣きそうな声で言う。舌でピンクの乳首を掘り起こし、薙《な》ぎ伏せるようにすると、槙子はすすり泣くような声を出しはじめて、力一杯、龍太郎のタフボーイを握りしめてくる。

「恐れ入りますが、会長」

「え？　なァに？」

「あまり力一杯、握られますと不肖の息子が痛いと申しております」

恐縮しながら具申する。

「あ……そうだったわね。ごめんなさーい」

槙子は、手を離した。

「ね、私のが今、どんなふうだか触ってみて」

龍太郎の右手は、槙子によって下腹部の濃い毛むらの下に、導かれた。

槙子は潤沢《じゅんたく》な体質のようであった。まだお互い、スキンシップを始めて間もない、というのに、女芯はもう潤《うる》み尽くしていた。

沼のほとりを散歩していた指は、ひとりでにぬかるみにはまって、沈んでゆく。

「ああン……」

槙子の白い喉《のど》が反《そ》った。

「ねえそこ、みっともないことになっているでしょ？」

みっともないことというのは、濡れあふれた状態を指しているようである。

「いいえ。会長のカトリーヌ嬢はとても健康で、多感でいらっしゃいます」

「そう。そう言ってくれると、嬉《うれ》しいわ」

槙子は頰を寄せてきて、鼻を鳴らした。

城東化学の会長らしくもない従順さである。女はしかるべき場所を触れられると気持ちが落着いて、優しい気分になるのかもしれない。

龍太郎は勇気百倍で、指を励ました。クレバスの内側に躍《おど》り込んで割れ目をくつろがせたり、出没させたり、勝手放題に耕《たがや》し始める。

「ああ、とてもいいわ」

槙子はうっとりと言う。

腰をゆらめかせていた。

「龍太郎クン、キミの指って、噂どおりのゴールドフィンガーだわ」

「いいえ、そんなではございません。会長のカトリーヌ嬢がとてもすてきなお具合なのですよ」

槇子はもう潤み尽くしていたから、龍太郎の指はその中で泳ぐ感じでさえあった。

そうやって、奔放《ほんぽう》に腰をゆらめかせる槇子を抱いて愛撫を見舞っているうち、龍太郎はふっと、このマドンナ会長の立場について考えてみた。

はなはだ、きのどくで、微妙である。

若林槇子は、城東化学の創業社長、若林弥平太《やへいた》の一人娘である。先代社長亡きあと、その父に仕えていた社長室秘書と結婚し、その夫の慎一郎《しんいちろう》を社長に据えて、自分は若き女性会長に収まり、傘下《さんか》二十一社の女帝として院政を敷いているのであった。

だから、夫の慎一郎に対してもあまり遠慮をしなくていいのかもしれない。その自由な立場はわからないではないが、しかしそのマドンナ会長がこのように性的にも自由奔放な気風の旗手であるとは、龍太郎は想像もしていなかったのである。

それならいっそ、この自由の旗手の女会長のカトリーヌを、表敬訪問してみようかと、龍太郎は考えた。

頃合いをみて指を抜き、姿勢をずらして、両下肢をぱっと分けて女の宇宙に顔を近づけようとした瞬間、

「あ……いやいや」

さすがにびっくりして、槇子は恥ずかしそうに身をよじった。

「龍太郎クン、そ……それだけはやめて」

「しかし会長は先ほど、ぼくを検査するかたわら、いかせ屋龍太郎くんの指導を受けたいという

お顔をなさっていました」

「でも……でも……そんなの、花嫁の指導カリキュラムにはいってるはずないわ」

「古代ギリシャの聖典を見ましても、インドの聖典を見ましても、宮殿の花園への表敬訪問は、まず夫がなすべき第一の義務であります」

「そ……そうなの……それなら……いいわ」

マドンナ会長は、すっかり上ずった声であった。

龍太郎は硬《こわ》ばりの解けた両下肢を大きく広げ、花園への侵入を果たした。

女の中心部の、黒毛の下の全景が見えた。

すてきな秘唇であった。

槇子の恥丘はふっくらと高く盛りあがっている。黒々としてやや縮れのつよい、濃くつまったヘアが渦《うず》巻き、そこからコーヒー豆のような香気が漂《ただよ》っていた。

恥骨のふくらみが急角度に落ち込んでいる崖《がけ》っぷちに、赤いクレバスが垂直に裂け、その上部に可愛らしい突起が顔を覗《のぞ》かせていた。

両手を添えてフードをむくと、肉の芽は大きくなった。

龍太郎がそこにキスをすると、あッ……と、槇子の身体は震えた。

「龍太郎クン、すてきよ。電気が走ったわ」

美貌と知性を誇るマドンナ会長、若林槇子も今やすっかり龍太郎の実力支配下にはいり、女の宇宙をもろに明け渡していた。

出雲龍太郎は張り切った。谷間に湧きつづける蜜液を舌ですくいとって、上の真珠にペイント

する。ついでにトロ場を舌先が鞭《むち》のように訪問してすくいあげるたび、

「あーッ」

槇子は大きく女芯を突きだして、悶《もだ》えた。

何度も塗りつけるたび、槇子はいよいよシーツを摑《つか》んで叫び、腰が突きだされ、亀裂がぱっくり正面に現われる按配《あんばい》である。

槇子の女芯は成熟の極《きわ》みで、咲きほころんだ何かの花のように濡れ輝いて、すでにひとりでにゆるみ開き、なかなかの眺めである。

「だめよう。出雲クン、もう……いらっしゃい」

鏡をすべりおちるような声が頭上で響く。

「あたしの中に……ねえ、早くう」

口紅の色が鮮《あざ》やかにうごめき、槇子は熟女らしいことを大胆に言う。

龍太郎はそそられ、訪問することにした。

昂まりきったタフボーイは、やっとスタンバイを解かれて勇躍、女芯を訪れる。

欲しがっていたものが、あふれるものの中へ半ばまで埋め込まれると、槇子は、

「ああっ……」

目をまわしたような顔になって、顎《おとがい》を反らした。

龍太郎はずっぷりと付け根まで埋ずめ込み、ひと休みして、漕《こ》ぎだした。

槇子は敏感である。何度目かの深浅《しんせん》の法を行なううちに、槇子は早くも草原の女豹のように走りはじめて、恍惚《こうこつ》境を漂っている。

その美貌の恍惚フェースを眺めながら、しかし龍太郎はずっと、ベッドから追いたてた千亜紀のことが気になっていた。三十分前、社内情事の相手である萩原千亜紀とベッドインしている時、この女会長の不意打ちの訪問を受け、あわてふためいたのである。

仕方なく千亜紀を浴室に追いたて、隠しておいて女会長を部屋に迎えたところ、どういうわけかやんごとなき状況にたち至り、龍太郎は今、女会長を相手に力戦奮闘しているところだが、追いたてられた千亜紀のほうはいったい、このありさまをどういう思いで盗み見しているのだろうか。

(もうとっくに、ぷりぷり怒って、部屋を出ていったのかもしれない……)

龍太郎はそう思った。

そうであるほうがありがたい、という気がした。

龍太郎がそんなことを考えていると、

「ああッ……出雲クン、そこ、とてもいいわ」

長大な龍太郎のタフボーイが奥壁を突きうがつたび、槙子は弓なりに反って、呻いた。

龍太郎は、弓なりになった腰を抱いて、乳房を吸いにいった。繋《つな》いだままの乳房吸いは女会長をいたく舞いあがらせたようで、ああっと身をよじって、虹の尾根を翔《か》けあがってゆく。

峠《とうげ》は、何度もやって来た。槙子は、得をする女のようである。絶頂と絶頂の時間的間隔が、ひどく短いのである。

何度目かの峠を越えた時、結合したままの姿勢で槙子がパチッと眼をあけ、

「ね、龍太郎クン。お願いがあるんだけど」

「は、何でしょうか」

龍太郎が聞くと、

「途中で悪いんだけど、私のレギュラー体位をリクエストしていいかしら？」

「ああ、レギュラー・スタイルをね。どうぞ」

「あたしね、いつもは女上位なの。夫からはこんなふうに組み敷かれたことなんか、一度もないわ。キミだけ、特別だったのよ」

「はあ、光栄でございます」

「正常位って、ヒップラインがくずれるような気がして、あたし、いやなの」

「正常位ぐらいでヒップラインはくずれはしないでしょうが、お気持ちはわかります。よろしかったら、お好みの形に変えましょうか」

「いいかしら」

「どうぞ、ご遠慮なく」

「じゃ、失礼するわね」

龍太郎が結合を解くと、槙子は男を下にして、流れるような動きで跨《また》がってきた。

位置を決めると、龍太郎のタフボーイを握って、自らの女芯に導く。

ゆっくりと、白い蓋《ふた》をするように、腰を沈めた。

「あうーんっ……」

槙子の白くて細い首が、気持ちよさそうに、上に反った。

龍太郎の雄渾《ゆうこん》なものは、手慣れた動作で濡れあふれた世界へ埋没してゆく。

付け根までしっかり取り込んでからの槇子は、ダイナミックであった。年季がはいっている。見事なプロポーションをふりたてて、腰を躍らせるのだった。

女上位のこの体位は、インドの聖典では「ウットヒタ・ウッターナ」といって、「お好きなように」という意味である。

女会長はまさに今、お好きなように動いているのであった。

そのたびに、滑《なめ》らかな腰のうねりがのたうつ状態になり、黒々とした体毛を割って粘液が龍太郎の毛むらにしたたり落ちた。

龍太郎は槇子のヒップを下から支え、襲いかかる放出衝動と必死で闘っていた。

(危ないな)

と、龍太郎は何度も思った。今にも、発射しそうである。

「会長……あのう……ぼく、爆発しそうですが」

「いやよ。駄目よ。お先に失礼、なんて、ゼッタイに、許しませんからね」

それならと、龍太郎は反撃に移ることにした。

槇子の乳房の円球を双方とも、むぎゅっと両手で摑んで、下からカウンターパンチを連続して打ち込んだ。

「あうっ……あああん、あーっ」

幸い、反撃はてきめんに効果を現わし、槇子のほうが先にヒューズをとばしそうな形勢になった。

槇子は昇りつめてゆく。

もう一息だ、とがんばると、

「ああっ……龍太郎クーン！　どうしてこんなにいいのーっ」

女会長は、とうとうクライマックスを迎えて男の身体に突っ伏し、ヒューズをとばしてしまった。

3

終わって、まどろんでいた。

女会長はいたく満足したようすで、肌にうっすらと汗をかいて横たわっている。

「キミって本当に強いのねぇ」

龍太郎の胸をさすする。

龍太郎はそろそろ、城東化学のマドンナ会長がわざわざ深夜にホテルの一室に忍んできた理由を尋ねなければならないと思った。

「会長、ご用件というのは、何だったのでしょうか」

「あら、情事が目的ではいけないの」

「ぼくには、それだけとはとても思えません」

「私、いかせ屋龍太郎という異名をとる出雲龍太郎クンを、ちょっとばかり、試食してみたかったのよ」

「それは光栄ですが、何かほかにも用事があったように推察されます」

「ピンポーン。――いい勘よ。キミにそこまで見破られているのなら、用件を言うわね」

「おうかがいいたします」

「ひとつはブライダル・アカデミー社のコンピューター・データを、管理課長に委《まか》せず、指導課長のきみにしっかり管理してほしいの」

「はい。それはもう社の財産ですから、充分に気をつけているつもりですが」

龍太郎は、かしこまって答えた。

マドンナ会長が切りだしたコンピューター・データというのは、結婚情報企業「東京ブライダル・アカデミー社」が握っている未婚男女の、さまざまな個人情報のことである。

何しろ、会員は七万五千人いる。過去の会員まで入れると、十万人以上にのぼる。入会時にすべて、一人あたり七千五百項目から一万三千項目にわたる質問要項を記入してもらっているので、当人の職業、趣味、性格、年収、志向、生活状況はもとより、車や旅行や余暇行動、ファッション、食べ物の好み、資産まで、すべて握っている。

その十数万人の未婚男女の詳細なデータは、分析の仕方によっては、現代社会の一断面として、あるいは縮図としてあらゆる産業の商品開発や販売戦略に役立つ重要な基礎データになりうるものであった。

むろん、結婚情報会社が握っているデータは、よりよき相手を見つけるためのデータであって、そのプライバシーは厳重に守られなければならない。しかし、キャッシュレス時代の生涯管理やDMや、若者むけ商品開発など、どのようにも使える貴重な戦略資源という側面もあわせ持っているのである。

そのアカデミー社のコンピューター・データを、親会社の女会長、若林槇子がわざわざ、しっかり管理してくれと頼む理由があるのだろうか。

龍太郎は、疑問に思った。

「会長、何か気になることでも、あるのでしょうか？」

「ええ、ちょっとね。ある業界の集まりで、ブライダル・アカデミー社のデータが外に洩れているのではないかという噂を耳にしたのよ」

「ええッ？　まさか……」

「まさかとは思うけど、そんな噂を聞けば穏《おだ》やかではないでしょ。それで指導課長のキミに、データ管理の徹底をお願いしたいの。あわせて、もし外部に流している人がいれば誰なのか、それとなく気をつけておいてほしいの」

若林槇子はそう頼んだ。

もし、その噂が真実なら、社内にハッカーや産業スパイもどきの不届きな人間がいることになる。

そこで、女会長の若林槇子としては、出雲龍太郎に協力を要請して、社長、副社長、管理課長など、コンピューター・データの保管、分析、操作に携《たずさ》わるすべてのラインの人間を、それとなく監視しておいてくれないか、というのであった。

龍太郎の心境としては、いささか女会長に抱き込まれるような気がしないではない。しかし、もとより、データの流出は防がなければならないし、会員のプライバシーは厳重に守られなければならないのである。

「かしこまりました。これからは充分、社内のデータ管理を、気をつけてみます」

龍太郎は、そう答えた。

「期待してるわ」

女会長はそう言って、ベッドから起きあがった。

「私の用事は、それだけよ。今夜は、とても楽しかったわ。またそのうち、こういう機会を作りたいと思いますから、その節《せつ》はよろしくね」

女会長・槙子は、充《み》ちたりた眼で、にっこりと笑った。

そうでなくても美貌の妖艶な女が、欲求を充たしたあとの濡れ濡れと光る眼で見つめたのだから、美しき女豹のごとく、ぞくっとする。

「はい、かしこまりました。ご一報いただきしだい、いつでも参上いたします」

「楽しみにしてるわ」

——花のマドンナ会長は、それだけを言い残すと、さっさとベッドから降り、全身にコロンをふり撒《ま》き、化粧と衣装を整《ととの》え直すと、もうよそゆきの女会長の顔に戻って、龍太郎の部屋を颯爽《さっそう》と出ていった。

ベッドに一人とり残され、部屋が急に静かになると、龍太郎はにわかに萩原千亜紀のことを思いだして、心配になってきた。

先刻、女会長の訪問と同時に、ベッドを追いだして、浴室に隠れ潜《ひそ》ませたのである。

(千亜紀はもう、ぷりぷり怒って帰ったに違いない)

それならそれでもいいし、正直のところ、そのほうが助かる、ああいう場面は、千亜紀には見せたくなかったな、という気持ちも龍太郎にはあった。

　ともあれ、探すために浴室のほうに歩きかけた時、壁をまがったところで、龍太郎はぎょっとして立ち止まった。

「おいッ、千亜紀！」

　と驚愕の声をあげた。

　そこに千亜紀がカンカンに怒った表情で立っていたのであった。

「もう。嫌い……！」

　千亜紀はそう言って、叫んだ。

「嫌い、嫌い。龍太郎さんなんか、だーい嫌い！」

　千亜紀は浴室に逃げこんだあと、二人の様子を見るために、クロゼットに移って覗いていたらしく、ホテルの浴衣《ゆかた》を着ていたが、眼尻を吊り上げて、ぶっ真似《まね》をした。

　むりもない、と龍太郎は思った。千亜紀の立場としたら不運を絵に描いたようなものであった。

　情事のさなかに訪問者が訪れて、しかもそれが文句を言えない女会長であり、その女会長と龍太郎が懇《ねんご》ろに交わるのを、ひとり指を咥《くわ》えて物陰から盗み見しなければならないなんて、世の中にこんな不幸なＯＬがまたとあろうか。

「ごめん、ごめん」

　龍太郎としては、ここはともかく、平謝りに謝るしかないのである。

「なあ、機嫌を直してくれよ。ぼくのせいじゃないだろう。勘弁してくれよ」

「何さ、マドンナ会長と、あんなにべたべたエッチしちゃって！　私の分も使い果たしてしまったんじゃないの！」

どうやら、千亜紀の怒りの根源がわかったので、龍太郎は急いで抱きしめ、長い接吻をしながら、右手を下腹部へのばした。

「あ……いやいや」

指を這《は》わせると、その部分は激しく吐蜜していた。彼女は覗きを働きながら、嫉妬しつつも、ひどく興奮していたようである。秘唇のあわいを探っただけで、そのまま二指があっけなく呑《の》み込まれてしまうほど、熱い沼になっている。

「い、いやいや……意地悪」

文句を言いながらも、千亜紀は突如、激しい喘ぎを洩らして、しがみついてくる。その熱く濡れそぼった秘肉に包まれて、龍太郎は指を励ましつづけた。

「他人の情事を目撃するなんて、私だって初めての体験よ。それも龍太郎さんと女会長の情事だもの。凄いったら、ありゃしない。見てるだけで私、イキそうだったわ」

龍太郎は千亜紀を抱え、ベッドに押し伏せた。

千亜紀は事実、かなり燃えていたようで、ホテルの浴衣を剝《む》くと肌がほてっていて、乳房は固く張りつめていた。

龍太郎は、つんと突き出たその乳房を吸い込みながら、身体を重ねた。

こういう場合、四の五の言うより、とにもかくにも、逞《たくま》しいものを一発、女の腰の中心部にぶち込んで、繋いでしまうのが勝ちである。

「ね、ナビゲートして」

「覚悟してらっしゃい。……いっぱい、お仕置きしてあげる」

千亜紀は握って、みずからの女芯に、導いた。

濡れあふれてはいたがしかし、豪根のいきなりの挿し込みであった。秘肉は意外に固くひしめいて、押し返してくる。それを突き破る勢いで押し込んでゆくと、突然、広い場所に出てすべりがよくなり、奥に届いた。

「あッ……い、いーッ」

千亜紀はのけぞって恥骨をせりあげ、うねうねと龍太郎をしめつけてきた。

――長い長いお見合いパーティーの夜も、こうして何とか首尾がついたようである。

2

六月の花嫁

1

東京ブライダル・アカデミー社の本社は、東京・新宿《しんじゅく》の超高層ビルの中にある。日本を代表する街の、日本を代表するビルの二十六階にある素晴らしく雰囲気のいいオフィスである。

エレベーターを降りると、

「おはようございます」

感じのいい受付の女性が、にっこりと挨拶をする。萩原千亜紀の同僚で、遙《はるか》ひとみである。ひとみもアカデミー社の受付嬢であると同時に、キャンペーン・ガールともなっていて、いろいろな広告やチャンス・カードにそのにっこり笑った顔が映し出されている。

(あんな爽《さわ》やかな美人に出会えるのなら、おれも早く結婚情報会社に入会しよう)

と、世の独身男性をすぐその気にさせる効果抜群の女である。

「ああ、おはよう」

と言って、指導課長の出雲龍太郎は、悠然《ゆうぜん》と歩いてその奥にある自分の部屋にむかう。

受付の奥にあるドーナツ型のロビーがまた、とてもブライダルチックだ。落ち着いた鳩羽色《はとばいろ》のカーペットが敷かれ、そのサロンふうのロビーは、まるでちょっとした宇宙船の中の豪華なキャビンにでもはいってゆくような気分である。

ロビーを中心として放射状に、八つの相談室がある。それぞれ赤いカーペットが敷かれていて、ヴァージン・ロードと称している。

もちろん、教会結婚式で、まっ白いウエディングドレスを着た花嫁が祝福されて進むあのヴァージン・ロードのイメージであり、訪れる相談者にわくわくするような期待を抱かせる。

出雲龍太郎はその一つの相談室に入った。そこには早くも、一人の女性が坐っていて、恥ずかしそうにうつむいている。

初めて訪れる入会申し込み者はたいてい、恥ずかしそうにしているものである。

その緊張感を解いてやらねばならない。

「いらっしゃい」

出雲龍太郎は笑顔を向けて前に坐った。

訪問者は水色のワンピースを着た二十三、四歳のうつくしい女性だった。細面《ほそおもて》で、ととのった目鼻立ちをしていて、瞳《ひとみ》がくりっと澄んでいる。

「初めてですか?」

「はい、初めてです。わたし、男性が欲しいんです。女性誌の広告を見て、思いきって飛び込んでみました」

相談者は、きわめて率直に言った。

「ああ、男性が欲しいんですね」

「やだ、誤解しないでください。わたし、セックスがしたいんじゃありません。真面目な結婚相手が欲しいんです」

「ええ、それはトーゼン、そうですね。皆さん、よき伴侶《はんりょ》を求めて私どもの東京ブライダル・アカデミー社にお見えになります」

「探せるでしょうか?」

相談者はキラキラ光るひたむきな瞳を向けた。

「大丈夫ですよ。委《まか》せてください」

そう言ってから、龍太郎はきいた。

「まずお名前をお聞かせください」

相談者は林田恵子《はやしだけいこ》、二十三歳、会社員と名のった。

「広告を見てお見えになったのなら、申し込みカードを郵送なさってはいませんね?」

「は?」

「こういうものですが」

龍太郎は、チャンス・カードというものを見せた。

東京ブライダル・アカデミー社の会員募集の方法としては、テレビやラジオのスポットも打っているが、主として雑誌や新刊本、文庫本など、あらゆる出版物にはさんでいる結婚チャンス・カードのはがきというものを使う。

簡単な性格テストのアンケートに申し込みの旨《むね》が記入されて送られてくると、東京本社で集計して、分析し、全国五十八カ所にある代理店にカウンセラーから、それぞれ近くの申し込み者に連絡をとるシステムである。

だが、林田恵子はカードを郵送せず、ぶっつけ本番で飛び込んできたようであった。相当、切実な結婚願望があるのかもしれない。

何しろ今は、新・結婚難時代。「未婚率」も「離婚率」も、そして「初婚平均年齢」も日に日に高くなっている。このほど厚生省が発表した「平成元年度人口動態統計」で見ても、首都圏の平均初婚年齢は男二十九・二歳、女二十六・六歳で、平均すれば二十八歳ということになる。

昭和二十五年では、二十三歳だったから、戦後日本が復興してから豊かになるにつれて、かえって晩婚化が進んだわけだ。裏返すと、それだけ結婚にありつけないハイミス、ハイミスターが世にあふれているわけで、とくに適齢期の男は五十五万人も女にあぶれている勘定になる。

女性だって、今は気楽に一人で生きるのがトレンディだといって、海外旅行、不倫、愛人、シングル志向の生活パターンが多いとはいいながら、その実、適齢期を過ぎると必死で相手を探しているケースが多いのが実態である。

林田恵子はデパート勤務だという。見た眼には派手な職場だが、女ばかりの職場なので男と出会う機会が少ないと説明する。

「それでおたくに来ると、すぐにいい男性を紹介してくれると聞きましたので」

「ええ、大丈夫ですよ。必ず探してあげますから、まずこのアンケート用紙にご記入ください」

龍太郎はコンピューターにインプットするデータ記入用紙を差しだした。

「わあ、こんなにたくさん書くんですか？」

「ええ。八千五百項目ありますが、出身地、職業、性格、好みなどみんな簡単に答えられるものばかりです。それに、これはあなたの人間性を物語るものですから、最適の相手を見つけるためにもぜひ必要なものなんです」

「これを書けば必ず見つかるんですね？」

「はい。一週間ごとに一人ずつ見つけだして、男性をご紹介します」

「じゃ、張りきっちゃう!」

恵子は、記入しはじめた。

現在、結婚情報企業というのは、大手だけでも十三社以上ある。いずれもコンピューター情報処理やお見合いパーティーや各種イベントを催《もよお》す近年の新興勢力である。

それに対し、昔からある結婚相談所というものも健闘していて、東京都内だけでも民間業者が二百社ぐらい、公立のものが三十社もある。これに、もう一つの波である銀行系の結婚相談所が、「ダイヤモンドグループ」、「ファミリー・クラブ」など、各銀行系列ごとにふえている。

この中で出雲龍太郎が勤める東京ブライダル・アカデミー社は、コンピューター分析と、日本古来のお見合い、お付き合い方式をミックスした一番、理想的な方法をとっている。

もともとは世界一の結婚情報会社であるドイツの「ユングフラウインターナショナル社」をモデルとしていて、それに日本的な情況や工夫を加えたものである。

このドイツ社は、ハイデルベルク大学の人類学者カール・グスターフ教授を中心として、心理学、社会学、人口統計学など広い分野の学者グループによって開発された結婚分析学のシステムを基本としている。

これは、「古来いわれる男女の、霊感やインスピレーションによる相性というものも、その生《お》い立ちや性格や環境や好みなどのデータをコンピューターにインプットすれば、ある程度、分析して摑《つか》むことができる傾向値と、その相互の出会いのことである」という考え方に立っている。

しかしコンピューター分析だけでは、生の人間像はわからない。そこで第一義的な適合性をコンピューターで科学的に割りだし、その相手をそれぞれに紹介して、あとは未婚男女同士が自由に交際する中で、よりよきパートナーを探しだしてゆこう、というのが出雲たちが編みだした日本的方式である。

林田恵子は、そのデータを記入し終え、

「あのう……心配があるんですが」

「は？」

「ここにはセックスの相性とか経験度合といった質問項目はありませんわね」

「ええ。それは大変、微妙な問題なので一応、省略しております」

龍太郎がそう答えると、

「それじゃ私、心配だわ」

と、恵子は浮かぬ顔をした。

何か気掛かりがありそうだったので事情を聞くと、恵子は職場の上司と不倫の社内情事をしていて、もう三年間も濃密交際をしていたことを打ちあけた。

「その上司とは展望が開けないので、別れました。それで私、急いで結婚したいんです。でも私、セックスがとても好きで週三ぐらい、ベッドインしてましたから、味も深く知ってます。今更、処女ですと嘘はつきたくありません。こんな私でも男性が見つかるでしょうか？」

「ええ、ご心配はご無用。男も女もたいていそれぞれ、何かの過去をもっているもので、できるだけ過去は上手に秘密にするほうがいいですね」

林田恵子は、その過去はお見合いに際しては秘密にしていいと言われて、ほっとした様子であった。

「助かりましたわ。で、いつごろ男性を紹介していただけるのでしょうか?」

出雲龍太郎は会のシステムを説明した。

恵子は初婚女性なのでラベンダーコースで、入会金は二十五万円と格安である。コンピューターによって選び出されたベストパートナーを毎週一人、紹介する。

もし好きになれなかったり、むこうから断わられたりしても、会費を収めた二年間は毎週一人紹介しつづけるので、会員期間中、少なくとも百四人が紹介されることになる。

入会金、即ち会費は、いってみれば、二年間で百人もの異性に出会えるチャンスのために支払う対価である。

しかし、相手がデートに応じてくれなくても、強制することは会員相互にも、会社にもない。デートするかしないかは、あくまでも本人の自由意志である。

「でも、大丈夫ですよ。あなたぐらい容姿にすぐれてらっしゃれば、男はすぐにデートを申し込みます。もし気に入った男性がいたら、しっかり摑んでください。私たちも応援します」

「はい。どんな男性が現われるかを考えると、今から胸がドキドキするわ」

恵子は本当に胸をときめかせているようだった。

「それから、うちは大手銀行や信販と提携していますから、頭金を二割だけ払っていただけると、あとはローンでも結構です」

「助かりますわ」

「じゃ、事務のほうに行って所定の手続きを取ってください。一週間以内に私のほうから電話を入れて最初の男性を紹介しますので、お楽しみに」

「よろしくお願いします」

2

林田恵子が部屋を出て間もなく、白いスーツを着たスレンダーな若い女が入ってきた。

「やあ、いらっしゃい」

訪問者の顔を見てすぐに名前を思いだし、

「おめでとうございます。東田《ひがしだ》さん。もうすぐ、晴れの挙式ですね」

「ええ……それが……」

龍太郎の前に坐った女は、東田珠美《たまみ》といって、二十三歳の清純派ＯＬである。会で紹介した男性と婚約が整い、今月末、軽井沢《かるいざわ》で教会結婚式を挙げることになっていた。

それなのに珠美が浮かぬ顔をしているので、

「どうしました？」

「私、とっても不安なんです。結婚のことを考えると不安で不安で……今のうちに結婚を取りやめようかと思ってるんですが」

「ええっ、中止する……!?　それは大変だ。どうしたんです、一体」

未知の男女をせっかく苦労して結びつけたのに、今さら破談になってはたまらないので、龍太郎はつい叱りつけるように聞いていた。

「不安なんです。結婚が恐ろしいんです」

「はて、困りましたね。どうしてそんなに結婚が恐いんでしょう?」

「わたし、初夜がとても恐いんです」

「初夜が恐いということは、セックスがとても恐いという意味ですか?」

「はあ」

東田珠美は蚊の鳴くような、小さな声で恥ずかしそうに答えた。

「セックスが恐いとは今どき、珍しい方ですね。もしかしたら珠美さんは未経験。それで、セックスが恐い。そうおっしゃるわけですか?」

「は……はい……」

と、珠美はますます恥ずかしそうに俯《うつむ》いた。

ほう、これはますます珍しいじゃないか、と龍太郎は思いながら、

「あなたが結婚式を挙げるまで処女であった、ということは、とても貴重な財産ですよ。少しも恐がったり、恥ずかしがったりすることではありません」

「でも私、恐いものは恐いんです」

「どうしてそんなに男性が恐いんです?」

「あんな痛いこと、私、とてもできません」

「なあに、あれは話にきくほどのことではありません。だれもが通過していることですから」

「でも……私……痛かったんです。もうあんな痛い思いをするのは、いやです。今度もあんなに痛かったら、私、初夜の床から逃げだしそうなんです。そうしますと、成田《なりた》離婚どころではなくなるでしょ」

はて、と龍太郎は首をひねってしまった。花嫁はいささか矛盾したことを、述べているようである。

自分が処女であると言いながら、かたや、痛かったと言っている。

痛かった、ということは、体験したはずである。

それなのに、自分は処女であるという。

「はなはだ、矛盾していますね。珠美さんは、本当に処女なのですか？」

龍太郎は率直に聞いた。こういう場合、その人間の真実を探るのが結婚コーディネーターとしては何よりも必要なことである。

「は……はい」

「本当に一度も体験してはいないんですか？」

「あのう……体験といいますか……ほんの少しだけなら、体験したことがあります。でもあまり痛かったので、途中でやめたんです」

はは一ん、なるほど……ハーフアダルトというわけか、と龍太郎は納得した。

一度、男の子と体験したが、痛くて痛くて途中でやめたので、まだ貫通式を完了しているわけではない、つまり半処女である、というわけであろうか。

なまじ未遂で終わったので、東田珠美においてはそれがかえって恐怖の記憶となって尾を引いているようである。

「情況はおおよそわかりました。しかし、困りましたね。もうすぐウエディングベルが聞けるというのに、今さら破談にするのはもったいないですよ」

龍太郎はそう諭《さと》したが、しかしこういう時、挙式を強行して新婚旅行先で初夜が不調に終わったりすると、それこそ「成田離婚」や「箱崎《はこざき》離婚」になったりするので、慎重を要する。

さてどうしたものかと龍太郎が思案していると、珠美は思い切ったことを提案した。

「ねぇ、教えてください。私、ハーフアダルトなのであと一歩、卒業すると、初夜の床から逃げださなくてすむと思うんです。そのあと一歩を痛くないようにしていただけると、円満な結婚生活に入れると思うんですが」

珠美は円《つぶ》らな瞳を向けて、出雲の神様にその指導をしてほしいというのであった。

「それはいい考えですね。しかし、本当にぼくが指導してかまいませんか」

「ええ、お願いしたいんです。ゆうべ、夢を見ました。夢の中で神のお告げがあって、出雲の神様にヴァージン・ロードを案内してもらいなさいと言われたのです」

なるほど、昔は氏族制社会の中で処女権とか初夜権とかいうものがあって、仲人をつとめる長老や顔役が花嫁の処女を頂戴《ちょうだい》していたものである。それはまた同時に、合理的な性教育の場でもあった。

「そういうことなら、ぼくも出雲の神様。痛くないように卒業させてあげましょうか」

龍太郎は、あたかも職業柄いたしかたないという顔で、しぶしぶ承知することにした。

「わあ、うれしい!」

珠美はうれしそうに両手で顔をはさんだ。

聞くと、東田珠美の挙式は、一週間後に控えており、カナダに新婚旅行に行くための準備などもあるので、一日も早く「卒業」して、安心して挙式を迎えたいのだという。

そういうことなら、善は急げである。

「じゃ、今夜というのは、いかがです？」

「ええ、いいですわ」

たちまち話がまとまって、その夜、龍太郎が予約していた結婚式場の「椿姫殿」の一室に行くと、東田珠美はすでにウエディングドレスを着てベッドに腰かけ、緊張した面持ちで出雲の神様を待っていた。

3

「あのね、珠美さん、固くならなくていいんですからね。全身の力を抜いて楽にすると、痛い思いをしなくてすむんですよ」

龍太郎は珠美を抱き寄せ、初夜教育に取りかかった。

まずキスをする。はじめは固く閉ざされていた珠美の唇がうっすらと開き、龍太郎の舌を受け入れると喘《あえ》ぎながら、ベッドに横たわってゆく。

初夜教育を受けるために、まっ白なウエディングドレスに身を包んだ珠美は、今やベッドに横になって龍太郎の腕の中で桃色吐息。濃密接吻を受けながら、乳房をみっしりと揉まれるたび、しだいに喘ぎ声を洩らすようになった。

「ね、珠美さん。窮屈《きゅうくつ》でしょうから、そろそろ脱ぎましょうよ」

ウエディングドレスは背中にファスナーがあるので、胸を露出することができない。布地の上

からでは豊かな双の乳房の素肌を掌《てのひら》で摑むことができないので、龍太郎がそう言うと、

「いや。もう少しこのままで指導して」

珠美はあくまで、ウエディングドレスでガードすることで、これは儀式のように出雲の神様による初夜教育なのだと、自分に言いきかせているようであった。

それならしばらく純白のジューン・ブライドを楽しもうと、龍太郎は接吻をしながら、下腹部へ手をのばし、ドレスの裾から太腿へと右手をすすめていった。

「ああん……」

パンストをはいていない珠美の肉づきのいい太腿の素肌がむっちりと手に触る。その感触を楽しみながら谷間の奥まですすめてみると、割れ目にくいこんでいるパンティーが指に触れた。

パンティーの布地は湿っていた。というよりは中央の亀裂部分は、ひそやかに濡れている。そのハイレグの布地を片寄せて指を秘唇の中に送り込むと、

「ああ……」

珠美は白い顎《おとがい》を反らせ、声をつまらせた。

それもそのはず、対の花びらのような秘唇は熱く潤んでいて、龍太郎の指はひとりでに沼の中に沈んで、泳ぐ感じになったのである。

(ずい分、感じる花嫁だな。これなら挿入もそう痛くないはずだが、あの話だと処女膜が人一倍、固いのだろうか)

龍太郎はそんなことを考えながら、ラビアを耕し、クリットをつまんだりするうち、

「ああ、困ったわ」

珠美は切なそうに溜息を洩らした。

「何が……？」

「私、とても感じてきちゃったんです」

「それは大変、喜ばしい徴候ですね」

「でも出雲の神様から指導を受けている最中、感じたりするなんて、不謹慎で不真面目で、いけないことじゃないかしら」

「いいえ、そんなことはありません。感じなくっちゃ、嘘ですよ」

「でも花婿に悪い気がするんですけど」

「それは心得違いです。花嫁が痛い思いを克服して無事、卒業し、合わせてみずみずしい性感を獲得しておくことは、花婿にとっても大変喜ばしいことだと思いますよ」

「そうかしら……そうね、きっとそうよ。私、感じていいんだわ」

「はい。大いに気分をだしてください」

「じゃ、脱がして」

珠美は急に、勇敢になった。

純白のウエディングドレスを脱ぐと、恥じらいに輝く見事な裸身が現われた。

花嫁はウエディングドレスを脱いだ瞬間から、素直になった。

それに勇敢でもあった。まっ白い花嫁衣裳を脱ぐと、伸びやかな肢体をベッドの上に惜しげもなく晒《さら》して、横になった。

花嫁はさすがに恥ずかしそうに最初はうつぶせになる。龍太郎はその身体を仰むけにしながら、乳房を吸いにいった。
「ああん……」
花嫁の口からあやしげな声が噴いた。
固く尖《とが》った乳首を口に含んだからである。
敏感そうであった。珠美の乳房はさほど大きくはないが、お椀型にかたちよく盛りあがってい
て、その固締まりの丘の頂点に、信州《しんしゅう》で産される紅玉種のレッドクイーンというブドウの実の
ような、赤い乳首がある。
龍太郎はその乳首を吸ったのであった。口に含んで、舌であやしたり、転がしたりしながら、
かたわら空いている乳房をみっしりと揉んだ。
「ああン……何だか、ぼうーっとしてきちゃったわ」
珠美の声が慄《ふる》えながらも、上ずっている。
いやいやと首が、ひとりでに左右に振られている。首を振るほど彼女は、感じてもいるようで
あった。
ひとしきり、乳房を表敬訪問した後、龍太郎はふたたび右手を股間にのばした。
一度、ボーイフレンドと初体験らしいものをした時、処女貫通が容易でなかったという珠美
は、そのためにまだ未遂で、苦痛を結婚前に克服しておきたいというのだから、できるだけソフ
トに離陸させなければならない。
でも未貫通とはいいながら、秘唇は充分、潤み尽くしていた。ぬるっとする熱い粘膜が、ラビ
アの外まであふれている。

(こういう体質なら、大丈夫だろう)

と、龍太郎はますます自信を持った。

龍太郎は女孔の入り口を揉みほぐし、愛液をクリットにペイントしたりしてくつろがせると、そろそろ中指を挿入させてみた。

「ひーッ」

と、珠美は声を洩らした。

やはり、痛いのだろうか。

それとも、心理的な原因による悲鳴だろうか。

指は濡れあふれるものの中に、ぬっちゃりと、すべり込んでゆく。

しかし、第二関節のあたりまですべり込んだところで、狭隘部《きょうあい》に出会い、何となく進みにくい抵抗を受ける。

ひとつには締めつけられている感じもあるのだが、やはり鈍い膜が通路の前方をふさいでいるようである。

「あ、そこっ……痛い……いやいや……恐ろしい」

恐ろしい、と言って、珠美はずりあがる。

(なるほど、強引にやってはいけないな)

「わかったよ。無理をしないからね。ちょっとそこを見せてごらん」

龍太郎は双脚を開かせようとした。

ところが、珠美はなかなか脚を開こうとはしない。そこを骨が軋《きし》む音をたててもおかしくはないといった激しさで無理に開く。

「ああん……無茶をしないで！」

声は今にも唸《うな》りそうな緊張感をたたえていたが、やっと龍太郎はその双脚を開いた。

（ふーん、なるほど……）

と探究者か聖職者のような難しい顔をして、龍太郎は花嫁の恥ずかしい部分を眺めた。

かなり濃いヘアである。両脇をトリミングしていないのがいい。黒い毛を指で静かに掻《か》き分けてから、まず、花びらに触ってみる。

朝露にびっしょり濡れている花びらが、龍太郎に触られて形をいっそうあらわにしてきた。花びらを指でくつろがせておいてから、花びらの上部に位置する舟形の突起に、指の腹をそっと押しあててみる。

うっすらと濡れて、パール状の光沢《こうたく》をはなつ鮮紅色の肉の突起が、空気に触れて、切なげにふるえている。

「珠美さん、やっぱりここ、触られるの好き？」

「ん」

と、花嫁は答えた。

「そっといじられるの大好き」

「押していいかね」

「ん。そっとよ」

「これぐらいなら？」

「いいわ、とっても」

「これぐらいなら？」

「あッ……ちょっと痛い」

「よしよし。あなたの高感度センサーは充分にして、かつ必要なる発育を遂《と》げていますから、心配しないでください」

珠美の珠は実に美しい。親はいい名前をつけたものだと感心しながら、龍太郎はそこを愛情をこめて愛撫した。

クリトリスを覆っているカバーの部分を、指先で押し分け、ローズピンクのクリットをいやがうえにも、むき出しにする。

「ああっ……恥ずかしいっ」

空気に触れる感覚でわかったのか、珠美はそれをひどく恥ずかしがって、腰をひねってあばれた。あばれたはずみに、女の宇宙の赤いはざまが教会結婚式場の厳《おごそ》かなる灯りの下に、ますます淫靡《いんび》に閃《ひら》めいた。

（これは、ちょうどいい機会だぞ。花嫁教育までに口唇愛の方法も洗礼しておこう）

龍太郎は花嫁の太腿を摑んで、角度をもたせて大きく開く。指で揉みたてられ、すでに充血していた赤いはざまが、咲きほころんだ真夏の濃紅色のベゴニアの花弁を思わせた。

そこに顔を寄せた。

「あッ、何をなさるの」

「これより、神からの祝福のくちづけを授《さず》けておきます」

「いやあっ……そんなあ……クンニなんて恥ずかしいわ」

（おやおや……？）

と、龍太郎は吃驚《びっくり》した。彼はまだクンニリングスなどという用語を一度も使ってはいないのに、珠美はちゃんと知っているではないか。女性誌かビデオの知識のせいだろうか。

花嫁は頭では知っていても、しかしクンニは未体験のようだった。これも学習になるだろうと、龍太郎は強引に花びらに顔を寄せていった。

ぷーんと陰阜《いんぷ》から、野生的な、香ばしい匂いがした。秘唇を舌で吸うと、

「ああん……！」

珠美の腰がなやましげに揺れた。それは恥ずかしがりながらも、恐る恐る、もっとして……と、求めているような揺れ方でもあった。

「ああ、神様……そんな恥ずかしいこと、なさらないでください」

龍太郎は珠美の花唇にくちびるを寄せていった。繁茂《はんも》した若草からいい匂いがする。その下の熱い流れに舌を浸し、ぺろりと舐めあげると、珠美は驚いたような声をあげた。

「うっ……いやだなあ……、そんなことされるの、初めてよ」

「神が教え給《たも》うた洗礼のくちづけです。これからは、いつもここをきれいにしておいて、新郎に愛してもらいなさい」

おごそかに言うと、

「ああん」

生返事が返ってきて、珠美の腰はますます揺れる。

「でも、恥ずかしいわぁ、こんな恰好——」

珠美はともすると、双脚を閉じようとする。まだこういう洗礼には慣れていないようだ。そこでむっちりとした太腿を両手で握って、ぐいと押し広げると、珠美の秘められたクレバスが、ますます谷間からせりだす感じになって、出雲の神様も大変そそられるのである。

そうしておいて、舌をいっそう流れに深く浸してすくうと、あふれる蜜液の中のスプーンとなって、花嫁は谷間からうっすらと牝の匂いを漂わせるのである。

「きれいな色ですよ。珠美さんのって。どこもかしこもパールピンクに輝いている」

「そ……そう……それなら安心したわ。私を貫《つらぬ》き損《そこ》なったボーイフレンドったら、ひどいことを言ったのよ。ニワトリのトサカみたいだと言ったのよ」

「それはひどい。対象を間違っています。ニワトリのトサカみたいだというのは、興奮して内陰唇が充血して勃《た》った時の、熟女の色彩や形状のことですよ」

「ね、そうでしょ。だから私、怒って、文句を言って、突きとばしてやったわ」

「今度の新郎は理解がありますから、けっして、そのような乱暴はなさらないでください」

優しく自信を持たせておいてから、指先で若草を撫でながら、谷間の姫ゆりの芽を探しだし、カバーをむいた。

花嫁はもう何をされても文句を言わなくなった。

真珠は露出し、吸いやすくなった。龍太郎は、その真珠を口に含んで、吸った。

「わぁ……そんなことされると、イッちゃうよう」

（おやおや……？）

龍太郎はまた疑問に思った。花嫁は処女だと言いながら、イッちゃうよう、などという言葉を撒《ま》き散らしている。

これも耳学問だけだろうか。龍太郎は試みに、亀裂から真珠に向かって、思いっきりぺろりと舐めあげてやった。すると、

「あーん」

心地よさそうな声が響いた。イクというほど切迫したものではない。しかし快《こころよ》い波間に漂っている感じである。どうやら花嫁はクンニが大変好きなようであった。

肥大してとろりとしてきた片側の肉の紐《ひも》を口に含むと、花嫁はますます佳境に入って、

「ああ……感じちゃう……そこ、ひどく感じる。うっ、かんにんしてッ」

収拾がつかなくなった様子をみせた。

「もうやめて。お願い。先にすすんでください。神様……そんなことされると癖になっちゃう。病《や》みつきになっちゃう。困るわあ」

龍太郎はそろそろ本格的に、花嫁の通路の中を探ってみることにした。

「指を入れてみますからね。楽にしていてください」

「いいわ。入れてみて」

花嫁はクンニで充分、心身をくつろがされているので、今やすっかり委《まか》せきった表情をしていた。出雲の神様の前に、大きく女体を開いている。

龍太郎はまず手はじめに、人差し指を一本、そっと入れてみた。

吐蜜しているため、女孔はしばらく、なめらかに吸い込んだ。

しかし、それはやはり、最初の時と同じように、第二関節のあたりまでであった。「あ、痛い。出雲さん、そこ、痛いわ」

通路の前方に立ちはだかるような膜があり、そこに指が到着すると、珠美は、痛いと訴える。やはり、構造的に、彼女は処女か、半処女のようである。

龍太郎は指を動かしながら、そのあたりをゆっくりと探ってみた。

半月形の鈍いゴムのような膜が、周囲の壁にかなり顕著に残っていて、通路はそれによって極端に狭《せば》められている。

破られている部分もあるが、それは経血を通す穴であって、厚いびらつきが残っているのである。そのびらつきを指が突破しようとすると、

「あうッ……痛い……やめて」

珠美はそう言って、ずりあがる。

「なるほど、ネックはここだな。珠美さんの情況は、だいたいわかりましたよ」

珠美はやはり、玉虫色のハーフアダルトであった。

女孔の入り口付近は、入れてほしいとうごめいているのに、狭隘部は通すまいとして反抗している。しかも相当な痛がりようなので、一度、挑《いど》んで貫通させ損なった珠美の男友達の苦労と困惑ぶりが目に見えるようであった。

こういう時は、あわててはいけない。どんなに固くても、穴はふさがっているわけではないから、通路は少しずつ慣れさせれば、挿入できるのである。

「大丈夫ですよ。楽にしなさい」

龍太郎は、医者のように言いきかせながら、処置にとりかかった。

指一本で痛がるくらいだから、いきなりタフボーイというわけにはゆかない。しばらく指で「道をつける」必要があった。

道をつけるということは、そのあたりの粘膜を摩擦に慣れさせることだ。

場合によっては、半分、破られている処女膜を、手で通行可能な状態にしておくことができるかもしれない。

4

龍太郎は痛くない程度に、指を浅く分け入れて、壁のびらつき部分を愛撫してみた。指に触るそのびらつき部分は、凄《すご》くエロティックで、男心をそそるのであった。

何度か出入りさせているうち、珠美は痛いとは言わなくなった。それどころか、ひくひくとワギナの収縮が指に伝わりだしたのである。

(おッ、しめしめ……花嫁の秘められた膣感覚が目覚めてきたようだぞ……)

龍太郎はその収縮が終わった瞬間を見すまして、人差し指を半分以上、奥まで通路にすべり込ませてみた。

「ううーん」

唸《うな》るような声をあげ、珠美は強い力で人差し指を締めつけながら、のけぞった。

「変よ。何だか私、変に感じはじめてきたわ」

珠美はうわずった声をあげた。

これなら指一本ぐらいはもう抜かずに、対応できるようになったわけだ。しかし、出雲龍太郎のは何しろ、豪根である。普通の熟女でも目をまわすくらいだから、珠美のような半処女は、もう少し用心する必要がある。

「ひくついてるよ、ここ。欲しがってるみたい」

「そこ……何だか、あまり痛くなくなったわ」

「もうすぐ卒業できるからね。安心するがいい」

龍太郎はもう少し慣らし運転をするために、今度は指を二本、入れてみることにした。

いったん、人差し指を抜く。そうして中指を人差し指に重ね合わせ、女孔の下端を押し下げるような具合にして、少しずつ挿入させた。充分な愛液が湧いていたので、二本になっても束《たば》ねられた指は、意外に滑らかに秘孔にすべり込んでゆく。

しかし、処女膜の痕跡が残っているあたりに差しかかると、

「あ、やめて……痛い」

珠美はやはり、しがみついてくる。

関所はまだ厳然と存在するのである。それは肉体的な痛さそのものだけではなく、異物がそこを通過することを許すまいとする処女特有の心理的痕跡のほうが強いようである。

それならもう少し、気持ちを舞いあがらせたほうがいい。痛さを忘れて早く入れてほしい、とねだるくらいに性感を高め、気がついたら、もうインサートが完了していた、という結果にもってゆかねばならない。

（三所《みところ》攻めだな、今度は）

龍太郎は指の動きに加えて、唇と舌を動員することにした。抜き差しするフィンガーで通路の狭隘部を慣れさせながら、谷間の上部の真珠や、ラビア全体に口唇愛をふるまった。

「ああ……とてもいい具合……そんなことされると、気が変になりそう」

珠美はゆっくり腰をゆらめかせ、迎えたいような様子となってくる。これならそろそろ、タフボーイをおさめることができそうである。

「珠美さん、おさめてみるからね」

「ええ……やってみて」

珠美は早く卒業したいようであった。

花嫁教育のための処女開封請負業がいつのまにか征服気分満点で、龍太郎は自分の分身がいつになく硬く充実して高射角を見せているのを知った。

龍太郎は挑《いど》むことにした。

姿勢を直して重なりにいこうとした時、何かのはずみに珠美の手がそこに触れ、びっくりしたような声をあげた。

「まあ」

眼を見開き、珠美は驚いたようにしげしげと眺める。

「男の人って、みんなこんなに大きいの？」

「まあいろいろあるけどね。でも女性はみんな対応できるようにできてるんだから、ちっとも恐がらなくていいんだよ」

「恐ーい、こんなの、無理よう」

「無理じゃない。大丈夫ですよ」

「うそ、うそ、うそ。こんなの無理よう」

珠美は龍太郎の分身に手を触れて、大やけどをしたようにすぐ引っこめる。

「やだ、やだ、やだ。やめて」

珠美は心理的にも臆病な性質のようだ。こういうタイプだと、めでたく挙式をしてハネムーンに旅立っても、初夜にもし失敗してお互いが傷つけ合ったりした場合、見知らぬ外国で言葉もわからず、どこにも救いがなく、二人の葛藤《かっとう》は内攻して、いわゆる「成田離婚」に陥《おちい》ったりする。

「あのネ、珠美さん。出雲の神様はこういう男女のこともちゃんと困らないようにお作りになっててね、心配することは何もないいんだよ。あなたもそれを卒業したいために、指導を受けに来たんでしょ。ぼくが探った限り、あなたは充分、健康に成熟した女体の持ち主だから、何も恐がることはない。さあ、気分を楽にして」

龍太郎が言いきかせると、

「じゃ、ちょっとだけ浸《ひた》け《つ》てみて」

「つける？　ああ、浸すことね。いい考えだ。じゃ、ちょっとだけ、浸けてみるからね」

「ん、浸けてみるだけよ」

龍太郎は濡れあふれる花びらの中に、グランスを浸した。亀頭のくびれ目までは、潤った花びらの中にぴったりと納まる。

「どう？　いい？」

「あ、いいわ。とても」

「そう、それはよかった。じゃ、抜こうか」

「いや……いや。抜かないで」

「じゃ、もう少しすすんでみるからね」

「ええ、すすんでみて」

しかし、少し奥へ進もうとした時、

「あ、痛ッ。だめよ、だめよ……無理よう」

珠美はずりあがって痛がる。ボーイフレンドが失敗したのは、多分、ここからのやり方が強引すぎて、珠美の拒絶に会ったのだろう。

「一度、初体験らしいものをした時、失敗したと話していたね」

「ええ。痛くて痛くて、私、彼を思いっきり、突きとばしてしまったのよ」

「その時、相手はこの状態のまま荒々しく押し込もうとしたんだね」

「ええ、全身が張り裂けるかと思ったわ」

やはり珠美はやや丈夫すぎる処女膜の持ち主のようだ。それならあまり、無理をしてはいけない。

このまま突きすすんですすめられないことはないが、しかし、珠美には相当の苦痛を伴《ともな》うようである。

龍太郎はしばらくグランスで道をつけた。前後運動に、左右のひねりを入れたりして、角度をかえながら通路を押し広げ、慣れさせてゆくやり方である。

珠美はじっとしていた。

はじめは痛い一点張りだった珠美に、少しずつ変化が現われたようであった。

「ああん……響くわ」

眼を閉じて、そう訴える。

膣口部をかまってもらっている間は、珠美は気持ちよさそうな顔をして、そう言うのであった。

しかしそれでも、その奥へすすもうとすると、

「あ、痛ッ」

と、やはり眉間《みけん》に皺《しわ》を寄せて苦しがる。

「やめて、やめて」

そう言って、上へずりあがってゆく。

これはどの女性にも共通して、無意識にずりあがる癖がある。普通は肩を抱いて逃げられないようにしておいて、突きすすむのだが、珠美の場合は、無理をしないようにした。

「じゃ、もう少しゆっくりしてやるからね。痛かったら、合図をしなさい」

龍太郎はまたゆるゆると侵入を再開し、道をつけはじめる。時折、少しきつく直進してみると、ううっとさすがに我慢しながらも、珠美の顎が激しく後ろに反った。

「ねえ……我慢するわ。どんなに痛くっても辛抱《しんぼう》するから、突きまくってよ」

珠美はしだいに、殊勝《しゅしょう》なことを言うようになった。しかし、龍太郎はもう少し慎重に考え、打開策を考えた。思うに、珠美の構造はやや下つき、後ろつきの傾向がある。

それだと膣の傾斜角度からいって、龍太郎のタフボーイは効果的に破るべき部分に命中するより、余計な壁を誤爆している傾向も窺《うかが》える。

（そうだ。枕を腰にあてがって、膣口を上向かせ、真上から直撃したほうが手っとり早いようだな）

龍太郎は、その結論に達した。

「ね、ちょっと腰を上げてごらん。枕をあてがうから」

「こう？」

珠美は腰をもちあげた。

しかし、挿入したままではうまく枕を敷くことができない。龍太郎はいったん結合を解き、枕を二つ折りに高くして、あてがった。

とたんに、膣口が上に向かって、せりだす感じになる。その分、角度が冴《さ》えて、龍太郎は勢いよく突きおろす角度で、一気に勝負がつくようである。

「じゃ、これでゆくからね。今度は、多少の痛さくらい、我慢したほうがいいよ。ほんの一瞬のことだから」

「ん、我慢するわ」

珠美は今度こそ覚悟を決めたようであった。

龍太郎は膝《ひざ》立ちになり、位置を決めると雄渾《ゆうこん》なものをインサートしてゆく。

龍太郎の処女開封もどうやら、クライマックスを迎えているようである。

珠美の腰に枕をあてがい、受け皿を高くした。そうすると、角度が冴えて、直角に突きおろすような感じで、タフボーイを納めることができた。

その前に充分、道もつけていたので、珠美はあまり痛がりもしない。龍太郎のタフボーイは肉を裂く勢いで一気にめり込み、あっという間に半月形のハーフムーンの膜を突破し、奥の院まで埋没していた。

「ううーッ」

珠美は少し息苦しいような呻き声をあげたが、苦痛にしかめていた顔も一瞬後にはゆるみ、唸りながらもうっとりとした表情になっていた。

それでも珠美の額《ひたい》には、汗の粒が浮いている。息も何だか格闘したあとのように生臭くなっていて、額の汗の玉だけが真珠のようにきらめいて、美しかった。

「珠美さん、よかったね。これで無事、成田離婚にならなくてすみそうだよ」

龍太郎は挿入したまま、額の汗をハンカチで拭《ふ》いてやり、ゆっくりと抽送《ちゅうそう》を開始した。

「どう？　もうあまり、痛くはないだろう？」

「ん。……でも少し」

少し痛いと珠美は言った。

それはそうだ。破られたところには、少し鈍い痛みが残っているはずである。

龍太郎は貫通したばかりの狭隘な秘肉を手当てするように、静かな出没運動を繰り返した。やがて珠美が、むずかるような声をあげはじめ、その声にはしだいに安堵《あんど》した歓《よろこ》びと、甘美なときめきが混じりはじめていた。

「あらあ……わたし……何だか変よ」

珠美は荒ぶった喘ぎ声を洩らすようになり、龍太郎の背の肉を強く摑んだ。

初めは苦痛から摑んだのか、と思っていたが、しかしやがて、そうではなく、高まってくる歓びから、龍太郎の背を無意識に強く摑んでいることがわかった。

ふつう、初体験では歓びに至ることは珍しい。それなのに、珠美は感じはじめている。本質的には、多感な女のようである。

「いきそうよ、あたし」

珠美はハーフムーンだったので、これまでの体験で感覚はすでに知っていて、小さな峠を越えることができそうである。

「遠慮なく、自分を解放してごらん。あなたが絶頂感を知っておくことは、新郎にとっても、うれしいことですからね」

言われるまま、珠美は自分を解放した。しかしそれはあまり大きなクライマックスではなかった。鈍い痛みの中でも確実に小さく弾《はじ》けるものがあって、珠美は波状的に女孔を締めつけながら、幸せな終息を迎えたのであった。

(ふーッ、何とかこれで人一倍固すぎる処女開封作業も完了。これで珠美は無事、六月の花嫁になれそうだな)

龍太郎は、安堵した。

——事実、その月の終わりの大安吉日に、東田珠美は軽井沢で教会結婚式をあげ、カナダに新婚旅行に旅立った。

「万事ＯＫ、とても幸せです」——龍太郎が、カナディアンロッキーからそんな絵はがきを貰《もら》ったのは、それから数日後のことであった。

3 悪女馴らし

1

七月に入った。

ジューン・ブライドの翌月も、夏休み期間中に開催するハローパーティーや、お見合い列車、洋上花嫁学校などの準備のため、出雲龍太郎の東京ブライダル・アカデミー社は忙しい。

これに指導課は、通常のカウンセリング業務が加わる。

「さあ、仕事、仕事」

いつものように張り切って龍太郎が会員のカウンセリングに応じたり、机の上に山と積まれたラッキー・チャンス・カードの仕分けに取り組んでいる時、

「課長、お電話です」

萩原千亜紀が呼びに来た。

「どこから?」

「矢野浦《やのうら》さんという男の方です」

「ありがとう。こちらに回してくれないか」

龍太郎は相談室で受話器をとりあげ、

「やあ、矢野浦さんですか。おめでとうございます。挙式、もうすぐですね」

祝福の言葉をのべた。

というのも、電話をよこした矢野浦誠《まこと》は、銀行員で二十七歳。龍太郎がコーディネートしたカ

ップルの一つであり、一週間後の七月上旬の大安吉日に、青山玲子《あおやまれいこ》という娘と結婚することになっていたのである。

「はあ、それが、実は……」

挙式寸前のハッピーウイークにいる花婿らしからぬ沈んだ声に、

「どうしたんです？　元気がないですね」

「ええ。実は困ったことが起きまして」

どうにも歯切れの悪い応答である。

「電話では詳しく話せないようですね。どこかでお会いしましょうか」

「そうしてください。今ぼく、外商で新宿にいます。これから三十分後に、テラスにいますから、ご面倒でも来ていただけませんか」

会社の相談室でも話したくない用件のようだったので、龍太郎は出向くことにした。テラスというのは、近くのホテルの一階にある喫茶室で、二人がこれまでの打ち合わせでも、よく利用していたところであった。三十分後、龍太郎がそこに行くと、銀行員らしい紺のスーツを着た矢野浦誠が、窓際のテーブルに坐っていて、ぴょこんと頭を下げた。

「すいません、お忙しいところ」

ばかに殊勝《しゅしょう》である。

「いえいえ。そんなことより、困ったことって何です？　まさか玲子さんと喧嘩《けんか》して、婚約解消なんてことじゃないでしょうね」

青山玲子は事務用品会社のＯＬで、二十五歳だ。コンピューター適性判断で選びだし、お見合いをセットしたところ、相互に一発で心が決まったという一目惚れカップルだったので、龍太郎は秘かに自慢していたものである。その二人がいよいよ結婚式寸前というこの段になって、喧嘩別れでもしたのではないかと、大いに心配したのだが、

「いえ、そんなんじゃありません。実はぼくのほうに過去があって、隠していた女がいるんです。その女、年上で欲深で、嫉妬《しっと》深くて、今度のぼくたちの結婚話をきいて、カンカンに怒ってるんです。そして結婚式を妨害してやる、と息まいてるもんですから、どうなることかと……」

矢野浦はそんな重大な心配事を切りだした。

「困りましたね。その女、本気で挙式をぶち壊すと言ってるんですか」

龍太郎は、顎を撫でた。

「ええ、あの女ならやりかねません。式場に乗り込んできて、ぼくとの関係をみんなぶちまける、と爆弾宣言をしてるんです」

「そんなことされたら、たしかに結婚式が壊れてしまいますね」

「ええ、破談確実。それに、マジメ銀行員として通っていたぼくの立場もありません」

「いったい、どんな女性ですか、その女――」

矢野浦は、説明した。

それによると、こうだった。矢野浦は学生時代、明大前《めいだいまえ》のある家に下宿していた。その下宿屋は西本淑子《にしもとよしこ》という三十すぎの未亡人が経営していて、矢野浦は学生時代から、その未亡人に誘惑されて、肉体関係が続いていたようである。

未亡人下宿はその後、今ふうの立派なワンルームマンションに改築された。矢野浦は今はその

マンションの一室に住んでおり、西本淑子という未亡人も、そのマンションの一室を自分用の豪華な三ＬＤＫとして住んでいて、今でも矢野浦をしっかり握って、離さないのだという。

「……そんなわけなんです。淑子はまだ三十代の女盛り。性欲と独占欲が強くて、週二回はぼくをベッドに誘い込むんです。このままでは危ない、別れられなくなる、と思い、ぼくは昨年いらい、おたくに入会して花嫁を探し、結婚し、住居も変わって、心機一転、やり直そうとしていたところなんです。淑子に妨害されては、ぼくの再出発は叶《かな》いません。ねえ、指導課長。何とかなりませんか」

矢野浦はそう言って、頭を下げるのであった。

ふーん、と龍太郎は腕組みをした。

出るべき問題が出たようである。男も女も、いざ結婚寸前になるといろいろな過去からの問題が発生してくる。男の場合はだいたい、それ以前に清算しきれなかった女性関係である場合が多い。

この矢野浦の場合も、まったくその典型のようだ。しかも下宿屋の若い未亡人とあっては、深情け、と相場がきまっていて、女性も可哀相だが、始末がつけにくいものである。

逆にいえば、矢野浦誠を手放したくはないだろうその三十女の切実な気持ちもわかるだけに、いささか深刻であった。

（さて、どうすればいいか……？）

と、龍太郎は思案した。

すると、矢野浦がすかさず身をのりだし、

「そう深刻に考えることはありません。実は……これには解決策があるんです。ただ一つだけ、そうして、これにはぜひ、出雲さんのお力をお借りしなければなりません」

「ほう。解決策が……?」

「はい。あります」

「どういう方法でしょうね」

龍太郎が訊くと、

「淑子というそのワンルームマンションの未亡人社長は、さっきも言いましたようにとても性欲が強い三十女なんです。ですから、ぼくの代わりにスタミナのある別の男をあてがえば、一発で解決すると思うんです。そうしたら淑子はきっと、ぼくなんか見むきもしなくなって、解放してくれるに違いないんです」

矢野浦はずい分、勝手なことを言うやつだ、と龍太郎は腹を立てた。

自分が結婚するために、邪魔になった年上の女の嫉妬と怒りを鎮《しず》めるために、誰か適当な男を見つくろってくれないか、と訴えているのに違いなかった。

(ずい分、虫がいい。女性の気持ちや人権をいったい何だと思ってるんだ……)

と怒りたい気持ちも片方にあったが、しかし現実問題、冷静に考えれば、それがもっとも合理的な解決策であることに、間違いないようである。

「つまり何だな。その下宿屋の未亡人に、きみに代わる男をあてがおう。その男をわが結婚情報会社で見つくろってくれないか、と言うわけだな」

「ハイ、そうなんです。いっそ出雲さんなら、いかせ屋龍太郎という異名をとるぐらいの豪の者だそうですから、三十女の淑子にはぴったりだと思うんですが」

「おいおい、冗談じゃない。この私にその仕事を頼もうというわけかい？」

「いけませんかねえ」

矢野浦はけろっと言って、涼《すず》しい顔である。

「この野郎──」

と拳《こぶし》を振りあげたかったが、矢野浦はブライダル・アカデミー社にとっては、大切なお客様であった。

お客様は、神様である。

神様に怒っては、罰があたる。

「ねえ。指導課長、ぜひ頼みますよ。淑子は毎月、生理の前後になると燃えあがって、一回でも約束を破ると、火がついたように怒りだすんです」

「なるほど」

「困ったことに、ちょうどぼくが明治《めいじ》神宮で厳粛なる結婚式を挙げる日が、淑子の生理の寸前で、火がつきやすくて、危険日、ダイナマイト、なんです」

「なるほど」

「それでですね、その前後からぼくが新婚旅行に旅立つまでの間、淑子を怒らせないよう、とりあえず出雲さんに、しっかりお守りしていただきたいんです」

「なるほど」

龍太郎は半ば、ブーたれて相槌を打ち、

「しかし、そうは言っても相手も大人。私が近づくにしてもゼロから誘惑してベッドインに持ち込むまでには、相当に手間ひまがかかる。私は忙しいから誘惑するのに、一週間では間に合わないかもしれないぞ」

「はい。それにも、ちゃーんといい方法があるんです。ちょっと、耳を貸してください」

矢野浦はそれから龍太郎の耳に顔を近づけ、今夜にでも淑子とベッドインするための秘中の秘策を、授けたのであった。

2

(ここだな……)

めざすマンションは、すぐにわかった。明大前の駅から永福町《えいふくちょう》のほうへ少し歩いた住宅街の中にあった。

レンガ色の化粧タイルの張られた四階建てのこぢんまりしたマンションで、矢野浦誠の部屋は四階であった。

渡されていた鍵を使って、ドアをあけて入ると、まっ暗である。電気をつけるといかにも雑然とした独身男の部屋が龍太郎の眼に映った。

ワンルームマンションとは聞いていたが、矢野浦の部屋はふた間ある。おかしなことに奥にシングルベッドもあるのに、手前の四畳半にはちゃんと、赤い寝具が敷いてあった。

(ははーん。矢野浦を教育してきた下宿屋の未亡人、西本淑子はベッドより布団が好きなタイプのようだな……）

龍太郎は納得して、彼との打ち合わせ通り、押入れにはいっていた矢野浦の寝間着をとりだし、それを着て布団に入った。

そう、毎週火曜と金曜の夜、このマンションの管理人兼所有者である未亡人の西本淑子が、深夜に及んで、矢野浦の部屋に忍んでくるらしいのである。

その夜、矢野浦に代わって、龍太郎が部屋をまっ暗にして布団の中に入っておけば、淑子はそうとは知らずに部屋に入り、裸になってその布団の中に入って抱きついてくるはずだと言うのであった。

「……ね、課長。この作戦なら、百パーセント、成功間違いないでしょう。布団の中で裸で抱き合ったらもう、しめたものです。あとは出雲さんの腕しだいです」

矢野浦は、そう焚《た》きつけたのであった。

勝手なことを言うな、と怒りたかったが、お客様の頼みは神様の頼み。これも若いカップルをめでたくゴールインさせるための出雲の神様の涙ぐましい仕事のひとつとあれば、張り切らざるを得ないのであった。

今、腕時計は夜の十一時である。淑子はいつもきまって十一時半になると、自分で合鍵を使ってこっそりと部屋に入り、布団の中に忍んでくるらしいのである。

（もう少しだな……）

枕許のスタンドを消し、部屋をまっ暗にして、ふとんを頭からかぶって、待った。

待ちながら、それにしてもあいつ……と、龍太郎はあて馬に使われることの、奇妙な腹立たしさと、冒険の面白さに、改めて背すじをぞくり、とさせた。

西本淑子という女、どんな女なんだろう。三十代のきれいな未亡人なら、まだ充分、若さとみずみずしさをもった女かもしれない。

その未亡人と寝て、満足させることも出雲の神様の仕事だと割り切ると、龍太郎は今度は喉《のど》が渇くような興奮をおぼえた。

やがて、三十分もしないうちに通路に秘かな足音が響いた。そっとドアに鍵が差し込まれる音がつづく。

そうしてカチリ、とドアが開いて、静かに女がはいってくる気配がした。

「マコちゃん、寝た？」

矢野浦誠は、マコちゃんと呼ばれているらしい。龍太郎は頭から布団をかぶり、狸《たぬき》寝入りをした。

やがて淑子が枕許に立つのがわかった。そっと蹲《しやが》んで、龍太郎の寝息をうかがっているようである。

スタンドの灯りを消した闇の中で、衣《きぬ》ずれの音だけがした。その衣《きぬ》ずれの音は仄《ほの》かな香水の香りを混じえて、夏の闇になやましく響いた。

「マコちゃん、本当に寝てるの？」

枕許にしゃがんで、淑子が訊いている。

龍太郎はまだ頭から布団をかぶって、狸寝入りをしていた。

声の感じからすると、意外に若そうだ。それに色っぽくて、美しい感じがした。

「ようし、狸をいぶりだしてあげるから。待ってらっしゃい」

枕許で、今度はハッキリと、帯を解く衣ずれの音がした。どうやら、淑子は浴衣か着物を着ているようである。

その着物がはだけられ、女の甘い体臭がむっと匂いたつ。その感じだと、女は枕許に帯を解いて踞んだようである。

そうして一瞬後、枕許のスタンドが、パッと点けられた。

「ほらほら、マコちゃん。起きてごらんなさい。あなたの大好きなツバメの巣よ」

（えっ……？　ツバメの巣って……？）

どういうことだろう。

龍太郎は、頭をひねった。

龍太郎は部屋の主が入れ替わっていることを発見されないよう、矢野浦になりすましたまま、布団の中から眼をあけて、ちょっとだけ布団を持ちあげてスタンドの灯りのほうをそっと覗《のぞ》き見た。

そうして、ぎょっとした。凄い光景が見えたのである。

なんと、淑子は枕許に片膝ついて、スタンドの灯りの中に自分の内股の光景を、黒々と繁茂した性毛やその下の赤い爆裂口を、丸ごと晒《さら》して見せびらかしていたのであった。

「ほらほら、マコちゃん。ご開帳よ、ちゃんと見てよ」

淑子は、膝小僧が痛くないように、座布団を敷いている。その座布団に膝をついて、中腰になっている女のふくらはぎから太腿への足が白く、ライトに浮いて肉感的である。

しかも、肩から背中にかけては、脱いだばかりの白い能登上布《のとじようふ》をかけている。その上品さと赤裸々《せきらら》さの対比が、たまらなく鮮烈だ。

(こりゃまるで、お座敷ショーだな……)

龍太郎は温泉場でのお座敷ショーを思い出した。

しかし、淑子のは、そういう見せものっぽさがどこにもない。いかにも、下宿屋の未亡人が、自分が可愛がっている若い男の歓心を買うために、自分で女を精一杯、演出しているといった、切実で濃厚な色気があるのだった。

「ねえ、ほら。マコちゃんったら、ツバメの巣よ」

淑子はまたツバメの巣と言った。それで龍太郎にもやっとわかった。

なるほど、淑子の下腹部のヘアは、黒々と繁茂していて、一本一本がカールし、もじゃもじゃと入り乱れているので、ちょうど黒光りするツバメの巣のような形をしているのであった。

(ツバメの巣とは、名言だな)

龍太郎は布団の中で苦笑しながら、絶景だと思った。

(すげえなぁ……)

龍太郎は、なおも、布団の隙間から、見つめた。

眼の前に、淑子の白くてむっちりした内股から、黒い毛むらまでが露出しているのである。

濃い。とても、濃い女である。スタンドの灯りに、枕許に踞んだ淑子は、そういう挑発の仕方だと、いっそう女臭い感じを与える。

「ねえ、マコちゃんったら。どうしたの？　今夜はちっとも触らないのね。ほらほら、あなたの大好きなツバメの巣よ」

　この分だと、矢野浦はこんな具合にして、下宿屋の未亡人のヘアを覗いたり、そこに触ったりするのが好きで、癖になっていたのに違いない。

　淑子は布団の中にもぐっている龍太郎を、矢野浦だと思いこんで微塵《みじん》も疑ってはいないから、いつもどおり、二人の愛の世界のプロローグを演出しているようである。

（いつまでも触れないでいると、かえって怪しまれるぞ）

　龍太郎は布団をかぶったまま、そろそろと手をのばしてツバメの巣に触った。

　淑子は満足そうな声を洩らし、

「ああん……やっと眼を覚ましたのね」

　ますます、腰をせりだしてくる。

（それにしても矢野浦のやつ、真面目な銀行員だったが、覗き趣味でもあったのかもしれない。こんな、お座敷ショーみたいなことが大好きだなんて）

　龍太郎はそそられて、布団をかぶったまま、もう少し淑子のほうに近づいた。ツバメの巣を撫でていた指が、思わずその下にくだって赤い花びらを分ける。

「ああッ……悪い子ねえ」

　黒いヘアに囲まれた部分は、想像していたよりはずっときれいな桜色だった。二枚の花びらは左右ともほぼ同じくらい肥厚して、恥ずかしげに開いて、せりだしている。

「ああ、マコちゃん。いじり方が上手になったわね。もっといじって、いじって」

　淑子はまだ龍太郎を矢野浦だと思いこんでいるようである。

布団をかぶっているので、もちろん、わかりようもない。

やがて下宿屋の未亡人は吐蜜しだし、秘唇が濡れて、光りだしてきた。中に入っている指も、濃い蜜液にまみれて、なめらかにすべるようになった。

「あっ、ちょっと待って。わたし、自分の手で広げてるから、あなたの親指の腹でクリットをこね回して。その時、中指、あそこに少し入れてかまってくれるといいんだけど」

淑子は、具体的に指示した。

矢野浦は学生時代から、こういう具合に教育を受けていたのに違いない。

龍太郎は中指を秘口にさし入れながら、親指でクリットをこね回した。

そうすると、洗濯バサミで膣口上辺をはさんだような感じになって、そのまま揉み揉みするので、ひどく効きそうであった。

(勉強になるぞ、これは)

龍太郎が指示されたとおりのことを続けるうち、淑子はますます興奮してきた。

「ああ、そうよ。お上手よ」

「ああ……とてもいいわ」

淑子は甘い声を洩らし続けた。

枕許でご開帳して龍太郎の指戯を見舞われているうち、うんうんと上体を反らせて唸りながら、自分からますます興奮してきたようであった。

本気であることは、中指の濡れ方でわかる。二指ではさんだとば口のあたりのちょっと奥の、通路の天井部分に淑子はGスポットでも持っているのかもしれない。

まだ片膝立てのご開帳スタイルだというのに、時折、ピュッ、ピュッと、液体ヨーグルトをごく薄くしたような白い液体が、膣口から間歇《かんけつ》的に吹きだしてくる。

なんとも可憐な汐吹きである。予想以上に、好きものである。白い能登上布を着たお上品で物静かな女であるから、なおさら印象がたまらない。

やがて淑子は、指だけでは物足りなくなったようである。

「ね、どうしたの。指だけでなく、もっとするはずでしょ。今夜は、どうしたの？」

そう言って難問を投げかけて、誘う。

「ねえ、いらっしゃいよ」

ねえ、いらっしゃいよ、と言われても、布団から身をのりだすと、矢野浦でないことが一発で、判明してしまう。

大問題である。

龍太郎は困惑した。

「奥さん、スタンドを消していただけませんか」

と、言いたいが、それも声の感じからして、別人であることがばれるかもしれない。

「どうしたのよう、マコちゃんったら。ねえ、いらっしゃいよ」――と淑子はまた誘った。

3

（そうだ）

と龍太郎は思いついた。布団をかぶったまま抱いてしまえば、わかりはしないはずだ。

たしか、歌麿《うたまろ》か英泉《えいせん》の枕絵の中に、男が布団をかぶったまま襲いかかって、女と交合している構図があったな、と龍太郎は思いだしたのである。

(あの手でゆこう)

龍太郎は淑子の秘部を愛撫しながら、そろそろと布団をかぶったまま、接近した。スタンドが邪魔になったので、少し横にどけて、ご開帳中の淑子の上にそのまま重なってゆく。

「ああ、どうしたのよう今夜は。布団をかぶったままだなんて」

「たまにはこういう趣向もいいでしょう。カタツムリの夜這いです」

淑子はもう眼を閉じて、のけぞっているので、龍太郎の顔は、わかりっこない。

龍太郎のタフボーイは、意気盛んだった。ご開帳の女を、畳の上に押し倒してしまった。

そのまま導かれなくても、濡れあふれるカトリーヌの中に、インサートされてゆく。

「ああ、すてきよ」

男性が半分くらい埋没した時、淑子はなやましい声をあげた。「今夜のマコちゃんって、何だかいつもより、ずっと立派で、大きいみたい」

龍太郎は奥まで没入させると、安心して窮屈な布団を、後ろにはねのけた。

結合はもう、完了している。

もうこうなったら、人違いであることがわかっても、淑子は逃げられはしない。

龍太郎は正々堂々と、抜き差しした。しかし、肝心の淑子は眼を閉じ、うっとり顔で龍太郎の背中に両手をまわしたまま、

「ああ……ああ……マコちゃんのって、どうして急にこんなに大きくなったのかしら」

龍太郎は首尾よく淑子と繋がることに成功したので、安心して、楽しみながら、濡れあふれる未亡人の秘肉の中を、巨根で、抜き差しした。

今はもう、掛布団さえはね飛ばしている。それでもなお、淑子は有頂天になって龍太郎に抱かれているので、彼が矢野浦誠とは別人であることに、気づいてはいないようである。

「今夜のマコちゃんったら、いつもと違うわ。とても立派で、大きいみたい。わたし、張り裂けそうよ」

具合がいいのは、淑子のあそこも同じである。

緊縮力はあまり強くないが、濡れ方がひどくこってりしたバター壺に包まれているようで、ぞよぞよとぞよめきかかる肉片が緻密で、練度と熟度はそこらのギャルどころではない。

(さすがに未亡人下宿で鍛えた熟女だな。もっとも、今は下宿屋とはいわずにワンルームマンション経営の女社長だが……)

龍太郎が淑子の顔を眺めながら、満足そうに抽送しているうち、淑子は佳境に入りつつ両足をからみつけてきた。

その拍子《ひょうし》に、あれっという顔をした。

「ねえ、マコちゃんって、どうしてこんなに急に毛深くなったの?」

どうやら、足のふくらはぎの肌ざわりで気づいたらしい。それから胸毛の感触にも気づいたらしく、不審そうに眼をあけた。

そうしてその眼が、龍太郎の顔を捉《とら》え、顔と顔、目と目が合った瞬間、

「キャーッ」

でも、

「ギャーッ」

でもない、実に奇妙な悲鳴が、あれえーっ、というふうに、淑子の口から噴いて出たのであった。

「あ……あ……あなた、誰よ」

淑子は腰を抜かしたような顔になって、後退しようとする。しかし、抱かれて、埋め込まれて、肩を引き寄せられているので、後退することができない。

「ね……ね、あなた、誰！」

激しくもがくような動きが伝わって、淑子はびっくりした声をあげつづける。

しかし、その問い詰め方は、けっして暴漢や泥棒に向けてなされる恐怖や嫌悪の性質のものではなく、ある種の甘美さと馴れの感情が混じっている。

「ハイ、ぼくは出雲の神様の派遣社員で、出雲龍太郎と申します。世の不幸な女性をお慰めするために、こうして派遣されております」

「あたしが不幸な女？」

「ええ。あなたが可愛がっていた矢野浦誠は、まことに誠の心をもたないやつです。奥さまを裏切って、若い女と結婚しようとしています。それで、出雲の神様が見かねて、おまえ、あの女性を慰めて来い、と申されまして」

龍太郎は調子よく口から出まかせを言いながら、しっかりと腰を使った。その拍子に、

「あッ……！」

顎をのけぞらせながら、

「ああ、知らなかったわ。出雲の神様って、人材派遣会社だったのね」

龍太郎がここぞとタフボーイをうごめかせると、

「ああ……ああ……出雲さま……龍さま」

淑子はしがみついてきた。

そうなればもう女体としては、矢野浦でも龍太郎でもどちらでもかまわないのかもしれない。

しかし、淑子にも時折、自分が謀《はか》られて見知らぬ男に抱かれていることへの、恥じらいと怒りと、罪の意識が戻ってくるらしく、いやいや、ばかにしないで、と抵抗したりする。

「いやいや……あたしをばかにしないで……こんなふうだと何だかあたし、バカにされてるみたいだわ。矢野浦と龍さまの間で、ドッジボールされるなんて、わたし、いやよ」

「いいえ、奥様。こんなきれいな奥様を、ドッジボールなんかはしていません。これはひとえに奥様の倖《しあわ》せを願ってのことですから」

「そうは言っても、ドッジボールしてるじゃないの。あたし、どうしてあなたになんか抱かれてるのかしら。変よ、これ、考えてみれば何だか変よ」

淑子はまだ、完全に夢見心地にはなりきれないようすで、見知らぬ男にイカされてしまうことにはイマイチ、女のプライドが許さないと言っているようでもあった。

「奥様……ほら、ツバメの巣でヒヨコたちがいっぱいエサを欲しいと口をあけていますよ。さあ、今は何も考えないで」

「あ、そうね。ぐちゃぐちゃ考えることは、何もないのよね」

「そうですよ。奥様のほうからツバメの巣を見せて誘ったんだから、しっかりしてくれなくっちゃあ困ります」

「いやなこと、言わないで」

肩をぶたれた時、タフボーイで肉路の奥を、ずんと突く。

「あン……」

淑子はのけぞった。

「ああ、何てすてきなタフボーイなんでしょう」

淑子はうっとりと言い、もうそれからは抗《あらが》わなくなった。龍太郎はやっとふだんのペースに戻って、抜き差しする。

「ああん……感じちゃうわあ……出雲の神様のあれって、どうしてこんなにいいのかしら」

淑子は白い顎をのけぞらせて、腰をふるわせる。

この際、龍太郎としては淑子に、矢野浦などという男を忘れさせてしまわなければならないので、がんばることになる。

(そうだ。この女にもっともっといい思いをさせて、世の中には矢野浦なんかよりいい男がいっぱいいることを教えれば、悪女の深情けから眼がさめるかもしれない)

龍太郎は繋いだまま、片手で淑子の乳房をゆっくりと揉み、そこにツンと尖りだしている乳首に、唇をおろした。

「あン……」

乳首は吸われて、ますます苺のように硬起してくる。

「ああン……すてきよ」

淑子はやっと何もかも忘れはじめたようすである。

抽送しながら、乳首を吸われるという上下攻めは、淑子をひどく舞いあがらせたようで、

「あ……あ……あ」

身体を弓なりに反らせ、腰でブリッジを作った。

佳境に入るにつれ、

「あ……あ……あ」

迎えうつ感じで、腰をせりあげるのである。

腰でブリッジを作ると、必然的に尻の穴を締める。その固く締まる女体を押し分けてゆく瞬間というものは、男にとって、最高にヤリ甲斐、生き甲斐を感じさせてくれるものである。

やがて、出入りするタフボーイに、軋《きし》むような感覚が訪れた。淑子の構造部分は、どちらかというと歓《よろこ》びが深まるにつれて、男の侵入を拒《こば》もうとするかのように、ひとりでに周囲の筋が引き締まるようである。

それは固い環のようでもあった。龍太郎のタフボーイが、その環を突破して、わりとゆるやかな奥の院に出ると、そこには小蛇がいっぱい。うじゃうじゃとまつわってくる。その小蛇たちを貫いて奥壁を突くたびに、淑子は美しい顎を反らせて、糸を引くような細くて鋭い声を発しつづけた。

それは、あ、とか、ああーッとも聞こえるし、ひいーッというふうにも聞こえる。

そうするうちに、龍太郎は淑子の身体がじっとりと汗ばんでくるのを感じた。それは肩といい、胸といい、脇腹といい、龍太郎が手で触って抱いている部分が、じっとりしてきて、それは汗というよりは、全身から白い乳を噴きだしているような感じでもあった。

（なるほど、好色な体質だな。これで未亡人なのだから、矢野浦を追いかけるはずだ。矢野浦を玲子と結婚させたあと、いずれ改めて、淑子には誰かしかるべき男を探してやらなければなるまい）

龍太郎がそんなことを考えているうち、

「龍さまって、ホント、ずいぶん、おつよいのね」

「いえ、そうでもありませんよ」

意識を仕事のほうに向けて、頭では他のことを考えていれば、案外、長もちするものである。

「ね、おねだりしていいかしら」

「はい、何なりと」

「あたし、バックスタイルがとても好きなんだけど」

「ああ、そういえば、奥様は後ろつきですね」

「わかるでしょ。だから、正常位もいいけど、後ろからドッ突かれるの、大好きなの」

「結構なご趣味ですね。じゃ、お好きなスタイルでドッ突きましょうか」

龍太郎は、淑子のリクエストに応じることにした。

結合を解くと、淑子はいそいそと後ろ向きになって、尻を高くさしあげてきた。

なるほど、見事に豊満な臀部《でんぶ》である。

輝くような桃尻のまん中に、ルビーの沼がある。黒い毛がそこの縁《ふち》をくまどっていて、龍太郎はそこにみなぎったものをあてがい、ゆるゆるとインサートしていった。

「ああッ……効くわあ！」

淑子は背筋をしなわせて、まるでお灸《きゅう》でもすえられるような声を放った。

淑子はどちらかというと、後ろつきである。正常位よりバックのほうが挿入感からいって、攻める角度からいって、しっくりするようだし、龍太郎としても動きやすくなる。

前つき、後ろつきといっても、僅《わず》か三、四センチの違いだ。しかし角度は相当、違ってくる。クリトリスへの接触度や奥への到達度を考えると、それに見合った挿入の仕方をしたほうが、効果的なことはもちろんである。

淑子にはやはり、バックのほうがお似合いのようだ。

龍太郎がヒップを抱いて攻めるにつれ、淑子は今までとは違った声をあげた。

「遠慮しなくていいのよ。しっかり奥をドッ突いてちょうだい」

淑子は何しろ、ドッ突かれるのが、お好きなようだ。このタイプは膣の奥壁への直突感がたまらないというタイプである。

龍太郎はわきまえると、腰にぐいと腕を回して、目一杯、体動を激しくした。

「ああーッ」

ヒップを突きだして悶える淑子の姿を楽しみながら、またズンと突いた。

ストレートの連打だけで、淑子はわっわ、と言ったり、やだやだ、とわめいたりして、賑《にぎ》やかに乱れはじめた。

着実に角度を変化させて突きまくる龍太郎の充実感に、淑子はしだいにわれを忘れはじめ、頭を布団の上に突っ伏したりした。

(もう少しだな……)

龍太郎はこの際、淑子をしっかり幸福にしておいてやりたいので、もう少しがんばることにした。

両手をヒップから前に回す。茂みを撫で、繋がっている部分をかまい、クリトリスをいじったりすると、ついに淑子は最後の峠へのぼりはじめた。

「ああーん、あたし……もう」

龍太郎は膨《ふく》らみきったクリトリスを二指ではさみつけ、捏《こ》ねていた。そうしながら、抽送をつづけている。両所攻めがつづくうち、淑子はクライマックスに達して、ヒップを一度大きく振りたてたあと、どさーッと布団に倒れてしまった。

布団に伏せている女性を相手に、そのまま遂行《すいこう》することは、ヒップの高みが邪魔して非常に難しい。しかし龍太郎は、枕にねじむけて顔を落とした淑子の目鼻立ちが、汗にまみれて生光りする美しさを眺めながら、仕止めた獲物をいたぶる快感を味わうように、なおも二、三回、勝手放題にタフボーイを打ち込み、そうしてとうとう自分もリキッドを爆発させたのであった。

——終わって、一休みしたあと、淑子が龍太郎の顔を両手ではさんで、くちづけをした。

「あなたって、ずい分の悪党ね。白状なさい。矢野浦に頼まれて、この部屋に忍び込んだんでしょ?」

「仰せのとおりです。彼、結婚を前にして悩んでましてね。あなたが悪女の深情けで深追いするから、結婚が壊れるんじゃないかと、ノイローゼになっていましたよ。もうそろそろ彼を一本立ちさせて、解放してやってあげてくださいよ」

龍太郎はそう言った。――「彼にとっては人生で一番大事な結婚式が近づいています。それを妨害したりしないで、どうか彼を一人立ちさせてください。ぼくからも頼みますよ」

龍太郎は説得した。

「ええ、あたしもホントのところ、内心ではわかっているのよ。今夜のことで、吹っ切れたわ。あたしは彼を深追いするのをやめます。でもその代わり、その代わりに、未亡人のあたしに新しい恋人が見つかるまで、あなた、あたしと付き合ってくれなくっちゃ、いやよ」

淑子は愛情行為が終わった後、そう宣言した。

龍太郎はやれやれ、と思った。胸でひとつ大きく深呼吸をした。

この分だと、矢野浦の結婚式が無事終了して、彼が新婚旅行に飛びたつまで、もう少しお守《も》りをしなければならないだろう。

その夜、淑子がぐっすり眠り込んでから、龍太郎はそっと起きだして帰った。

翌日、矢野浦から会社に電話がかかった。

4

「いかがでした？」

そう訊く。

もちろん、淑子との首尾を心配してのことだろう。

「作戦はうまくいったよ。しかしどうやらお鉢がぼくに回ってきたようだね。淑子は今度はぼくを手放さなくなるんじゃないかな」

「そこを何とかうまくやってくださいよ。出雲さんなら、男のスペアを幾人でも調達できるじゃありませんか」

男のスペアとは、失礼な言い草だが、新しい恋人と言い直せば、淑子も喜ぶだろう。

「で、きみの結婚式は、いつだったかな？」

「今週の土曜日。ちょうどその頃、淑子の生理が近づきます。生理が近づくと、あの女は熱くなってまた、何をしでかすかわかりません。ぼくの結婚式場に怒鳴り込んできたりしないよう、出雲さん、その日はぜひしっかりあの女をつかまえといてください」

矢野浦は、そう訴えた。

その週の土曜日、矢野浦の結婚式は、明治神宮でいともおごそかに、華《はな》やかに挙行されることになっていた。

その前夜、淑子から電話がかかってきた。案の定というべきか、タイミングぴったしというべきか。龍太郎はもう覚悟を決めていたので、

「あ、淑子さん。こないだは楽しい夜でした。今夜あたり、また会いたいなぁ」

調子よく、先手を打った。

「あたしもとても会いたいのよ。ねえ、今夜、あたしの部屋にいらして」

――そういう具合になった。

その夜、龍太郎は結婚コーディネーターとして預かっている実年男性のお見合い写真をいっぱい抱えて、明大前のマンションに行った。

東京ブライダル・アカデミー社では、若い男女向きのラベンダーコースやカトレアコースだけでなく、妻に先立たれた男やもめや未亡人、離婚妻など、再婚を希望する実年男女対策のゴールデンコースというのもある。

龍太郎は、その男性会員の中から、淑子の新しい恋人を作ろうと企《たくら》んでいるのだ。それが成功すると、ビジネスとしてもうまく運ぶわけであった。

淑子は機嫌よく迎えた。

「電話したら、すぐ来てくれるなんて、うれしいわ」

ドアの内側にはいった途端、首ったまにしがみついて、キスを見舞う。

「ぼくのほうこそ、呼ばれて、光栄です」

龍太郎は、接吻のお返しをしてから、

「奥さんに見せたいものがあります。うちの結婚情報会社で、お預かりしている再婚希望や、交際相手を希望なさっている実年男性のお見合い写真です。いかがです？　見てくれませんか？」

そう言うと、淑子は一瞬、睨みつけ、

「こら」

と、ぶつ真似をした。

「あたしに誰か、ていのいい交際相手を見つくろって、自分は逃げようというのね」

ピンときたらしい。

勘がいい女である。

「逃げようなんて、とんでもありません。そういうことではなく、奥さんの倖せを願えばこそです。この中に未亡人の奥さんにピッタリの良縁があるんじゃないかと思って」

「そう。それなら許すわ」

淑子は最初は怒ったくせに、お見合い用のアルバムを差しだすと、ばかにいそいそと眼を輝かせて、めくってゆく。

「みんな、東京ブライダルの会員なの？」

「ええ、そうです。気に入った方があったら、すぐにでもご紹介しますよ」

「うれしいわ。紹介してもらおうかな」

淑子は弾む指先でめくってゆきながら、

「あ、こういう男も好きよ。会社社長で、なかなかの資産家じゃないの」

淑子は満更でもないらしい。アルバムをめくる顔が上気してきて、うずうずしている。

「五人も一緒に、というのは困りますよ。誰か一人に絞ってください」

「そうねえ。どれにしようかな」

めくりながらも、途中でパタンと閉じ、

「ね、出雲さん。お相手選びはあとで決めるわ。その前に、今夜の男はあなたよ」

矢野浦が予言していたように、淑子はやはり、生理を前にして噴火寸前の火山のようになっているようである。

あすの結婚式を妨害されては困るから、龍太郎はしっかり、火山からマグマ噴流を抜いておくことにした。

淑子に案内されて寝室に入ると、二人はすぐに抱き合って、接吻をしなおした。淑子の胸が激しく波打ちはじめ、

「ね、脱がして」

淑子は夏向きのタンクトップしか着ていない。肩紐をはずすと、はらりと布地が落ちて、下には何もつけてはいずに、眩しい素裸が現われたのであった。

その淑子をベッドに抱えあげて寝かせると、龍太郎も勇躍、服を脱いでのしかかってゆく。

下半身を探ると、花弁はもう熱く潤っていた。龍太郎はまず繋いで、噴火寸前の淑子の鬱血《うっけつ》を
「抜いて」やろうと思った。

「あ、待って」

淑子は、龍太郎の進入を拒んで、起きあがった。

「あたし、愛してあげるわ」

「いや、ぼくが愛しますよ」

「いやいや。あたし、出雲の神様のを、とっくりと拝見したいのよ。ね、ね」

龍太郎を仰むけにし、すでに勢いを増しているタフボーイを両手で捧げもつと、

「あなたのって、名刀って感じ」

しげしげと眺めてから、口で捉えにくる。

温かい世界が舞い降り、柔らかいぬめりが、龍太郎のトーテムにからみついた。

淑子はトーテムを口いっぱいに含むと、宝冠部をしごく。そのあまりにも甘美な快感に、龍太郎は思わず呻いた。

「ああ、すてきなタフボーイだこと。あたしの口にはもてあますくらいだわ」

いったん男性自身を吐きだし、淑子はふかく深呼吸をし、それから改めて咥《くわ》えなおす。

根元を摑み、ゆっくりと頭を上下させる。

タフボーイは根元近くまで咥え込まれた。

そこまで咥えると、本当は苦しいはずだ。それに、たいていの女は男性を咥えるのは、男を喜ばせるためのお義理のサービスといった感じなのだが、淑子は違っていた。

とても真剣で、自分も楽しんでいるようなのである。だから、深々と咥える。先端が喉の奥を押し広げるように突きあたっても、苦しがったりはしない。

その真剣なサービスを受けて、龍太郎は不覚にも一気に高まった。

「奥さん、上手だなあ。ぼく、爆発しそうだけど」

龍太郎は身体をよじって、逃れようとした。

「いやよ。まだ出さないで」

淑子はフェラチオをやめて、龍太郎の身体をまたぎ、タフボーイを摑んで自分のカトリーヌの入り口に導いた。

「女上位ですか」

「ええ。こないだはこれをやらなかったもの」

そう言って淑子はゆっくりと腰を降ろした。

タフボーイは、花の蜜をあふれさせた女芯の中に、滑らかに招き入れられた。

「ううーんッ」

根元までタフボーイを迎え入れると、淑子は龍太郎の恥骨に女苑のクリットを強く押しつけながら、反るようにして味わい、それから自分の乳房をもみしだいたりした。

淑子は何もかも自作自演ができる女のようだ。膣の奥でもしっかり男を味わいながら、クリトリスでも味わい、そうしてまた今度は自ら乳房を揉んで、自ら高まってゆく。

「とってもいいわ」

腰をゆすって、押しつけた女の蕾《つぼみ》を、龍太郎の毛むらにこすりつける。

そうなると、龍太郎としても手伝いたくなる。淑子の手を胸から追い払い、両手で乳房を摑んだ。

摑んで揉みながら、下から腰をぐいと突きあげる。

「あン……ッ」

白い顎が反って、淑子は切なげで悩ましい、突かれ声を洩らした。

淑子の乳房は柔らかくて、張りがある。龍太郎がタフボーイをおさめたまま、下から両手で揉みたくるうち、乳首だけが乳房の中でコリッと固くなった。

龍太郎はその円球を摑んで、グラインドさせた。やや乱暴なくらいの動かし方だったが、淑子は苦痛を訴えようとはしなかった。

それどころか、いいッと叫んで、大きく腰を動かす。

タイミングを見計らって、下から突きあげると、

「あン……」

と、鼻に抜けるような甘くて、悩ましい突かれ声を洩らす。

それは、とても悩ましいのだが、淑子に主導権をとられて、あまり勝手放題にされるのも癪《しゃく》だったので、龍太郎は今度は上になりたいと思った。

「ねえ、今度は、ぼくが上になりますよ」

龍太郎はそう言った。

「いや」

淑子は龍太郎の上に上体を倒した。

胸を密着させ、女の恥骨を押しつけながら、ひとりでに腰を動かす。

それだと女性は、クリトリスを男の恥骨にこすりつけることで、快感が湧《わ》きたつ。

一人相撲がとれるのであった。

しかし、淑子は後ろつきなので、龍太郎のタフボーイは、やや窮屈にもぐり込んでいる恰好になり、変に動かれると、ねじまげられる感じを味わったり、どうかすると、はずれてしまいそうである。

「はずれそうですよ」

龍太郎は忠告した。

「そうね。あんまり動かないほうがいいわね」

あんまり動かなくてもいいように、淑子はクリトリスを摩擦して自ら発火しつづけているのだが、龍太郎としては出没運動がないのであまり面白くない。

「ね、ぼく上になるよ」

「いや。もうちょっと……もうちょっとで、いきそうなの」

腰をすりつけて、淑子が鼻息を荒げてくる。カトリーヌが男性自身をきゅっきゅっと締めつけ、吸い込むような動きを見せた。

「ああ、あたし、イキそう」

淑子は背中を丸め、ピクンピクンと、身体を痙攣《けいれん》させた。

「ああ、うう……」

言葉にもならない声をあげる。

龍太郎は両手を前にまわして、女芯をいじってやった。茂みはしとどに濡れているが、その下のクリトリスをこりこりと押してやると、頭を振った。

ずんと、突きあげる。

「ああ……イク……」

ぎりぎりで踏ん張っていた淑子を一気にクライマックスに押しあげる。

淑子は上体を倒してしがみつき、小刻みに全身をふるわせた。

ふわっと膣の締めつけがなくなり、淑子は動かなくなった。

どうやら淑子は終着駅に達したようである。

しかしまだ、龍太郎は爆発してはいない。だいたい、女上位にさせておくと、男はけっこう、長もちするものである。

淑子は女上位から結合を解いて、ベッドに横たわった。

完全にノビきっている淑子の呼吸が鎮まるのを確かめ、龍太郎は仕上げにかかった。

今度は正常位である。ノビきっている女を相手にするには、これが一番、楽である。

女体を開いて押し込む瞬間は、一方的に犯しているような味わいもある。

龍太郎がタフボーイを繋いで、勝手放題に動きだすと間もなく、

「あ……あ……」

と淑子はふたたび、喘ぎはじめた。

「またよ……またよ……もう」

もう、というのが、もう来たという意味なのか。もう始末におえない男、と言っているのか。それとも、もう始末におえない女、と自分のことを言っているのか。はなはだ不分明である。

ともかく、淑子は回復の早い女だった。ふつうは、達したあとすぐに挑まれると、くすぐったいだけだったり、煩《わずら》わしいだけだったりするものだが、淑子はすぐに感応《かんのう》して、昇りはじめた。

「来たわ……来たわ……あれが来たわ」

そう言いながら、淑子は不意に両股を閉じた。閉じて、きっちりと龍太郎のタフボーイをはさみつけると、盛んに腰を打ちつけたりした。

両脚を閉じられても、女孔そのものの締めつけは変わらないはずだ。構造的にはそうだが、気分的に、もの凄ーく締められているような気がする。

「あ、危ない。いきそうだ」

龍太郎はきつい締めつけをくった感じで、その中を抽送するうち、不意に放射感が襲いかかり、高まったのであった。

をめざした。

龍太郎はもうブレーキを放すことにした。出没運動の振幅を大きくし、ピッチを早めてゴール
「あーッ、あたしもよ……」

淑子はのけぞって白い喉を反らせ、ピーンと両脚を伸ばして、親指を内に曲げた。

全身に痙攣が走る。その痙攣は、リズミカルな男のリキッドの放出が続く間じゅう、余震となって続いていた。

(これぐらい満足させれば、淑子にももう、文句はあるまい)

龍太郎はそう思った。

矢野浦誠の明日の結婚式とグアムへの新婚旅行は、無事、達成されそうである。

(あとは、この淑子に新しい恋人か、夫を作ってやることだな……)

龍太郎はそう考えた。

翌日、龍太郎の奮闘が実って、矢野浦誠の式は、予想どおりめでたく終わり、さらにその数日後、淑子にはある男やもめの会社経営者と引き合わせ、その新しいカップリングもめでたく達成されたのであった。

何しろレストランでお見合いさせると、双方すぐに気に入ったようで、二十分もしないうちに出雲龍太郎は邪魔になったので、しめしめ……と安心して退席したのであった。

4　ホテル特急

1

青森始発の上野《うえの》行寝台特急「あけぼの2号」は、秋田発九時十四分であった。

時間まぎわに飛び乗った出雲龍太郎は、その寝台特急のドアを入ったところでびっくりした。なぜか乗客は、ほとんどいないがら空きの寝台車である。もう夏休みシーズンに入ったこの時期、JRにとってもドル箱の「みちのく」ルートの寝台特急に、乗客がほとんどいないというのは、怪談に近い。

ちょうど通りかかった車掌《しゃしょう》に訊くと、

「ああ、秋田から乗る予定だった団体さんがね、ひとつキャンセルになったんです。何でも観光バスが接触事故で遅れたとかで、その分、この車輛はがら空きなんです」

「あ、そう。それで、貸し切り特急みたいなんだな」

龍太郎は、やっと納得した。

「ええ。でも窓口ではすぐにキャンセル分も売り出しましたから、途中駅からお乗りになってくるお客様もいらっしゃるはずです」

車掌の説明を聞いて安心した。まるっきり無人の寝台特急に乗って上野まで帰るというのも、考えてみれば薄気味悪いことである。

龍太郎が指定席券の番号のところまで通路を歩いてゆくと、

「ハーイ、こっちよ」

萩原千亜紀が手を振った。

白いスーツに、白い模造真珠のネックレス。足にはトルコブルーのハイヒールという夏らしい旅装でキメている。

「あ、ここか。荷物は？」

「もう上にあげたわ。龍太郎さん、乗り遅れるんじゃないかと心配してたのよ」

「うん、何とか間に合ってよかった。会場の出口で、知りあいにつかまってね。なかなか失礼できなかったんだ」

二人は今、秋田市で用事をすませての出張の帰りであった。

秋田市には、二つの用事があった。ひとつは、東京ブライダル・アカデミー社の秋田支部主催で、現地お見合いパーティーが開かれ、龍太郎は講師兼会場プロデューサーとして、モデル兼キャンペーン・ガールの萩原千亜紀とともに、派遣されたのであった。

もうひとつは、龍太郎自身が東京でコーディネートしたカップルの結婚式が、新郎の故郷である秋田市で行なわれ、それにも招《よ》ばれて披露宴に出席したのであった。

したがって今、龍太郎は披露宴で飲んだ祝い酒が適当に効いていて、いい気分である。ウイスキーのポケット瓶《びん》も買ってきたので、千亜紀との寝台特急の旅は、盛りあがりそうであった。

列車はやがて、発車した。

がら空きとはいっても、遠くに話し声が聞こえるところをみると、幾人かの乗客はいるようである。

「ね、引出物のお料理があるわよ。お弁当がわりにひろげましょうよ」

千亜紀が折詰の料理をひろげた。ウイスキーのおつまみには、ちょっと贅沢《ぜいたく》すぎるくらいの豪華な料理であった。

「あ、いいね。夜行列車の酒盛りか」

寝台特急「あけぼの2号」は、秋田を九時十四分に発車したので、これでゆくと、上野には翌朝の六時二十九分に着く。

まだ寝る時間ではない。出雲龍太郎と、萩原千亜紀は、披露宴の引出物の折詰をひろげて、ウイスキーをちびちび、飲みはじめたので、まるで時ならぬ列車酒宴となった。

秋田で出席してきた披露宴の酔いもまだ、体内に幾分、残っていた。

「まるでオレたちの貸し切り列車だね」

「でも、がら空きの寝台車って、何だか薄気味悪いわね」

「団体さんがキャンセルすると、こうも違うのかな」

「次の大曲《おおまがり》か、横手《よこて》あたりから少し乗ってくると思うけどね」

「早く酒宴を終えて、ベッドで寝ようか？」

「え？」

「ほらほら、今ならね。千亜紀と仲良くすることができると思うよ」

龍太郎が言う意味がわかったらしく、

「ばかねえ」

千亜紀が頬を染め、太腿をつねった。

「あわてない、あわてない」

そう言う千亜紀もどうやら、薄々、それを考え、期待しているようである。

そういえば、千亜紀とこうしてゆっくりできるのも、六月上旬の都内インペリアルホテルでのハローパーティーの夜いらいだった。

あの時は情事の最中、親会社の城東化学の女会長、若林槙子に押しかけられて、千亜紀には辛《つら》い思いをさせている。

(今夜はこの走る豪華ラブホテルで、しっかり可愛がってやろうか)

でもその前に……龍太郎は酔いが回らないうちに、聞いておくことを思いだし、

「例の問題、わかったかね」

例の問題というのは、女会長から注意されていたコンピューター・データの漏洩《ろうえい》問題のことである。

龍太郎があのあと、社内で気をつけて調査しはじめたところ、管理課長の細野《ほその》隆行《たかゆき》が親しくしている出入り業者の中に、リスト屋につながりのあるソフト業者がいるという噂を聞いたのである。

その業者は、銀行やデパートやファイナンス会社にオフコンを納入するかたわら、各企業のコンピューター・データを盗みだして、大口預金者や焦げつき債務者や高額所得者のリストなどを作り、裏業界に横流ししてボロ儲けしているというのであった。

東京ブライダル・アカデミー社は、銀行ではないので、大口預金者のリストが作れるわけではないが、それでも数万人の未婚男女の個人情報をすべて握っている。そのデータは各企業の商品企画やDMや生涯管理などに役立ち、高額で取引きされるものであった。

それで龍太郎は少し用心して、細野管理課長をマークしはじめた。細野は千亜紀に気があるので、この際、千亜紀に働いてもらおうと思って、それとなく内情を聞くよう頼んでおいたのであった。

千亜紀によると、細野管理課長はリスト屋につながりのある大城《おおしろ》というコンピューター業者と、月に二回ぐらい新宿や銀座でクラブをハシゴしているという。

細野管理課長は、大城の誘いに応じているわけだから、買収・饗応《きようおう》と取られても致し方ない。しかしそれだけでは、コンピューターの機種切り換えなどに関する打ち合わせの続きかもしれないし、データを横流ししているという直接の証拠にはならない。

「……そんなわけで、まだはっきりしたことは摑《つか》めないわ。細野課長が業者の大城さんとごく親しい仲だということは、たしかだわね」

千亜紀はそう報告する。

龍太郎はそこまで摑んでくれたことはありがたいと思いながらも、

「直接、細野にデータ漏洩問題で問い糺《ただ》してみたことはあるのかね？」

「いいえ、まだ。私にはそんな権限、ないもの」

「ああ、そうだね。それは賢明だ。きみはもう少し、素知らぬふりをして細野と時々、接触してほしい。そのうち、あいつ、何かボロを出すかもしれない」

「私にスパイを続けろと言うのね」

「そうは言わない。ただちょっと、気をつけておくだけだよ。会社のためじゃないか」

「今のところはまだ酒場付き合い程度だけど、細野さんから本格的に口説《くど》かれたら、どうすればいいの?」

「寝る状況に陥《おちい》ったら、ということかな?」

「そうよ。もうすぐ、そういうことになるかもしれない」

龍太郎は、ぐっとつまった。

しかし、千亜紀も、子供じゃないんだから、と思い直して、

「それは、ま、きみのオトナの判断に委《まか》せるがね」

「ずるいんだから、もう——」

千亜紀はぶつ真似をした。

龍太郎は肩をぶたれた勢いをそのままに抱き寄せて、キスを見舞った。

「ぼくはきみに、たしかにひどいことを頼んでいると思うよ。でも、無理をすることはないんだ。いやなら、深入りすることもないんだからね。寝たりしなくても、細野と大城がゴルフにでも行く時、一緒にお相手をすれば、雑談のはしから何かが摑めるかもしれないじゃないか」

龍太郎は、そう助言することを忘れなかった。

助言が実は、指示になっていることを感じるのは、千亜紀のほうかもしれなかった。

「さあて、と……飲んで、食べたな」

龍太郎はウイスキーの小瓶を傍《かたわ》らに置いた。

寝台特急「あけぼの2号」は、夜の闇を驀走《ばくそう》している。時折、窓ガラスに走りすぎる町の灯りがぼうっと浮かびあがって、すぐ後ろに矢のように通過する。

「さて、寝るとするか。千亜紀は上と下、どっちにする?」

「下がいいわ。上だとはしご登んなきゃならないもの」

「そうだね。ぼくもハシゴ面倒だから、二人一緒に下で寝ようか。カーテンを閉めれば、誰にもわかりゃしないよ」

「やだあ。寝台車をラブホテルにするの？」

千亜紀は一応は、女のたしなみを忘れなかった。

しかしその顔には、好奇心がありあり。やれるものならやってみたい、という冒険への下心が好色そうな眼の輝きに現われている。

「ホテル特急というのも、いいと思うよ。夜行寝台ＪＲラブっていうの、やってみようよ」

「だって車掌さんが来たら、どうするのよ。それに今はすいてるけど、途中駅からお客さんもたくさん、乗ってくるかもしれないわよ」

「その時はその時さ。カーテンを閉めれば、わかりっこない。ね、このまま――」

龍太郎は横に並んで坐っている千亜紀を抱いて、下段のベッドに押し伏せようとした。

2

「あ、ちょっと待って」

さすがに、いきなりというわけにはいかない。千亜紀はスーツを着たままだし、気分もいまいちほぐれなくて、軽く抵抗する。

（じゃ、取りあえず坐ったままから始めよう）

龍太郎は左手で女体を抱いて、くちづけにいった。

うっと呻《うめ》いて、口腔の中で甘い二匹の魚がひらめいてはねあい、絡まりあった。

くちづけをしながら、龍太郎は片手を動かし、千亜紀のスーツの上衣を脱がせた。

そうなるともう、ブラウスのボタンをはずした隙間から、乳房に手を入れることができる。すべり込ませ、たっぷりした円球を揉むと、

「ああン……」

千亜紀が甘い声を洩らす。

「このままじゃ、窮屈だね。上のもの、全部取っちゃうからな」

ブラウスもブラも取ると、円球状に張った若々しい乳房がぶるんと、寝台特急の薄暗がりの中に現われ、列車の走行音に慄《ふる》える。

「いやいや」

押し戻そうとする千亜紀の手を封じておいて、手で粘りつく感触の乳房を揉みたてながら、その尖端《せんたん》に唇をつけた。

「あッ」

今度は鋭い声が慄え、そうして苺《いちご》を吸いつづけると、彼女の首が後ろに反った。

「いやいや」

言いながら、でも両手は龍太郎の頭をかき抱いて、物狂おしく自分の乳房に押しつけようとしている。

ひとしきり、乳房を表敬訪問したあと、龍太郎は千亜紀のスカートに手をかけた。

スカートの中に侵入しようとした彼の手首を、千亜紀が掴んだ。両膝をぴちっと合わせて、ストップをかける。

「やめて。それだけは……もうすぐ車掌さんが来るわよ」

「来たら来たでいいよ。車掌には客のラブタイムを止める権利はないんだから」

龍太郎の手はもうスカートの裾からすべり込んで指先がショーツの中央に触れた。

割れ目に熱い潤《うる》みが感じられた瞬間、あっと、千亜紀が弾《は》ぜた。

「ああ……だめ」

龍太郎の手が、スカートの裾からすべり込み、奥へ届いた時、千亜紀はその手を押さえようとした。

しかし、指先はもう届いている。ショーツの端を片寄せてラビアの中にくぐり込むと、布地がべとつくほど、濡れはじめていた。

千亜紀の膝がゆるんだ。

「ああ、こんなところではだめよ。JR濡れなんて、恥ずかしいわ」

そう言いながらもしかし、千亜紀の太腿はますます開いて、女の奥の院を龍太郎にあけ渡そうとしている。

龍太郎が女体を抱いて、熱心にラビアをくつろがせるうち、熱い粘液は紅色の縁《ふち》から、あふれる感じになっていた。

(これなら、もうゆけるな)

龍太郎はショーツを、ずりおろした。

「あ、やめて。人が来るわ」

千亜紀はまだ、あと一歩のところを踏み込めないでいる。

龍太郎は夜行寝台でこうして少しずつ落としてゆく気分も満更、悪くないので、焦らない。

実に熱心な探求者のように、スカートのホックをはずして後ろ抱きにして、千亜紀を膝の上にのせた。

千亜紀は長身で脚が長い。高く盛りあがったヒップをしている。太腿は充実して、肌がむっちりしていて、乳房も量感がある。

つまり後ろ抱きにしているだけでも、抱きごたえのある女体なのである。

人差し指で、龍太郎は入り直してみた。するりと指が吸い込まれた。潤みがひどくなっていて、千亜紀はもう声も、きれぎれになりかけている。

「ほらほら、気分はもうホテル特急だよ」

「えげつないんだからあ、龍太郎さんったらあ」

龍太郎は指を、中指に代えてみた。やさしく動かした。千亜紀は身体をよじって甘い声をあげはじめ、ヒップに力がこもるたび、中指にキュッキュッ、と締めつけられる感じが訪れた。

しばらくそうやってあそんだ。車掌も来ないし、乗客も通りかからない。

千亜紀はそれで、すっかり安心してきたらしく、やがて高い声をあげて、頂上に達したような反応をみせた。

「もう指はいや。ほかのが欲しい」

「ほかのって何？」

「意地悪。それを言わせないで」

「言ってくれなくちゃ、ぼくにはわからないよ」

「龍太郎さんの、悪党、悪党っ！」

悪党、と言いながら、恥ずかしそうに、顔をそむけるようにしつつも、千亜紀の白い指が龍太郎の股間にのびてきた。

龍太郎のものはもう勇敢なさまを呈している。そこへ千亜紀の指が、ズボンの布地ごしに、こすりたて、絡んでくる。

「立派じゃないの」

ファスナーをあけ、指はやがてタフボーイを摑んだ。しばらくいつくしんだあと、千亜紀が熱い声で言った。

「わたし、スカート、脱ぐわ。もう待ちきれないもの」

——千亜紀はとうとう、そう言った。龍太郎が待ち望んでいた言葉である。

「じゃ、ぼくも脱いで用意するからね。先に下のベッドに横になっていなさい」

龍太郎は抱いていた千亜紀の身体を離して、就寝の準備に取りかかった。

寝台特急は疾走している。

窓ガラスに時折、踏切を通過するときの警報器の音や、町の灯りが通りすぎる。

千亜紀はスカートやショーツを脱ぐと、バッグからタンクトップふうの寝衣を取りだそうとしていたので、

「それは、いいんじゃないか。毛布をかけるし、カーテン閉めれば、誰にも見えないんだから」

「あ、そうね」

龍太郎も自分のベッドである上段に、脱いだ背広やズボンを重ねておいて、丸首シャツとパンツ一枚になった。

ちょうど、そこへ車掌が通りかかって、

「乗車券と特急券、拝見いたします」

（ああ、神様……！）

——助かったというものだ。

先刻の熱烈抱擁のさなかだったらペッティングの指先まで車掌に見られて、千亜紀は悲鳴をあげたかもしれない。

検札の車掌が乗車券を改めて去ると、もう邪魔者はいなくなった。

「さ、おれたちのナイトトレーンだ。恋の夜汽車は特急ホテル——」

千亜紀にはいざという時のために、スリップの裾を腹の上までまくりあげて、手を繁茂の下にすすめる。

のびやかな脚線美と太腿が眼前に現われ、龍太郎は今にも覆い被さって、挿入したいような気持ちにかられた。

スリップの裾からのぞく草むらは若々しくそよいでいて、寝台車の床に蹲《しゃが》むと、龍太郎の顔に触れそうになった。少し汗ばんだ、香ばしい香りがした。

龍太郎はカーテンをあけたまま、蹲んで千亜紀の双の太腿を少しひらかせて、片一方を抱き寄せて、拝んで、草むらの下へくちづけにいった。

「カーテンをあけたままだなんて……人が来たら、どうするのよう」

「もう誰も来ないと思うよ。次の駅に着くまで」

(カーテンを閉めるのは、あとでいい。それは重なっている時だ。でもその前にもうちょっときわどいことをやってみたいんだ……)

龍太郎は、草むらの感触を顔に感じながら、ピンクの真珠の粒を舌先でさぐりだした。しばらく舌であそんでやる。舌先がピンクの真珠に触れて、剝《む》かれたり、薙《な》がれたりするうち、声をだすまいとして、時折、噴きだすかん高い千亜紀の声が、聞こえる。

千亜紀は前つきなので、あまり脚を広げなくても、クンニリングスができるのであった。

それはいいが、しだいに声が切迫してきたので、そろそろいいかな、と龍太郎は考えた。

龍太郎は、重なりにゆくことにした。

「ね、いいかい?」

寝台車は狭い。

「いいわよ。……いらっしゃい」

千亜紀は囁《ささや》いた。

「じゃ、ゆくからね。少し身体をずらしてくれないか」

龍太郎はいよいよカーテンを閉め、狭いベッドの上で千亜紀と重なろうとした。

少し、工夫がいる。何しろ窮屈なので、タフボーイを高射角にして重なりはしたが、さて挿入するとなると、悪戦苦闘である。

女体はぴったり双脚を閉じて仰むけに寝ているのだ。脚は思うように広げることができない。

「少し、片膝を立ててくれないか」

龍太郎は千亜紀の片側の太腿を立てさせ、壁のほうに押しつけた。そうすると少し角度ができて、女体を開くことができる。

そのあいだに位置をとると、タフボーイはもう蜜壺にあたる感じになる。

「ああん、もどかしいわね……」

千亜紀は愉しそうに、声をはずませる。

そのままでも挿入できないことはなかったが、いいことを思いついたので、

「千亜紀、両膝を立ててぼくを両脚で絡みつけるようにしてごらん」

「こう？」

「そう。もっと高く」

最初から、千亜紀に両脚を高くあげさせて、絡みつかせればいいのである。そうすれば、龍太郎はしっかりと両膝を下に固定させて支点を作ることができ、どのようにも動ける。

龍太郎はタフボーイの先端を花芯にあてがい、しずかに腰を降ろした。

「あ……入ってくる」

何とか、角度は命中した。龍太郎の豪根は、濡れて、温かい世界に包まれてゆく。

結合が完了すると、龍太郎は動作の間にずれて隙間のできたカーテンを再び閉め直し、寝台車の狭い世界なりにみっしりと、漕ぎだした。

「ああんッ……いつもより、ずい分響くわ」

千亜紀は、しがみついて、ヒップを持ち上げるような動作を繰り返した。

粘りつく秘肉のもてなしの中を抜き差しするうち、やがて千亜紀の声が高くなる。千亜紀は片手で顔を覆った。恥ずかしそうに顔を隠して、腰だけで応えてくる。

刺激的な眺めだった。列車が踏み切りを通過する時、灯りがその顔を照らした。そのまま、繋がって漕いでいるうち、幾つもの町や村を通過していると思うと、夏の夜、銀河鉄道に乗って愛情旅行をしているようで、龍太郎の中に不思議に激しい快楽が盛りあがってきた。

龍太郎はピッチをあげた。

「あっ……あっ……あっ」

千亜紀の声が切迫する。

千亜紀は両手をまわして、抱き締めてきた。強い圧力で快楽が締めつけてくる。

千亜紀は眼を閉じて、顔を歪《ゆが》めていた。さし迫った、鋭い快楽にさいなまれていることを喘ぎながら、

「もう……もう、わたし……」

「ぼくもだよ。いっていいかね！」

「いいわ。きて……きて……」

GOGO鳴る車輪の音の中に、二人はGOGOと終局に突き進み、同時に弾け合っていた。

3

（どうしてこんなに揺れるのかな……？）

龍太郎は寝返りをうって、空間の窮屈さと揺れるベッドに唸り声をあげた。手が横の壁にあたって、

(あ、ここはいつものベッドじゃないんだ)

と、気づいた。

そうか……。

やっと、龍太郎の頭もすっきりしてきた。

ここは、家じゃなかったんだ、寝台特急に乗ってるんだ。

(あれ? もう帰りだっけ? それともこれから行くところなのかな?)

ばかだね、寝起きっていうのは、どうしてこうボケるんだろう。

龍太郎はあくびをしながら、少し身体を起こしてみた。ついでに尿意を催《もよお》したので、トイレに行くことにした。

苦労してズボンをはくと、ベッドから身を乗り出して、はしごに手をかけた。龍太郎のベッドはA寝台の上段であった。

その下の段に、千亜紀が寝ているはずであった。

カーテンがぴったり閉まっているので、寝顔は見えないが、寝息だけが聞こえる。

腕時計を見ると、午前一時をまわったところだ。千亜紀とひといくさやったあと、自分のベッドに引きあげて寝てから、二時間は経っているようだ。

通路を歩いて行くと、誰かが窓のところに立って、外を見ている。

はっとするほど、美しい女であった。

列車が、ゆっくりとスピードを落として、窓の外に、ほの白い光に照らされた人気《ひとけ》のないホームを通りすぎている。

「あら、出雲さん」

女のほうが龍太郎の顔を見て、びっくりした声をあげた。

「あ……これは……」

出張先の秋田で、同じ中村《なかむら》家の結婚式に出席していた女性だったことを思い出した。

(たしか江口美智代《えぐちみちよ》という名前だったな)

それぞれのテーブルに配られていた出席者芳名《ほうめい》カードで、その名前は憶えていた。

「この特急でお帰りだったんですか」

「ええ、出雲さんも同じだったのね。びっくりしたわ」

美智代のほうはどうやら、出雲のことを知っているようである。もっとも、出雲がその披露宴でスピーチをしたからかもしれない。

「それにしても、どうしてこんなところに立っているんです?」

江口美智代はずい分長い間、通路に立って、所在なげに窓明りに照らされる外の夜景を眺めていたようである。

「私、寝台車って弱いの。いつも眠れないんです。こうして夜汽車の景色を眺めているほうが、よほど退屈しなくてすみます」

「それはそれは――」

さぞ疲れるでしょう? と言おうと思ったが、龍太郎はしきりに尿意を催していたので、

「じゃ、またあとで」

と言って、通路をトイレのほうへ急いだ。

——あの女、人妻だろうか？

龍太郎は、江口美智代のことが気になった。二十四、五歳の感じでは人妻のような気もしたし、何か仕事をもつ女のような気もした。

龍太郎は寝台特急のコンパートメントで用をすますと、紙コップに飲料水をついで、ごくごくと喉《のど》の渇きを癒《いや》した。

寝台車で夜中に眼をさますと、ばかに喉が渇く。ゆうべの酒と、奮闘と、車内の乾燥のせいかもしれない。

ついでに化粧室で、髪をあたり、少しは身だしなみを整え直して、ふたたび通路に戻った。ドアをあけて、自分の車輛に入ると、寝台車はあい変わらず、寝静まっている。

それも乗客は一、二割なので、どこもがら空きといった具合であった。

江口美智代の立っている場所の少し手前で、龍太郎の足がふっと、止まった。

あるベッドの下段のカーテンの打ち合わせから、女の白い足がのぞいていたのだ。それに、カーテンが揺れて、その中から、男女の呻き声も聞こえる。

どきっとして、足音を忍ばせて、近づいてみた。

——もしや不埒《ふらち》なアベックが……？

そういう、予感が閃いたのである。

（やってるじゃないか……）

龍太郎には、前夜自分たちの振舞いがあるので、すぐにピンときたのである。

カーテンの隙間から洩れる雰囲気は、明らかに男女が交合しているものであった。

そのカップルは、大曲か、横手、新庄《しんじょう》いずれにしろ、どこか途中駅で乗ってきた若い乗客のようであった。

(どんな男女かな……?)

カーテンの隙間からそっと覗くと、若い女が、覆い被さった男を容《い》れて、眉根を寄せて恍惚《こうこつ》とした表情をしていた。

声は必死で、だすまいとして怺《こら》えているようなのである。

男は上になって、跨《また》がって、盛んに動いているので、どんな男だか、顔は見えない。

龍太郎はふっと、悪戯《いたずら》心を思いだした。

(江口美智代にも、この絶景を鑑賞させてやろう)

龍太郎は、美智代が立っているところまで通路を歩き、美智代の肩を叩《たた》いた。

「ねえ江口さん、ちょっとちょっと……面白いものが見えますよ。来ませんか」

そっと、囁くように言う。

「なあに?」

「シッ。足音をたてないで」

江口美智代は、最初は何のことだかわからないようであったが、誘われてついてくると、龍太郎が指さす寝台を覗《のぞ》いた。

目撃した光景が一瞬、信じられなかったのであろう。

カーテンがさっきよりずれていて、男女が営《いとな》んでいる姿が、美智代にもハッキリと見えたわけである。

と、声を洩らして、眼を瞠《みは》っている。

「まあ……！」

驚きはしたが、しかし好奇心ありありのようだった。

「まあ、ずい分な方たちね」

明らかに、眠気がいっぺんにふっ飛んだようで、美智代は熱心に覗き込んでいる。

寝台車の秘景を見せつけられて、美智代は度胆《どぎも》を抜かれながらも、挑発され、しだいに隠しようのない興奮に見舞われはじめたようである。

「まあ……」

と絶句したきり、顔を染めて、桃色吐息で覗き込んでいる。

カーテンの隙間から見える男女に、いよいよ、クライマックスが訪れているようだ。場所が場所だけに派手な声やアクションこそないが、じっとり二匹の蛇が絡まり合った中にも、ハアハアと最高潮に達しかかっていた。

「ああ、何だか、私まで変な気分になってきたわ」

美智代は発熱でもしたように、額《ひたい》に手をやって、龍太郎によろけかかった。

龍太郎が後ろから支えると、彼の手を摑んで、ぎゅっと強く握りしめた。

美智代は本当にショックを受けて、危なく倒れそうだったのである。

支えたついでに後ろから抱きしめると、龍太郎の鼻先に、ぷーんと香水の匂いが漂《ただよ》ってきて、量感のある身体の重みが心地よい。

「ひどいわ……ひどいわ……あんな光景を見せるなんて……」

そう言いながら、美智代はぎゅっと握りしめた手を、自分の胸に押しあてた。

「毒だわ。罪だわ。私をこんな気分にさせるなんて」

龍太郎があいている左手で胸を抱いたまま、その下に激しく息づいている乳房を揉むと、

「ああん……お乳、弱いの。そんなことされると、私も変になっちゃう……」

なんとその薄い藤色のブラウスの下は、ノーブラである。

いきなり彼の掌の中に弾力のある大きな乳房がふわっと、円球のパパイアのように入ってきたのであった。

そうなるともう龍太郎も、止まらない。いや、計画通りに事が進んでいるといえよう。

「ね、いつまでも覗いているのは悪いですよ。美智代さん、こちらなら空いています。ちょっと、休みませんか」

龍太郎は肩を抱くようにして、江口美智代を隣りの隣りの、ボックスに誘った。そこのベッドは、左右上下とも空席であった。

(団体さんのキャンセルに、感謝しよう)

龍太郎は男女の秘戯を覗いてひどく催したらしい江口美智代を、この際、最後まで面倒をみてあげようという意欲に駆られていたのであった。

二人は並んで、ベッドに坐った。

唇を合わせると、白い指に赤いマニキュアをした手が、今度は龍太郎の太腿のほうにのびてき

た。

なぞりはじめる。龍太郎の股間のものは、きわだって硬直していた。

美智代は、それをズボンの上からなおもなぞり、確かめながら、

「ああ、私って真夜中の痴女みたい。ずい分なことをしているわ」

龍太郎の肩に頬をのせたまま囁き、そっと彼のズボンのジッパーに手をかけた。

（ええーッ？　このまま進むのだろうか。信じられない……！）

さすがに、龍太郎は息を殺した。

驚くべきことに、そうして素晴らしいことに、結婚式で出会ったゆきずりの女、美智代はすっかり真夜中の寝台列車の痴女になりかけていた。

「とても、お元気そうね」

龍太郎が期待するうちにも、美智代の白い指が、ゆっくりとジッパーを降ろすと、その指が、もどかしそうにズボンの中に入ってきた。

上品で妖《あや》しげな指使いで、なぞっている。

「うっ……」

と呻き、龍太郎はお返しに、彼女を抱いて、キスを見舞った。

甘やいだ接吻《せっぷん》をしながら、ワンピースの下から太腿へ手を入れた。

彼の指が奥へ進み、パンティーに達した。

「ああン……」

美智代は溜息をつくと、ぐっと腰を入れて、龍太郎の首に腕をまわし、しがみつきながら、激

しく接吻に応えた。

美智代の舌が、鮪《まぐろ》の身のようにぬたっと絡みつき、時折、鞭《むち》のように、ときめいて閃《ひらめ》く。その繊細な舌先の感覚と淫《みだ》らがましい絡みつきように、暫く龍太郎はうっとりした。

かたわら龍太郎の指は、ヘアがもやっている恥丘のあたりを撫で、その下のクレバスに届いた。女芯は、すでに熱い蜜液を自噴して、潤っていた。

パンティーの端を片寄せて指をすすめると、

「わあ、お行儀わるーい……」

指はぬるりと、秘孔に吸い込まれてゆく。

少し出入りさせ、摩擦してやると、美智代は腰をゆらめかせながら、突きだしてきた。

「ああ……身体が揺れるようだわ。車中愛って、とてもリズミカルで、スリリングで、普段よりずっと、感じるのねえ」

GOGOと鳴る車輪の音や、一瞬の休みもない列車の走行感が、身体のリズムを奥底から、ゆすぶっているようであった。

顔を見ると、美智代は赤い顔をして、まるで風呂でうだったような顔をしていた。

感じている証拠である。龍太郎の指に時折、締めつけられる感覚が訪れる。

締めつけながら、美智代は泣いていた。快楽が押し寄せるたび、ヒップをこねる。男性自身がこれだけ締めつけられたら、ひとたまりもない、と思った。

もうあとは、結合するだけである。

「ね、横になって」

龍太郎は囁き、美智代をベッドに横たえた。

「待って……自分で脱ぐわ」

龍太郎がワンピースのファスナーに手をかけると、美智代は、

「みんな脱ぐなんて、あんまりよ。車掌さんが来た時、困るもの」

そう言いながら、ワンピースを腹部のあたりまでまくりあげ、パンティーやストッキングを丸めて、するりと脱いでしまった。

「ね……あれ、するだけですものね。これでいいでしょ」

あれ、するだけですものね……という美智代の言葉に、龍太郎は濃厚な色気を感じた。

美智代はそう言って、いざなうようにベッドに横になった。

たしかに、寝台車の空きベッドを不法占拠しているわけだから、車掌に咎《とが》められると、コトである。

それで美智代としたら、いつでも退散できるように、と思ったのだろうが、上は盛装しているのに、下半身だけ裸。ヘアを黒々と出しているというのは、たまらなく淫猥《いんわい》であった。

龍太郎は、ズボンを脱いで重なった。

「難しそうね」

「少し狭いけど、大丈夫です。片膝を立てて」

千亜紀との交渉で、いわば学習済みであり、寝台車での要領はもうわきまえている。

今夜は二連戦なわけだ。ひと眠りして回復したせいか、龍太郎は男性自身がばかに意欲をたぎらせて、調子いいのを感じた。

美智代の左側の太腿を立てさせ、壁のほうに押しつけた。そうなると、少し角度ができて、身体を開いたことになる。

美智代の下腹部の草むらの底に、赤いクレバスがほんのりと覗いている。

龍太郎はそこに命中するよう、窮屈な姿勢のまま、腰の位置を修正した。

「両脚をぼくの腰に巻きつけてください」

「わあ……大胆」

驚きながらも、美智代は言われたとおりにした。

龍太郎は、茂みの下の濡れた部分に、グランスをあてた。そして体重をかけて、少しずつ美智代の上に沈み込んでゆく。

タフボーイがまだ三分の一も埋まらぬうち、

「うぐっ……」

と、美智代は喉をふるわせ、龍太郎の肩を摑んだ。

のけぞった顔が、今まさに開かれてゆく女の極《きわ》みを映して、寝台照明になまめかしい。

美智代のカトリーヌは、龍太郎のに対して窮屈なようだ。

龍太郎の豪根がインサートされてゆくのにつれ、顔が華やぎながらも苦痛に歪む。

「ちょっと、きついかな」

「ええ、ちょっと――」

でも大丈夫よ、すぐ楽になるわ、もっとずぶっといらっしゃい、とつづけて美智代は囁いた。

龍太郎は三分の一ほど埋もれたところで、難渋しているタフボーイを、言われた通りに、ずぶっと、一気に美智代の奥へ、押し込んだ。

「あ、あぁーっ」

美智代はたまげたような声をあげて、のけぞり、肩を掴んだ手に力を入れた。

充分に奥へととどいた時、

「わあ、感激」

美智代はうれしそうに言って、両手で龍太郎の首ったまにしがみつき、重い息を吐いた。

この女の構造は、もしかしたら自分のとすごく相性がいいのではないかと龍太郎は思った。前戯とてろくにせず、いきなり挿入したのに、熱い粘膜にぴったりとくるまれ、しかも全体が奥へ奥へ引き込まれるような感じだった。

蜜路の中は、ぞよめきと粘り気に充ちていて、とろけそうである。

龍太郎は、そのとろけそうな苺ジャムの中を、ゆっくりと動きだした。

「出雲さんと私の身体って、よくフィットするみたいね」

「ああ、そうですね。ぼくもそう思った。あなたとは、とても具合がいい」

美智代はすでに佳境であった。

龍太郎が腰をはずませて、漕ぐにつれ、

「私、奥が熱いの。とても熱いの。奥を強く突いてちょうだい」

うわごとのようにそう言って、両手で龍太郎の背中を掴みながら、反りかえる。

こうですかね、と龍太郎が奥をたてつづけにどっ突くと、わあっ、と短い声が噴きでて、痙攣《けいれん》が走った。

「ごめんなさい。このところ男ひでりがつづいてたから、わたしったら、怺え性がないの。こういうことをすると、すぐにイッちゃうのよ」

事実、彼女は弾けて、小さな峠をこえたようだ。

龍太郎は挿入したまま、首すじから耳の後ろへと、優しくキスした。

小休止中なのに、挿入された部分に、ひくつきが起きている。美智代はとても緊縮力がつよい。ふつう、緊縮力に対して強烈な抽送を行なうと、あとで赤剝けの状態になることが多いが、美智代の場合は、そうはならないタイプで、緊縮力のうちにもとろけるような柔らかさが、兼ね備わっているのであった。

龍太郎はもどかしくなって、ゆっくり動きだした。すると美智代もすぐ戻ってきて、

「ああん……」

と、登りはじめる。

美智代はやがて、「イク」と「熱い」を交互に口にした。中には「灼《や》けちゃうよう」という言葉が入っていた。その灼けるような感触を、龍太郎は何度も感じた。しぼるような緊縮力が根元から先っちょまで、働きかけてくるのだ。

「私、……もうだめ。きて」

龍太郎も自分を解くことにした。大満足だった。何しろ同じ夜、同じ寝台列車の中で二回も、違う女体にありつけたのである。

はっきりいって、千亜紀の時よりも、初めてなのにおかしな成り行きになったこの謎の女江口美智代に、龍太郎は妙な身体の相性の良さと、激しい興奮を覚えていた。

したがって、あまり長持ちはしなかったのである。

——終わって、ひと休みしてもとの席に戻りかけた時、

「ねえ、もうこれっきり、というのはいやよ」

美智代がそう言って、手をぎゅっと摑んだ。

「ええ。それはもう」

「東京に帰っても、電話していい？」

「もちろんですとも、私のほうからお電話します」

「私、ここにいるわ。出雲さんとも満更、縁のないお仕事でもないし」

元の席で美智代はバッグから名刺を出した。

それには総合ブライダル産業「平成閣」という社名の傍らに「ブライダル・ファッション部江口美智代」とあった。

平成閣は、結婚式場から貸衣裳までやっている大手のブライダル企業である。美智代はその中で、貸衣裳のデザインを受け持っているが、秋田で行なわれた結婚式も、新婦が短大の後輩なので、ウエディングドレスやお色直しの衣裳など、すべてを美智代がデザインしてコーディネートしたため、いわばスタイリストとして、招《よ》ばれて出張していたのだという。

「じゃ、あなたも出張結婚式だったわけか」

「ええ、そうなの。これからもよろしくね」

——寝台特急は上野にむかって夜の闇の中を驀走していた。

5 吐蜜する美貌

1

その朝、出雲龍太郎は外回りを兼ねていたので、遅い時間に出社した。

「失礼します」

萩原千亜紀が課長室に入ってきた。

「森島《もりしま》さまという方から、二度ほどお電話がありましたけど」

ワードローブ前で上衣を脱いでいる龍太郎に事務的に教え、彼の机の上に小さなメッセージ用紙を置いて、部屋を出ていった。

千亜紀は先日の寝台特急での冒険をおくびにも出さず、会社では事務的である。そこがいい。龍太郎は机に坐って、メッセージを取りあげながら、

(……梓《あずさ》のことだな。ヨーロッパから帰ってきたのかもしれない)

電話の相手はわかっていた。

メッセージに目を通すと、

〝出社しだい、会社のほうに連絡ください〟

予想どおり、森島梓からの伝言であった。

森島梓は、総合結婚産業「鳳翔閣婚礼センター」の結婚プロデューサーである。

二十六歳になる独身美女であった。今はどこのホテルも、結婚式場も、これから婚約して挙式や披露宴をやろうというカップルの集客戦争が盛んだが、龍太郎は時折、自分で縁組みしたカッ

プルを梓の「婚礼センター」に紹介している。そうなって、二人はなぜか肌合いがあって、いい飲み友達である。

　虎ノ門《とらのもん》の会社に電話すると、梓は鳳翔閣の本社にいた。

「出雲です。お電話いただいたそうで」

「あ、出雲さん、しばらく」

「ヨーロッパはいかがでしたか？」

「ええ、とってもすてきな旅行だったわ。出雲さんにお土産《みやげ》買ってきたので、お会いしたいんですけど」

「お土産ですか。それはどうも」

「ねえ、今夜いかが？」

「あ、いいですね。夜七時以降なら、あいています」

「じゃ、夜七時。帝都ホテルのいつもの地下バーあたりで、というのはいかが？」

「結構ですね」

「じゃ、楽しみにしてるわ」

　電話は、そんな具合となり、龍太郎は今夜七時に、新宿の帝都ホテルの地下バー「ルクセンブルク」で会うことになった。

（もしや、今夜あたり……？）

　龍太郎は、電話を置いても、しばらく梓の残り香を追いかけて胸をときめかせていた。

　それというのも、森島梓とは二年越しの付き合いだが、まだ一度も男女の仲に至ってはいないのであった。いつもすれすれのところまでゆくのだが、なぜか最後のところで、上手にかわされる感じで、せいぜいが三塁までしか進んではいないのであった。

(ヨーロッパ土産まで買ってきているのなら、むこうも満更ではないらしい。今夜こそ本塁突入に成功してみせるぞ……!)

龍太郎は心中、深く決意し、その日、一日中、張り切って仕事をし、夕方七時少し前に、待ち合わせの場所にむかった。

森島梓は、約束の時間に「ルクセンブルク」のカウンターに坐って、待っていた。

時間柄、ホテルバーはそこそこの混みようだったが、白いサマースーツを着た梓は、ルックスの高い美人だから、すぐにわかった。

「やあ、お待たせ」

龍太郎はスツールを引いて、彼女の傍《そば》に坐った。

「ごめんなさい。急にお呼びたてして」

「いつお帰りになったんです?」

「昨日の夕方、成田《なりた》に着いたのよ」

「それでもう今日は出社しているのですか。凄いモーレツ女社員だな」

「あなたにお会いしたかったからよ」

「え?」

「ほら、長い旅行をしていると案外、孤独でしょ。そういう時、旅先でふっと好きな人を思いだすのよ。そうしたらもう矢も盾《たて》もたまらなくなるってこと、よくあるでしょ」

（ホントかな……？）

龍太郎は自分の頰を、つねりたくなった。

龍太郎は、自分が女にもてないとは思っていないが、いわゆるモテモテのプレーボーイとは思っていない。人一倍、好き虫で、恋の冒険には何をさておいても……という熱情の持ち主ではあるが、しかし森島梓のような美人からモーションをかけられるほど、自分はルックスがよくてモテる男だとは思っていない。

「ところで、それ、なに、飲んでるの？」

「ピンク・ジン」

「あ、凄え――」

ピンク・ジンは、名前はやわだが、強いお酒である。透明なジンにビターズを数滴、たらしただけなので、ほとんどジンをストレートで飲むようなものである。

「最初の二杯だけよ。あとはジン・サワーかトニックにかえるわ」

それでもジンをベースにこだわるあたり、このイキのいい美貌の才媛の心意気といったものを感じる。

龍太郎はお手やわらかに、といった気持ちで、フッーのスコッチの水割りを貰った。

森島梓が勤める「鳳翔閣婚礼センター」は全国に結婚式場のチェーンをもち、貸衣装から新婚旅行のための旅行代理店業務までやっている会社だ。梓はその中で披露宴のプロデュースから貸衣装のデザインまでを担当しているが、その関係で二週間、ヨーロッパ各国の結婚式を視察する業界のブライダル・ツアー旅行に参加してきたのであった。

「はい。お土産よ」

梓は、バッグから包装紙に包んだ小函《こばこ》をとりだした。

「なあに、これ？」

「タイピンとカフスボタン。スペインのコルドバという町に、民芸品ともいえる手作りのすてきな真鍮《しんちゆう》工芸店があったの。それで、私のピアスとお揃いで買ったのよ」

「それはどうも」

龍太郎は受けとり、ありがとう、と言って梓の首すじにチュッと、派手なキスをした。

気持ちのいいホテルバーだった。

そこだけスポットライトがあたっている馬蹄《ばてい》型のカウンターに並んで坐って、龍太郎は森島梓と久しぶりに飲む酒が美味《おい》しいと思った。

「で、どうでした？　結婚式を専門に見てきたヨーロッパ旅行の印象は」

「ええ、とっても参考になったわ」

梓が旅行の印象を思いだしながら、

「日本はとかく結婚式にお金をかけて派手にしたがるでしょ。でも、スイスのアルプス地方の小さな教会結婚式とか、ドイツのロマンチック街道での古いお城の結婚式とかを見てきて、いろいろ、勉強になったのよ。大金をかけなくても、小さな、手作りの結婚式でも、凄く、心豊かで、華やかな、すてきなものがいっぱいあるなぁって」

「そうだね。日本は見栄《みえ》を張るために、とかく大金をかけて、見てくれだけを気にして、形式的豪華さを追う傾向にあるからね」

「ええ。あまりお金をかけなくても、手作りでも、心のこもった結婚式がいかに美しくて素晴らしいかって、いろいろ、考えさせられたのよ」

「でも、あまり手作りになると、結婚式場は儲《もう》からなくなるんじゃないかな」

「そのへんが、痛いところね。私たちとしたら、あまり質素倹約主義も困るわけだから、どうせお金をかけるなら、形式だけではなく、心のこもった、新しい時代と感性にマッチした個性的な披露宴のプロデュースの仕方があるんじゃないかと、そう思ったわけよ」

「ま、期待しましょうか。結婚プロデュース界の新星、森島梓の才能に」

「冷やかさないでよ」

梓はコツンと、ゲンコツで龍太郎の肩をぶった。

そのはずみに、龍太郎は梓の膝をぎゅっと摑んだ。

「ああん……こぼれるわ」

梓はピンク・ジンのグラスをふるわせて、変な声をあげた。

龍太郎はかまわず、膝から太腿へむけて愛撫の手をすすめた。梓はそれを押しのけようとはしなかった。いや、それどころか、上体をぐらりと傾けてきて、顔を寄せ、

「そんなことされると、知らないから。私、今、凄ーく火がつきやすい身体なのよ」

「それはいい傾向だ。梓さんとはもう二年越しになるけど、平行線だよ。今夜あたり、的中させたいと思っているんだけど」

「そんなふうにあけすけに誘われると、ぞくぞくしちゃうわ」

龍太郎のほうこそぞくぞくして、

「部屋、予約しているからね」

「いいわ。あと二杯ぐらい飲んだらね」

そう言って梓が、

「そのかわり、来月も龍太郎さんとこの成婚者、しっかり回してほしいわ」

今、結婚式場はオーバーフロア気味で、どこも誘客戦争にしのぎをけずっている。そのため、梓は龍太郎を通して東京ブライダル・アカデミー社の成婚客を、もっともっと回してもらいたいようである。

(ほう、そういうわけか。道理で調子がいいと思った。しかし、ギブ・アンド・テークというのも悪くないな。本物の恋心もちょっぴり混じってるんだし……)

三十分後、二人はそのホテルバーを立ちあがった。

2

「ありがとう。よく決心してくれたね」

ドアを閉めると、二人だけの世界になった。

そこは帝都ホテルの二十階である。夜景が見える高層の部屋に入って上衣を脱ぐと、龍太郎はベッドサイドで梓を抱き寄せ、静かに接吻にいった。

梓の首筋からほのかに漂うランバンの香水が鼻先に匂って、花の香りのするさわやかな風を、両手で抱きしめているようであった。

梓が、風でないのは、熱い呼吸と、熱い身体をもっている点だけである。

「ああーん、悪いひと」

軽い、そよぐような接吻をして、区切りをつけて顔を離そうとした時、不意に梓が両手を回して龍太郎の腰を抱いて、強く力を入れた。

すると当然、濃厚な接吻となった。喘《あえ》ぎながらディープキスを重ねると、梓の下腹部で盛りあがった恥骨の高みが、はっきりと押しつけられる感じになった。

唇を離すと、唾液が尾を引く。

「さ、バスを使っておいで。ぼくはあとでシャワー浴びるから」

「いや」

いや、とあまり強く言ったので、龍太郎はびっくりした。

「え？」

「このままベッドに運んで」

「それは凄い。うれしいノリようだね」

「一緒にバスを使ったり、シャワーを使ったりって、何だか馴れ合いのホテルごっこになって、あたし、しらけちゃうの。男と女って、情熱に委《まか》せたまま、というのが一番、すてきだと思うんですけど、いかが？」

「いいこと言うね。ぼくもその主義さ。梓さんのあそこの生の匂いに触れたい」

龍太郎はうれしくなって、梓のスーツの上衣を脱がしてやり、自らネクタイも服もとって、なだれ込む、といった具合にベッドに転がり込んだ。

勢いよく押し伏せる。

再びキスしながら、ブラウスのボタンもはずして、胸の隆起に手をすべり込ませた。半円球の形のいい乳房を、掌に包んで、ゆっくりと揉む。

「ああ……」

梓が眼を閉じて、幸せそうな声を洩らす。ひとしきり、乳房をたわめて揉みたてたあと、龍太郎は梓の下半身の急所に手を派遣した。スカートの上からであった。

「あ」

梓はさすがに、不意に恥丘に触られたので、反射的に股を閉じた。

女性の本能的な、防衛反応であった。

しかし、すぐに身体をぐったりと柔らかくし、迎える姿勢になった。

龍太郎はスカートの腰のジッパーをひき、中に手を入れた。ショーツの上からでも、梓の濡れ具合の凄さは、すぐに指に伝わった。

「ああん……脱がせないまま触るなんて」

身をよじったはずみに、梓のパンティーの横あいから、指をすべり込ませた。蜜肉の畝《うね》に沿って割れ目をくつろがせ、道を広げた。

指を沈める。ぬらぬらと濡れた感触が、龍太郎の指先にまとわりついてきた。

梓のカトリーヌは、激しく吐蜜していたのである。

龍太郎はショーツの端からくぐり込ませた指で、二枚のびらつきを丹念にさすった。

「ああン……そこ、みっともなくなっているでしょう……」

腰がふるえ、吐息が熱い。

梓はヨーロッパ旅行から帰ってきたばかりで、だいぶ溜《た》まっているようだ。愛撫の最初の段階から、声をあげっ放しであった。

もともと、敏感なたちかもしれない。乳首を吸い、毛むらを分けて、秘唇をまさぐりたてる龍太郎の指に、梓は、慎《つつ》しみをかなぐりすてて熱いしたたりを噴きだしては、腰をねじって、身悶えを打った。

梓は腋窩《えきか》をきれいに処理していた。龍太郎はふつうは、そこにふさふさした毛が飾られているほうが催すが、梓の場合、きれいに処理した白い肌目が、よけいに淫猥《いんわい》だった。皺《しわ》目の重なり具合が、どこやら女陰を思わせるようなよじれ目をしていて、ひどく感じさせた。

そこに舌を押しあて、舐めあそんだりした。

考えてみれば、結婚プロデューサーという仕事は、切ないものである。夫がいるわけでもない独身の梓は、毎日毎日、幾組ものカップルの結婚式や披露宴を手伝って、新婚旅行に送りだしているが、たまにはその新婚夫婦が夜、どんなことをするかを考えることはないのだろうか。

華やかな披露宴を終えて、夜、疲れ果ててマンションの部屋に戻ってきた時、一人で、淋しくなる時はないのだろうか。

今、龍太郎の腕の中で、身悶えしている梓の白い女体は、まぎれもなくそういう淋しさがあることを告白しているようなものだ。これまで耐えていたものが、一気に爆発しているような悶え方であった。

龍太郎はやがて、梓をすべて脱がせて、全裸にした。

梓は全体に長身で、華奢《きゃしゃ》な身体つきのようだったが、裸にすると意外に豊満だった。内股は白くてなまめかしい。

「あー、いやいや」

夢遊病者のように手を宙に泳がせて拒否しようとするのをかいくぐって、龍太郎は両下肢を二つに割り、間に入った。

恥丘はふっくらと発達して、繁茂した秘毛が艶々《つやつや》としている。赤い滝のような秘唇は、サーモンピンクに濡れ輝いて、龍太郎の舌先に刺されるたび、とろりと吐蜜してわなないている。

「バス、使ってないのよ……匂うでしょ……いやいや、クンニはもうやめて」

龍太郎としても、ここでクンニの大盤振るまいをするつもりはない。ご馳走を眼で確かめるための、ほんの味見のつもりだった。

しかし、その間にも赤い流れには、潤みが湧きつづけている。毛を分けて指で押すと、熱い沼のようであった。

「あ、いいわ。そのお指、もっと入れて。あたし、指でいじられるの、大好きなの」

梓はたいへん、エッチなことを口走った。

龍太郎はそのリクエストに応じて、覗き身しながらそろりと指を奥へ押しこんでみた。

ぬかるむ才媛はもう全面的に、女の城を龍太郎に明け渡していた。

龍太郎は本格的に、指で梓の構造の探検にむかった。それも才媛の両下肢の間に、這いつくばってである。覗きに、クンニに、指戯の三重奏ではこたえられない。

第二関節のあたりまでずっぷりと埋め込んでいた中指を、もう少し奥まで進めると、ひくひくっと摑まれる感じが訪れた。

摑まれる感じは、環のようになっていて、摑んで、奥に引き込もうとしている。膣括約筋が発達していて、キンチャクのようでもあるし、カンヌキのようでもある。

（たまんないだろうな、これで締められたら）

最初から無用心に抜き身を入れなくてよかった、というものである。

龍太郎は、中指を少し上にこじあげ、その下に重ねるようにして、薬指をすべり込ませた。指を二本一緒にすべり込ませると、入り口のキンチャクのあたりが少しきついようだったが、なんとか奥へ進入した。

「ああン……そんな無茶、しないで」

梓は二本の指でレイプされていることを抗議するように、文句を言った。

でもけっして、痛すぎるような、苦しがるような反応ではなかった。

進入させてから、重ねていた二本の指を蜜洞の中で、横に揃えた。

龍太郎はその二本の指を下に折りまげるようにして、手前に引いた。洞窟《どうくつ》がせばまって、狭隘《きょうあい》な部分を内部から引っ搔く感じになり、

「わっ……それって、変よう。感じちゃう」

梓は突如、あわてたような声をあげ、ヒップをゆらめかせた。

「そんなあ……」

喘ぎながら、文句を言った。

でも文句を言いながら、恐慌をきたすほど、よがっている。キンチャクの閉じ口を内側から引

っ掻かれているのだから、女体にとってはこたえられないはずである。

（とてもむずがゆくて、痛がゆい）

そんな顔であった。

「どう？　これは」

龍太郎は秘洞の中の二指を、今度は天井にむけて折りまげ、粒立ちの多い天井の壁を、手前に引っ掻いた。

「あうッ……」

梓は、今度も、ヒップをすぐ眼の前でバウンドさせた。

「ああ、オシッコ、ちびりそう」

いつも和服や隙のないミラ・ショーンを決め込んで、愛想のいい結婚プロデューサーをしている森島梓の外見からは、想像もできない痴語を洩らして、彼女は悶えた。

そうするうちにも龍太郎は、昂《たか》まりすぎて男性自身が苦しいくらいだ。思わず、覗きの姿勢を解いて、指は使いながら添い寝にゆく。

「あらあ……出雲さんのって、お元気ねぇ」

梓は、握った。硬度を増した龍太郎のものを強く握り、大きな声を発した。龍太郎の指がクリトリスを捉え、そこを中心に指の動きがこまやかになったからである。

龍太郎の指の活躍に誘いだされて、梓の潤みが濃くなり、指が稼動《かどう》するにつれ、膣鳴りがたちはじめた。ぴちゃぴちゃと、水辺で鮎が跳ねるような水音であった。

「いやーん、その音」

「だって、あなたのここ、濡れてるんだよ。仕方がないだろう」

「いやいや。そんな音、たてないで」

梓は自分の膣鳴りに、ひどくプライドを傷つけられたように怒った。

女性としてはたしかに、その音を聞くのは恥ずかしいようである。龍太郎が興に乗ってなおも指戯を見舞って水音をたてていると、

「いやったら、その音……ね、それより繫《つな》いで」

「もうかい？」

「あたし、頭がぼうーっとしてるのよ。目まいがするみたい。早く頭の中のこの赤い霧を晴らしてもらいたいわ」

(それもそうだな)

と、龍太郎は思った。

鬱積《うっせき》して、爆発しそうになっているこの女体に一度、繫いで、欲求不満を抜いたほうがいいかもしれない。そのあとで、仲良く風呂に入ったりするのも楽しいかもしれない、と判断した。

「ねえ……早く、乗っかってえ」

梓は、乗っかってえ、と素敵なことを言った。

(乗っかってえ、とはよかったな)

龍太郎はリクエストに応じて、勢いよく乗っかる位置をとった。彼の男性の意欲はもちろん、棍棒《こんぼう》のように硬くたぎっていて、臨戦態勢である。

龍太郎はタフボーイの宝冠部を、ぬかるんだ梓のとば口に浸した。

押し込みはせずに、漬けて、浸して、ぬかるみ全体をグランスで捏《こ》ねまわした。

それだけで梓は、

「あッ……あぁッ……」

と声をあげて、のけぞった。

梓は見た眼にはルックスが高くて男にもてそうだが、女芯への男の訪れは意外に、少ないようだ。男に、渇いていたようでさえあった。それにふだんは抑制もしているのだろう、とば口への訪れだけでも敏感な反応を示すようであった。

龍太郎はその反応にいたく気をよくして、浸していた状態から、少し奥へすすめた。

「ああ……めりめりっと、少し痛いわ」

洞窟の狭いところに出会って、梓はそう訴えた。

「でも素敵よ。倖せよ、ずーんと、突いて」

龍太郎は、豪根を濡れ潤んだ花びらの中へ一気に捻《ね》じ込んでいった。

「ああ――」

男にとって、女体を押し分けてゆくこの瞬間というものは、いつもいいものである。

何より充実した気分。しかし、まだ女のどん底までは、届いてはいない。龍太郎のものは今、三分の二ほど、梓の中に埋まっていた。

梓の構造部分は、龍太郎のタフボーイを深く呑《の》み込みながらも、同時に、それを押し返そうとする微妙な反作用を見せていた。

タフボーイの先端が、蜜液でなめらかになった入り口を突破すると、まず押し返してくる力が及んでくる。それはかなりきつい。でもそれを突破して狭隘部の先に突き抜けると、押し返してくる力はゆるやかになり、反対に肉びらがまといついて、奥へ引き込もうとする作用にかわる。

「あ、ああーッ」

その段になると、梓を不意に快美感が掠《さら》って、官能の海に漂わせる。

それはちょうど、忘れていた小径に、驚くべき化け物の待ち伏せをくらってあたふたしている、といった表情でもあった。

龍太郎のものは、ついに根元まで没入する。

「あー、届いたわ」

梓が到着感を表す言葉を吐いて、うっとりしたように、眼を閉じる。

龍太郎は、ゆっくりと漕ぎだした。

梓の構造は、入り口がきつくて、中は広い。締めつけも、奥はそれほどきつくはなかった。

そのくせ梓の入り口の締めつける力は、蜜液のぬめりがなければ抜けなくなるのではないか、と思われるほど強かった。

そんな具合だと、入り口が締まるので、龍太郎のものはちょうど、袋の中に納められている感じ。それに愛液も多いので、龍太郎は射出感までに、長く持ちこたえられる感じなのであった。

(これは一種の、名器だな……)

龍太郎は遠慮なしに、袋の中の男性自身をいやらしくうごめかせた。梓は、蜜口いっぱいに男のものを容《い》れられて、中をこねくりまわされて、ますます驚いたような顔になり、

「出雲さんのって、大きいわ。いつもこれで女性を泣かせてるんでしょ」

「それほどでもないよ」

「きっとそうよ。泣かせているに違いないわ」

「ぼくは女性をひたすら、歓《よろこ》ばせているつもりなんだけど」

（あなただって、ほら）

龍太郎は、着実な打ち込みをつづけた。

梓の内部はもう、どろどろの海である。時折、膣口部がきゅっと締まって、抜き差しする龍太郎のタフボーイの根元の方を、摑むような動きが加わった。

「ああん……龍太郎さん」

出雲さん、がいつの間にか、龍太郎さん、に変わっていた。

「なーに？」

「あたし……あたし……もうだめになりそう」

「え、もう……いくの？」

「ええ……そう、いっちゃいそう……」

梓は、顔を反らせたまま、お上品な頷《うなず》きを繰り返した。

「まだだよ、梓さん。もっともっと薔薇《ばら》色の雲の中を漂わせてあげるからね」

龍太郎はみっしりとストレートを連打するように動きながら、胸の隆起のまん中に苺のように赤く実り立ってきたベルボタンに、顔を寄せていった。

「もうあたし……だめ」

梓は佳境に入って、ふたたび、さし迫った声をあげた。

梓の悦楽は、多彩であった。そうしてピッチが早かった。その乱れ具合を楽しみながら、龍太郎はタフボーイをおさめたまま、乳房に接吻した。

（梓の女体はそこを吸うと、ベルのように鳴りだすに違いない……）

と、さっきからそう思っていたのである。その予感は、間違いではなかった。

抽送しなくても、おさめたまま静止しているだけで、ベルボタンを吸いたてるにつれ、顕著なひくつきが、膣内に訪れていた。

そのひくつきは、乳首と連動していて、スイッチを入れられて、膣括約筋が勝手に肉根を締めあげ、むさぼっている感じでもある。それと同時に、おびただしい電流の波動が梓の全身を襲い、

「わあ……わあ……だめだめ」

梓は、わけのわからないことを叫んで、ずりあがってゆこうとしている。

龍太郎は、両肩に手をかけて、上体のずりあがりをキープした。ベルボタンへの接吻のかたわら、ゆるゆると抽送を再開した。

（このへんで一回、登頂させておくのも、悪くないかもしれないな。夜はまだ長いんだし……）

そう思ったのである。

梓を貫いたまま、腰で「の」の字を書き、時折、ストレートの連打を見舞った。

「ああッ」

梓は高い声をあげて、腰で迎えるような動きを見せた。

しがみついてくる柔らかい両腕を、龍太郎は頭の上に薙《な》ぎ伏せた。白い、皺目の多い腋窩が目

の下に現われる。

万歳をさせるような姿態をとらせておいて、動きながら、腋窩に唇をおろした。

「あぁッ……いやいや……そこ、くすぐったい……だめ……死にそう」

こそばゆさが極点以上に達して、女性自身に加えられるタフボーイの刺激とが連動して、梓は
ひいひいと泣くような声をあげた。

文字どおり、泣き声であった。そうしてそれはもう、登りつめてゆく声でもあった。

「いく……ああん、いく……ああーん」

声が絹糸のように細く尾を引いて、やがてプッツンした。

梓はそのままクライマックスを迎えたらしく、四肢を投げだし、ぐったりとなった。

龍太郎はまだ、みなぎっている。どろどろの海の中で、いきり立ったままである。

静かにそのタフボーイを抜こうとすると、

「ああーん」

梓が変な声をあげて、追いかけるように、秘孔を収縮させた。

ごろんと横になって一休みする。

息が整ったところで、梓がむっくりと半身を起こし、

「ううン、もう、龍太郎さんったらあ、意地悪……！」

睨んで、龍太郎の濡れたタフボーイを握り込む。

「あたしを目一杯、イカしてしまっちゃって！」

「ひと風呂、浴びようか」

「ええ、いいわね」

3

梓はベッドから降りると、浴室にむかった。

栓をひねってバスタブに湯を出しはじめる。

龍太郎は頃合いを見て、バスルームにむかった。タオルを手にしてガラス戸をあけると、梓がシャワーを浴びているところであった。

湯舟に、湯はもう張られている。

そのホテルは、湯舟とは別に、シャワーブースがあった。

龍太郎は先に身体をさっと洗って、バスタブにつかった。

「いかが？　湯加減」

「ありがとう。ちょうどいいよ。おいで」

龍太郎は梓が入りやすいように、身体をずらして、空間を作った。

梓はシャワートップをフックに掛けると、バスタブの縁《ふち》をまたいで、入ってくる。

瞬間、女の中心で赤いはざまがルビーの沼のように閃くのを、龍太郎は眼で楽しんだ。

「やーね。何笑ってるの？」

「梓のカトリーヌ、美しいなって。熟《う》れきった赤い鶏頭《けいとう》の花のようだなって」

「鶏頭だなんて、失礼ね。せめて芙蓉《ふよう》かひなげしみたいって、言ってほしいわ」

むかいあって、首まで湯につかった。

「今朝、電話に出た女の人、すてきね」

梓がいきなり、そう言った。会社の、萩原千亜紀のことのようであった。

「電話だけでわかるのかい？」

「わかるわよ。とっても感じのいい方。あなたに気があるみたい」

「そんなことまで、取り次ぎ電話でわかるはずないじゃないか」

「それがちゃんと、わかっちゃうから、不思議なのよねえ」

「邪推だよ、それは」

「邪推じゃないわよ。あの子、おたくの会社のカバーガールでしょ。写真見たことあるけど、ずい分、可愛い娘だわね」

「可愛いだけじゃないよ。こういう時、別人のようにエッチになる」

「へええ、どういうふうに、どエッチになるの？」

梓は、笑いを浮かべながら、腰をくねらせた。龍太郎の手がのびて、梓の潤みのところをまさぐりはじめたからだ。

「可愛いどエッチでね。こういうことがとても好きだし、ここの呼び名でも平気で口にするんだよ。きみなんか、言えやしないだろ」

「そう。四文字」

「女性の性器の呼び名？」

「わあ、そんなこと言えやしないわ」

「言ってごらんよ、一度ぐらい」

「いやーん」

「言えない？」

「絶対に言えっこないわ、そんなこと」

「言えなくても、梓は好きだもんな。こういうこと」

そう言って、龍太郎は指を梓の女芯に差し込んだ。あうッと泡をくらった梓が、

「見てらっしゃい」

と反対に握り返す。

「あら、大きい……」

龍太郎のものが湯の中でも凜然《りんぜん》としたままなので驚きながらも、

「ね、いいことしてあげるわ。あがって」

梓がそう言って促した。

促されて、龍太郎はバスタブからあがった。

梓も外に出た。

「こちらをむいて」

シャワーブースで、梓は手に石鹸を握って、龍太郎のみなぎりを洗いたてはじめた。

龍太郎は、立ったままである。梓がその前にひざまずいて、泡立てながら洗いたてる姿は、あたかもかしずいている感じになった。

「わあ、くらくらしちゃうわ。どうしてこんなにお元気なの？」

ていく。

「先刻、あなたの中に発射しなかったからね」

「くやしいったら、ありゃしない。あたしばっかり、イカしちゃって」

「梓さんがこんなサービスしてくれるなんて、信じられないなあ」

まるでプロのソープ嬢のようじゃないか、と龍太郎は思ったほどである。

「女はね、自分を倖せにしてくれる男には、ちゃーんと優しくなるのよ」

言いながら、泡立った茂みからタフボーイの根元、先端、そうして股間までを実に丁寧に洗いたててゆく。

そのあと、湯をかけて石鹸を洗い流し、口に含んでくる。

ううっと、龍太郎はその甘美さに呻いた。

梓は若竹のしなりを摑んで、含み、吸いたてながら、宝玉殿の後ろをもう一方の手の、若鮎のような指使いで揉みあげる。

時折、キラッとする眼をあげ、

「ところで、龍太郎さんのところから今月は何組くらい、回していただけるのかしら?」

梓は、そう聞いてくる。

何組くらい、というのは、成婚客のことである。

「そうだね。七、八組かな。秋の結婚シーズン前なので、八、九月は先送りするカップルが多くて、ちょっと少ないんだよ」

「七、八組でもありがたいわ。今、うちも夏枯れ時なので、成婚客集めに躍起なのよ」

「むろん、梓さんには困る思いはさせないからね。こういう仲じゃないか」

龍太郎はぎゅっと梓の乳房を摑んで、手に余るものを揉んだ。

「わあ。そんなことされると、また欲しくなるわ」

「ぼくもそうだよ。あがろうか」

「龍太郎さん、先にあがってて。私、身体を洗ってからすぐ行くから」

龍太郎は、先に風呂からあがった。鏡の前で髪にブラシをあて、少しおめかしをする。喉が渇いたので、身体にバスタオルを巻きつけたまま部屋に戻って、冷蔵庫をあけ、缶ビールをとりだす。

窓際に立ってカーテンをあけると、まだ燦然《さんぜん》とした新宿の夜景が見えた。宝石箱をひっくり返したように眼下はきらびやかだが、ところどころ夜の闇が黒々と固まっているところがある。

(結婚業界も、見た眼は派手だが、内情は複雑で、苦しい側面もあるんだよな)

ちらっと、梓から頼まれたことを思い、最近のブライダル産業のことを考えた。

毎年、日本全国で七十三万組前後の男女が結婚する。ある銀行の調査によると、家具などの準備からハネムーンまで、婚礼一組あたりの総費用は七百万円とか八百万円ともいう。

これはまさに、第一線サラリーマンの年収金額に匹敵する。これが成婚カップル一組につき、一年以内という短期間に集中的に消費されるから、ブライダル市場は〝美味《おい》しい市場〟と言われ、〝五兆円市場〟と言われたりするわけである。

ふつう言われるブライダル・マーケットとは、婚約から挙式、披露宴、新婚旅行、さらに新居に入るまでの市場である。この市場だけでも、近年は四兆五千億円から五兆円以上の売り上げになっているのである。

しかし、出雲龍太郎が考えるブライダル・マーケットは、もっと広い。今あげた項目がほぼ「中核」とするなら、それは「婚礼市場」であり、それのみならず、恋人市場、友達市場、結婚式にともなう親戚市場も含まれるし、当然、これにコンピューター結婚相談もはいれば、ベビー産業もはいれば、平均二児を設けて核家族を構成するまでの世帯市場も、儀式をやるためのホテル業も住宅産業も、ある場合は、はいるだろう。

そういうことをすべて含めて、出雲の会社は、コンピューター・データを整えつつあり、これからのブライダル・マーケットは、ますます広い範囲で考えられるはずである。

それに、結婚式のあり方も年々派手になってイベント化し、多様化している。

軽井沢の教会で挙式のあと、カラマツ林を馬車で走り、東京でまた職場や友達だけの軽いパーティーを開くカップル。郷里で神前結婚と披露宴をやり、東京でもまた華々しい披露宴をやり、海外へハネムーンに飛びたつなど、さまざまである。

年々、そういう具合にスタイルや内容は派手になるばかりだが、しかし、だからといって、ブライダル産業が安泰《あんたい》かというと、けっしてそうではない。

結婚ラッシュとか、ブームとかいわれたのは、実のところ……もう、昭和四十年代の後半からである。四十七年の百十万組をピークに、現実の婚姻件数は五十年代に入って以来、急激に下降線をたどっている。戦後の第一次ベビーブームの団塊の世代が結婚時代を通りすぎ、その子供の時代の結婚ブームはまだ訪れてはいないからである。

その半面、世の中が豊かになり、結婚がイベント化するにつれ、結婚式場やホテルは増えつづける一方であった。いわば、ブライダル業界は〝商品〟となる〝結婚カップル数〟が減った実情にありながら、設備投資ばかりしてきたので、見た目の派手さの裏で、オーバーフロア気味となり、客の奪いあいのサバイバル時代にきていることも、たしかなのである。

それでも、五兆円産業といわれるこの業界の魅力は大きい。次々に補充のきく永遠不滅の人間産業であるからだ。

特に、未婚の男女をつかまえてカップルの創造を企《くわだ》てようとする結婚情報会社の急激な台頭によって、結婚式場やホテルなどは、そこと提携することによって、集客を図る戦略もでている。

「鳳翔閣」の森島梓が今、出雲龍太郎に取り入っているのも、その傾向の一つでもあった。

やがて、その梓が、

「お待ちどおさま」

バスルームから、あがってきた。

「あら、まだベッドじゃなかったの？」

「うん。ロマンチックな夜景を見てたんだよ」

「それもいいけど、女の夜景もどうかしら」

(今夜の梓は、すてきにキマってるぞ)

龍太郎はうれしくなって、窓のカーテンを引き、仕上げに取りかかることにした。

「灯り、消して」

「どうして？　今、一緒に風呂に入った仲じゃないか」

「だって。このままじゃ、明るすぎるわ。女はいつも恥ずかしいものよ」

「ふーん、そういうものかねえ。じゃ、これぐらいいなら」

龍太郎はスタンドに手をのばして、ほんの少しだけ、照度を落とした。

そうして、梓を押し伏せる。梓はバスタオルを胸にだけ巻いているので、下半身はすれすれ、バスタオルの裾のあたりに、黒い茂みが半分だけ、覗いている。

「きわどいね。この黒艶ぶり……たまらなく、エッチだよ」

龍太郎は、そこに指を派遣した。

「ああ……あなたこそ、エッチ！」

バスタオルをほどかないまま、ぐっしょり濡れたままの秘部に、龍太郎の指が差し込まれ、うごめきだすと、白い尻の肉をふるわせて、梓は喘いだ。

「意地悪……少し、休みたい、休みたいのに」

「その若さで、休みたいということはないだろう」

龍太郎の指は、うごめきつづける。

「ああン……苦しいわ」

梓は自分でバスタオルの結び目をほどいた。

ぷるん、と固締まりの乳房が現われる。そこに唇を送りながら、龍太郎は秘部から梓の全身に仕上げの手を這わせてゆく。

するうち、梓と接した部分が、じっとりと汗ばんでくるのを感じた。風呂あがりのせいもあるが、それだけではない。

龍太郎の手が動いてゆく部分につれて、順次、毛穴がひらいて、無花果《いちじく》のなりくちからぴゅっと滲《にじ》みだす白い乳液のような、そんな白い乳が滲《にじ》みだしてくるような感じの女体なのである。

そうして梓の全身から、そこはかとなく、麝香《じゃこう》の香りのようなフェロモンが、匂いだしてくる感じであった。

（根は、相当な好きものだな）

その発見にうれしくなって、龍太郎が乳房から腹部へと唇をおろしてゆこうとした時、

「ね、あたしにもやらせて」

突如、梓が身を起こして、龍太郎のほうに手をのばしてくる。

そこに凜然と聳《そび》え立っているものに、指が触れるとびっくりして、

「あら、まーだ先刻のままなの？」

「いや、一度は鉾《ほこ》を収めたつもりだけど、また催してきたみたいだね」

「どのみち、すてきなタフボーイだわ」

梓がうれしそうにかしずいてくる。

「ね、もう一度……」

梓の眼には悪戯っぽい光がたたえられている。これから自分がいやらしいことをいっぱい、するんだという思いと、その行為にいたく刺激を覚えているらしい眸《ひとみ》のきらめきであった。

梓は龍太郎の豪根を押しいただくようにして、唇に含んだ。

上手に顔が上下していた。

「ずい分、エロティックなことを知ってるんだね」

「現代女性としてのたしなみでしょ、これぐらい」

4

梓はかしずいていた。

龍太郎の中心部を両手にもって、口唇愛をふるまっている。含んで、顔を上下させるたび、長い髪が魔性のようにゆれて白い肩にかかる。

龍太郎は幸せだった。美貌の結婚プロデューサー、森島梓に、男の尊厳を含まれていると思うと、皮膚感覚で満足するよりも、精神的にまず、満足するところが大きい。

「ありがとう、梓。もういいよ。こっちにおいで」

「いや。もっと」

梓は熱中している。

神が造り給うた男の構造をいじくるのが楽しくてたまらない、といったふうである。

龍太郎はいいことを思いついた。それなら、シックスナインをやろう。

「ね、梓。それならヒップをこっちに向けてごらん」

「わあ、そんなあ……」

「恥ずかしがることはないさ」

「だって、花あやめ祭りなんてえ」

(おや、古風な言葉を知ってるじゃないか)

「いいから、いいから、ほら」

「こう……？」

梓が下半身をずらして、ヒップを高く掲げた。

「そう。ぼくに跨《また》がって」

梓がさかしまに跨り白い桃尻がグーンと龍太郎の顔のほうにむけられた。

龍太郎はそのヒップを両手でがっしりと摑み、顔を近づけた。

深い臀裂《でんれつ》のはざまに、ルビー色に濡れ輝くカトリーヌがうごめいている。秘毛にまでラブジュースがぐっしょり、銀色のしずくを作っている。

龍太郎は花あやめのようにめくれひらいた内陰唇のはざまに、舌をおくった。

「ああン……」

甘美な声とともにヒップがぴくん、と揺れた。龍太郎は興にかられて、ぺろりぺろりと、秘沼の奥にひそむ真珠から、花あやめの深みまでを舌で舐めあげつづける。

梓は、ますます吐蜜してくる。

愛液過多の女であった。

何度か舌戯を見舞ううち、

「ひーッ」

という声を洩らしながら、龍太郎のタフボーイにしがみついて、神様でも扱うように頰ばっている。

実に見事なシックスナインであった。

龍太郎はやがて、眼の前で揺れる桃尻にたまらなくなって、指を動員することにした。

まず人差し指を女芯に差し込んでみる。

「あうっ……いきなり、そんなあ……！」

梓の頭が反った。

人差し指は濡れた秘肉のあわいにじきにすべり込み、ひくひくと摑まれる感じであった。

龍太郎は挿入した人差し指で、膣内の下を引っ搔くように動かし、合わせて親指の腹をクリトリスにあてた。

「ああ……」

梓が叫び声をあげた。

「ああ……ああ……そんなことをされると、ちびりそう」

どうやら、秘孔の山脈のどこかに、Gスポットに近い感覚帯があるようだ。その部分と、表のクリットを押される感覚とが反応しあって、梓はとても耐えられないようであった。

「あうーん、かんにん……だめ、もう、ちびりそう……」

梓はヒップで宙に円を描いた。

(うーん。……よく響くバイオリンだな)

梓は、多彩な尻のゆさぶり方をして、多彩な声を洩らした。

龍太郎は吐蜜する花あやめに、口唇愛をふるまいながら、かたわら、ずっぷり差し込んだ指でぐりぐりと秘肉の内部を搔きまわした。

「あうっ……ああ……だめえ……変になりそう」

梓は、ますます泣き声をあげる。

「変になってごらん。ちびってもいいよ。思いっきり、気分を楽にしてごらん」

やがて、どばーッという具合に、指にどこやらから蜜液が噴きだすのがわかった。

(Gスポットだな、確実！)

龍太郎はその発見が楽しくなった。吐蜜は潮吹きというほどではないが、指に熱い蜜液が注ぎかけられる感じが、確実にする。

「やあん……いっちゃうよう……」

龍太郎の指が、Gスポットをこねまわすにつれ、ヒップが揺れて、泣き声がつづく。

やがて、梓は一声、小さな悲鳴をあげて、龍太郎の腹の上に倒れ込んでしまった。

梓はまたもや軽く、高原状態のあたりに舞いあがって、達したようである。

(さて、仕上げだな)

龍太郎は起きあがり、梓をひっくり返して、女体を押しひらいた。

ふつう、高いオーガズムに達すると、本来なら女性もひと休みしたいところである。回復の遅い女性だと、その直後の接触はくすぐったかったり、わずらわしかったりする。

しかし、梓は回復の早い女だった。それに今のはほんの軽いオーガズムのとば口である。

龍太郎はそう見て本格的に挑《いど》むことにした。

紅くひらめいたところに、ズブッと、男の逞《たくま》しくそそり立ったものを、突き立てた。

梓のカトリーヌは充分すぎるほど濡れていたので、指の介添《かいぞ》えなしに埋もれてゆく。

待望の豪根の挿入が進むうち、梓は甘い衝撃を感じつづけたように、のけぞった。

身体を弓なりに反らせ、腰を梓弓のようにしなわせる。

予想どおり、梓はすぐに着火した。というより先刻の高原状態の続きのようである。龍太郎は腰にぐいと腕をまわして、深い仕掛けの体動をはじめた。

「ああーン……」

のけぞる梓を無視して、ずぶずぶ、女のどん底を突き抜いた。

まっすぐの剛速球に攻められて、手もなく梓はのけぞり、賑《にぎ》やかに乱れた。

「わ、わ」

「やだ、やだ」

意味不明の言葉を撒《ま》き散らしながら、オーガズム圏に入ってゆく。

そうしてピッチをあげて、龍太郎が最後に発射した時、梓はもうひーっという声を途切らせて、無声状態になり、うぐっと濁った呻きを洩らして、クライマックスを迎えていた。

女の長い闘争に泡を吹いて、ほとんどプッツンを起こしたような状態であった。

やがて二人は終わって、裸のままベッドに寝転んで、休んだ。

「なに笑ってるの？」

「匂い。ほら……」

龍太郎は自分の指先を、梓の顔に近づけた。

「どういうこと？」

「梓の、あそこの匂い」

「やだあ……！」

梓が恥ずかしそうに笑って、その指をぶった。

「そう恥ずかしがるもんじゃない。きみのあそこの匂いさ。懐かしいだろう」

「自分ではわかんないわ、そんなこと」

「そうかな。ぼくは好きだよ」

龍太郎は腹ばって、煙草に火をつけた。

指先にはたしかに、女孔の匂いが残っている。ちょっと酸味がかった独特の女臭は、煙草の匂いとブレンドされれば、そう悪いものではない。

「ね、龍太郎さん。気をつけてほしいことがあるの」

森島梓がふっと身体を寄せて、囁いた。

「何を……？」

「江口美智代のことよ。あなたに接近して、取り入ろうとしているから、気をつけてほしいの」

「江口美智代……？」

はて、とすぐには思いだせなかったが、やがて、龍太郎はその女のことを思いだして、あっと思った。

(そうだ。秋田からの出張の帰途、夜行特急の中で知り合った女ではないか。一緒に熱戦アベックを覗いているうち、結ばれてしまったが……)

「あの女性、たしか平成閣のブライダルデザイナーとかいう話だったね」

「ええ、そうよ。平成閣の戦略管理部門の女よ」

梓が説明した。結婚式場の業界がオーバーフロア気味で、誘客戦争にシノギを削《けず》っていること
は龍太郎も知っているが、梓によると、龍太郎の会社は、成婚率が高いので、何かとターゲット

にされて、平成閣のほうからも抱き込もうとしている、というのであった。

「つまり、何かね。それで江口美智代というあの夜行列車の女は、ぼくに計画的に接近して身体を投げ与え、抱き込もうとしている、というわけかね」

「ええ、そうよ。だから気をつけてほしいの」

気をつけてほしいと言っても、それは、森島梓としたら、ライバル社だからであろう。それで予防線を張っているのだろうが、龍太郎としては、どちらに肩入れするというものではない。

業界がそんなふうなら、上手に両者の間を泳げばいいわけである。

とは思うものの、もしかしたら、例の「データ漏洩事件」は、そういう業界戦争の側面にも、黒い根を張っているのかもしれない、という悪い予感がふと閃いた。

龍太郎は煙草を灰皿に揉み消して、ひと眠りすることにした。仰むけになると、梓の白い手が龍太郎の尊厳を握った。梓はそこに手をやって握ったまま、安心したように眠りについた。

6　女会長の密命

1

「さあ、仕事だ仕事だ」

翌週の月曜日、出雲龍太郎は夏休みもとらずに、机の上に山と積まれたラッキー・チャンス・カードの仕分けに取り組んでいた。

ラッキー・チャンス・カードというのは、本の差し込みや雑誌広告についているテストアンケートのことであり、いわば未婚男女からの申込書である。

これを仕分けて、コンピューターにインプットし、相性のいい相手をはじきだす仕事を「テストマッチング」という。

テストマッチングで出た答えをもとに、指導課に属するカウンセラーやアドバイザーが直接本人に面接し、その結果をガイダンスカードに記入する。それから正式に入会ということになり、相性のいいと思われる異性の紹介が行なわれる。

身上書や写真の紹介というオーソドックスな紹介方法をとる場合も、相性を考えて「マッチング」すると思われる両者にむけて、同時発送している。

その場合、到着から三日以内に、デートOKかどうかの返事を、本社のほうで電話で受け、最初の「お見合い」なり、「デート」までは、コーディネーターの出雲龍太郎が取りしきることになっている。

第一回目の見合いで、脈がありそうだな、と判断した時に、相手の住所や電話番号を双方に教え、あとは自由に交際してください、というわけである。

ただし、一カ月ごとに双方から報告を受けることにしている。そうでなければ、交際中に肉体関係に発展する場合もあり、それ自体はめでたいことだが、その先で妊娠したとか、破談になった場合、欺《だま》した欺された、といったトラブルが起きないよう、未然に監督する必要があった。

会員のほうからは期間中、合計四回の休止期間を取ることができる。

つまり、「交際してみたが、あの人は私にあわない」「希望のタイプではないので、ゆっくり考える時間を取りたい」あるいは「交際をお断わりしたい」と申し出ることによって、交際を中止することができる。会費を納めている二年間、これを四回までは繰り返すことができ、代わりの新しい交際相手を要求する権利があるわけである。

その日の午後三時頃までかかって、幾組かのテストマッチングの組み合わせを作り、双方へ知らせる書類発送を終えた頃、卓上の電話が鳴った。

「はい出雲ですが」

「私よ。丸の内の若林。ご精がでてるみたいね」

「は？」

若々しい女性の声だったので、丸の内のOLをしている若林という申し込み者かと思って、

「若林……何とおっしゃいますでしょうか？」

フルネームを聞くと、

「若林槇子よ」

「あ、これは会長……！」

親会社である城東化学の本社は丸の内にある。それでマドンナ会長は「丸の内の若林」と名のったのだろうが、きわめて人が悪い。

「……これは、会長」

お久しぶりです、と龍太郎はいささか緊張して電話口に答えた。

「そうね、ホント。お久しぶりだわ。出雲君、ずい分、私を見限っているじゃないの」

「あ……いえ、そういうわけではございません。仕事が大変、忙しいものですから」

「それはいいことよ。社員の精励恪勤《せいれいかっきん》は、わが社のモットーとするところですから」

「はい、ありがとうございます」

「ところで、出雲君。今日のアフター・ファイブは？」

「今のところ、これといって予定はございませんが」

（とんでもない……！）

本当は萩原千亜紀と新宿で映画を見て、その後、どこかでツーショットするつもりだったが、マドンナ会長からのお声がかりとあれば、白紙に戻すしかない。

親会社である城東化学の女会長、若林槇子に目をかけられた以上、良くも悪くも出雲龍太郎は、その方面でもハッスルするしかないのである。

そこで、夜の予定はございません、と答えた。

「じゃ、私にお食事付き合ってくれる？　出雲君にはほら、いつぞやお願いしていたことの事後報告も聞かなければならないし、また内々にお願いしたいこともあるのよ」

槇子は優しい声で言った。

「はい。どのようなところにも喜んでお伴《とも》いたします」

龍太郎はそう返事をした。

どのようなところにも、とわざわざと言ったのは、マドンナ会長がもし今夜も出雲の神様の現世御利益をご所望《しょもう》だとすれば、しっかり相手を務める覚悟だったからである。

「じゃ、夕方六時に、赤坂の〈花膳〉に来てくれる？」

「花膳……といいますと？」

「和風懐石の料亭よ。いいお部屋を用意しておくから、私を尋ねてきてちょうだい」

「はい、かしこまりました」

出雲龍太郎はその日のアフター・ファイブ、萩原千亜紀には急用ができたからデートは次の機会にしてくれ、とお詫びを言ったあと、指定された赤坂の料亭〈花膳〉に行った。

黒い板塀に打ち水された敷石の玄関が、涼しい。茄子紺《なすこん》の夏のれんをくぐると、小粋《こいき》な女将が、いらっしゃいませ、と敷居際でお辞儀をして、

「若林会長のおつれ様ですね」

「はい。会長はお見えになっていますか」

「今、お見えになるそうです。どうぞ」

表の構えは小さいながら、入ってみると意外に奥行きのある廊下を長々と通されて、奥の八畳くらいの一室に通された。

「こちらで、どうぞお待ちください」

女将がそう言って去ると、入れちがいに和服を着た二十二、三歳の美しい女がおしぼりとお茶

を持参した。

「さ、お使いください」

白い手でおしぼりを差しだす。

そのおしぼりを使い終えた頃、廊下に賑やかな声が響いて、若林槙子が入ってきた。

「ごめんなさい、遅くなっちゃって」

部屋の入り口に、ぱっと、大輪の花が咲いて、立ったような印象であった。

ディナーホワイトとよばれる白のベーシックなサマースーツを着ている。スカートの裾からのぞく長い脚が、すらりと伸びていて、白いふくらはぎが、眩《まぶ》しいくらいだ。

料亭の座敷にも、なぜかそのスタイルがスパッと決まっていて、気負わずに華になる女であった。床の間を背にしてテーブルに坐っても、どこにも無理がなく貫禄《かんろく》があって、それでいて、お嬢さんっぽい。

「ここ、迷わずにわかった？」

「ええ、見当をつけて参りました。女性でも気軽に入れそうな、すてきな料亭ですね」

龍太郎は、そう答えた。

「出雲君の勘、ぴったりよ。この料亭、政治家の待合と違って、女性に人気があるの。私たちもここでよくドンネ・リベレの会を開いてるのよ」

「ドンネ・リベレの会というのは、何でしょうか？」

「ああ、女たちだけの会ですけどね」

ドンネ・リベレというのは、イタリア語で「自由な女性たち」という意味だそうである。その

「自由な」という意味には、経済的自立や、社会的活躍、男性からの自立などが含まれる。

要するに、いろいろな企業の女性経営者や女重役、女性部課長など、輝かしいキャリアウーマンなどで結成している自由な親睦会だそうである。

「自由な女たち、といえばフリーセックス礼讃《らいさん》者もはいるんですか？」

「まだそこまでは行ってないけど、性的にも比較的自由な考え方をする人たちが多いわね」

「会長なんか、その旗手って感じですね」

「わかってるじゃないの、出雲君」

槇子はうれしそうな流し目をくれた。

やがて、ビールや料理が運ばれてきた。

「私、天狗舞《てんぐまい》の冷酒にするけど、出雲君は？」

「私もその吟醸酒をいただきます」

「じゃ、とりあえずビールで乾杯しましょう」

二人は久しぶりの再会を祝して乾杯した。

「さ、足を崩しましょ。私もお行儀を悪くするから」

槇子は座卓の下に斜めに、足を投げだした。

龍太郎はあぐらをかいた。

「ところで、例の問題。調査は進んでいますか？」

例の問題、というのはコンピューター・データの漏洩問題である。

「はい、その件に関しましては目下、調査中ですが」

出雲は、会社への出入り業者の中に、リスト屋につながりのあるコンピューター業者がおり、その業者は銀行やファイナンス会社からも顧客の預金リストなどを横流ししているという噂があるので、その業者と社内の人間のつながりを鋭意、調査中であると報告した。

出雲が怪しいと睨《にら》んでいる細野管理課長の名前は、まだ出さないことにした。

「そう。じゃ引き続き、ちゃんと調査しておいてちょうだい」

槇子はそうハッパをかけただけで、それ以上、詳しいことを聞こうとはしなかった。

「さ、飲みましょうよ」

槇子が薩摩切子《さつまきりこ》のガラスの酒器に盛られた吟醸酒を、龍太郎に差しだす。

「はい、いただきます」

龍太郎はふだん、めったにありつけない懐石料理とやらを、遠慮なくぱくつきながら、今夜、これから訪れるかもしれない槇子との情事に、期待を熱くした。

龍太郎は酒が進むにつれて、会長の前であるという緊張がほぐれ、いい気分になってきた。こういう機会はめったにないぞ、と料亭〈花膳〉の部屋の雰囲気を味わったりした。

床の間に茶花《ちゃばな》の一輪挿《ざ》しがある。ほとんど、茶室の世界に通じる飾りのない部屋に、黒檀《こくたん》のテーブルがどっしりしている。その厚肉の黒檀の中央に、大輪の椿《つばき》の花が一輪、赤い極彩色《ごくさいしき》で鑿跡《のみあと》深く彫り込まれているのが妙に肉感的で、なまなましい。

その紅い椿の花弁を見ているうち、龍太郎はいつぞやの槇子の濡れ輝いていた紅い女芯を重ねて思いだし、にわかに胸があやしくなって、股間を勃起させた。

そういえば、テーブルの下に投げだされている槇子の長い脚と、龍太郎の脚とが時折、触れあって、響きあったりする。

（マドンナ会長のあそこは、こんな椿じゃなかったぞ。もっとコスモスのように可憐《かれん》で、ピンク色に恥ずかしそうに濡れて、開いていたっけ……）

　龍太郎がよからぬことを考えている時、

「ところで、出雲君――」

　槇子が正面から声をかけた。

「今夜、キミに来てもらったのは、ほかでもない。折り入ってお願いがあるのよ」

「はい、何でしょうか？」

「東京ブライダルと同じような、結婚情報会社という看板をあげた〈銀座の森ロマンの会〉という結婚紹介業者のこと、聞いたことある？」

「はア、聞いたことがあります。医者や弁護士や政治家の息子や娘をたくさん会員にしていると吹聴《ふいちよう》し、あなたも玉の輿《こし》に乗ることができると宣伝して、ゴールデンコース一千万円とか千五百万円とかいう法外な会費をふんだくっているところでしょ」

「そうよ。被害者に告発された〈上野の森ロダンの会〉と似たようなものね。〈銀座の森〉はまだ告発されていないけど、どうも私の友人が引っかかったらしいの。その女性、名門私大出の政治家の息子だという三十五歳の会員に惚《ほ》れ込んで、肉体も許し、結婚の約束もしてもらったので、安心して事業資金だとかいうお金をずい分、つぎ込んだらしいの。ところが、その男が結婚寸前になってドロン。欺されたその友達、私のところに泣きついてきたのよ」

「ひどい男ですね。いや、その結婚相談所自体、怪しい」

「ええ、そう。私もそう思うわ。それでね、そこがどのようにいかがわしい機関なのか、証拠を掴みたいのよ。それでね、出雲君、あなたに、会員になって潜入してほしいの」

槇子に指示され、ええーッと、龍太郎は驚いた。

「何ですって？」

龍太郎は聞き返した。

「ぼくに、銀座の森ロマンの会の会員になれ。とおっしゃるのですか？」

「そうよ。会員になって、素知らぬふりをして潜り込めば、その結婚相談所がどのようないかがわしい手段で、未婚男女を集めて、運営しているか、証拠が掴めるでしょ」

マドンナ会長は、そう言うのであった。

「しかし、そんなことまでしなくても、被害の実態が明るみに出れば、いずれ告発されるに決まっていますよ」

「そんな悠長《ゆうちょう》なことを言ってたら、被害者がもっと増える惧れがあるのよ。今だって泣き寝入りしているのは、私の友達だけじゃないかもしれないでしょ」

「はい、それはそうですが」

「私だってそういう結婚相談所って、許せないのよ。このところ財界人の集まりに出るたびに、各社の社長や会長から、あらぬ目で見られるのよ。城東化学もロマンの会のようなことをやってらっしゃるようですが、おたくは大丈夫ですか――ですって」

「冗談じゃない。ぼくたちの結婚情報会社は、そんな悪徳機関じゃありませんよ！」

龍太郎は、憤然とした。

「でしょう。私だって、そういう気持ちよ。城東化学、繊維からファッション、化学調味料、化粧品、リゾートまで、いわゆる総合人間産業として発展させるため、結婚情報会社もその中の一つに位置づけて作っているのよ。その前提として、今の結婚難に悩む若い人たちにいいパートナーを探してあげたい、という純粋で真面目な気持ちと動機を持っているわ。それなのに、そういう悪徳機関が横行すると、私たちまですべて誤解されて、いい迷惑。許せないのよ」

「それはぼくも同感です。怒りを覚えます」

「でしょう。この際、悪徳交際機関のやり方をあばいて、とっちめてやりましょうよ」

槇子の気持ちと指示は、よくわかる。しかし、同業他社にGメンとして潜入するとなると、ちょっと気分的にもいやだし、相当のリスクもともなう。

「少し、考えさせてください」

龍太郎は、トイレに立った。

出雲龍太郎にはおかしな癖がある。何事であれ、緊急に考えをまとめる必要に迫られた時、一分でもいい、交渉事の場を中断してトイレに行く。そこで悠々と用を足しながら、決断をくだすのであった。

戻ってくるなり、ハッキリと言った。

「会長、ご安心ください。早速、あしたからでも、銀座の森ロマンの会に潜入してみます」

「あーら、ずい分、ころっと変わったのね。どうしてそう急に雄々《おお》しく決心できたの？」

「トイレで、断固として考えたんです」

「断固としてねぇ。じゃ、あなた、ご自分のものとにらめっこしながら？」

「ハイ、そうです。タフボーイが怒っていました」

「まあ、うれしい。私も出雲君のタフボーイ、そろそろ拝見したいと思ってたところよ」

2

槇子は急に、流し目をくれて、

「ところで、あなたったら、少し遠いわね。こちらに来ない……?」

龍太郎は言われたとおりにした。傍に坐ると、槇子は眼を閉じて、うっとりと顔をうわむけ、

「私に、飲ませて」

龍太郎は槇子を小脇に抱いて、口移しに冷酒を飲ませた。そのまま、槇子がしがみついてきて、接吻となった。

ひとしきり、ディープキスを交わしたあと、

「私ね、今日、ここに来る途中に、青山《あおやま》のフィットネスクラブでシャワーを浴びてきたのよ。隣りのお部屋には、夜具が用意されているわ。ね、どういうことだか、わかる?」

もちろん、龍太郎にわからぬはずはない。

待ってました、とばかりに、女会長の身体を抱えて襖《ふすま》をあけ、奥の聖域へと踏み込んだ。

なるほど、奥の部屋には赤い絹の夜具が敷かれてあった。何もかも、女会長は女将に言いつけて、愛の時間を調達して、準備していたようである。

龍太郎には一つの女性哲学がある。一度、絶頂感を体験した女は、その水位の高みをしっかり

と女体で記憶にとどめているものだ。

したがって、意識するとしないとにかかわらず、女の肉体はいつもその水位まで、充《み》たされることに飢えている。

興奮に、あるいは性的に充たされることに、飢えている、といっていい。

それが、龍太郎の考えである。

もっとも、女はいつも性的に飢えている動物だ、と明らさまに言えば、女は怒る。

自分たちはそんなみだらな動物ではない、というのである。

だから、その飢えを充たしてやるには、それ相応の手続きと愛情が必要なわけだ。自分で気がつくと、いつのまにか興奮のまっただ中にいて、それも周囲の事情で仕方なく、そうなったのだ。私を欺した男が悪い、という式にもっていったほうが無難なのである。

そうして裸で絡みあうと、ほとんど貪欲《どんよく》に求めるようになる。

マドンナ会長はしかし、ドンネ・リベレ（自由な女たち）を標榜するくらいだから、うじうじはしていない。料亭の奥にちゃんと布団まで用意しておくという大胆果断な勇気をみせてくれるのである。

あとは、龍太郎がこの熱い女体をどう夢見心地にさせて、充たしてやるか。それもできるだけ、プライドをくすぐりながら、「天狗舞い」させなければならない。

「会長……さ、せっかくのセルッティが皺《しわ》になります。お尻をあげて……」

マドンナ会長にヒップをあげさせ、スカートも上衣も取る。龍太郎はそれを皺にならないように傍らに置いて、てきぱきと下着も脱がせていった。

最後の一枚は、黒い絹のパンティーである。それを丸めて、つるんと足先から脱がせると、あんと、会長は恥ずかしそうに、少女のように両手で顔を隠した。

それから突然、その両手を、ぱっとひろげて、抱きついてきた。

その女体を押し伏せる。

龍太郎は挑んでいった。

「ああッ……龍太郎君……やっと、私のものになったのね」

女会長の手がせわしく龍太郎の股間をまさぐってきた。

「お願い、お指を入れて」

マドンナ会長は、ハスキーな声でそう言った。

押し伏せて、乳房をかまっていた龍太郎は、苺《いちご》色の熟れた乳首を甘く吸いたてながら、右手を乳房から下腹部へと進めた。

お指を入れて、とは刺激的な誘い方をするものだ。龍太郎はざわっと男の欲望に駆られて、指より早く本物を入れたいと思ったくらいである。

しかし、まだまだ……龍太郎は自分を抑制しながら、ペッティングにゆく。龍太郎の指は茂みの感触を愉《たの》しみながら、女の熱帯へと分け入ってゆく。

恥骨は今夜も土手高で、むうっと張っている。その丘のふくらみを手のひらいっぱいで包むように圧《お》さえながら、熱くほてった牝の切れ込みのなかに、雄の指をいやらしく送り込む。

「ああン……」

指はもう、熱い沼に浸されていた。

指先でぐっと押しつけると、ひとりでにラビアがひらいて、中指と薬指が、亀裂の中に呑み込まれてゆく。そこは粘りのある濃い液体にぬめって、溺《おぼ》れてしまいそうである。

「ああん、そこ……そこ、ダメーッ」

女会長はクリトリスに指が触れるたびに、身体をうねらせる。

龍太郎は、全身が熱くなった。ふだんなら雲の上の人物なのに、たまたま、牡と牝であるために、自分の指先一本でもだえている女会長のあられもない姿に、ぐっとそそられるのである。

その誘惑は、強烈なものだった。

龍太郎は、なおも女会長をいじめてみようと思った。

莢《さや》に包まれたクリトリスを、二指でむきだしにする。フードをむかれた真珠を、二指ではさんだり、押したり、つついたりする。

「あ……それって、とてもいいわ……」

槇子はゆっくりと、ヒップを持ちあげ、宙で円を描いた。

あまり痛がりはしない。それで気をよくして龍太郎は、ひとしきり真珠詣でをつづけたあと、今度は中指を深々と、幽門から龍宮城の奥へすべり込ませていった。

「あーッ」

挿入感は、ものの大小を問わないらしい。指でもけっこう、いいみたいである。女会長は指が根元まで沈み込むと、洞穴の途中をきゅっきゅっと、締めつけた。

「ああん……出雲君って、不良ね……指をとても変なふうに動かすんだもの」

女会長は、学校の裏でペッティングに引きずり込まれた女学生のように、カマトトぶって、初々《ういうい》しく華やいで、熱い吐息を洩らしている。

「会長も、とても不良です。社員を誘惑するんだもの……世界一の悪い女です」

「そうよ。私、不良よ、悪い女よ……いつも若い男がほしいの」

「まったく楊貴妃《ようきひ》かクレオパトラか西太后《せいたいこう》だ……スケベーだ、淫乱だ……懲《こ》らしめてやります」

「懲らしめて……こらしめて」

槇子は大胆に腰をゆすりたてながら、早く来てほしい、というふうに太腿を開いた。

そこへ龍太郎は身を入れると、両下肢を思いきり両手で摑んで押し広げながら、女芯に顔を近づけていった。

同じ襲撃でも、予想外の襲撃方法だったらしく、

「あッ、それって、いやいや」

女会長の女体が跳ねた。

「龍太郎君……駄目よ……だめよ……」

女会長はひどく狼狽《ろうばい》したように、なおも腰をひねろうとする。

しかし、龍太郎はもう腰を押さえて、顔をヴィーナスの丘に伏せている。伏せて、ぬるりとあふれ出るものの中を、舌で掻きあげていた。

「ああン……」

甘い声に変わった。

「ああン……駄目って言ってるのにィ」

甘え声ながらも、また文句を言う。

女会長の草むらの下は、しとどに濡れている。秘肉の色は実に不思議な色をしていた。いわゆるドドメ色ではない。といって、新鮮なピンクというわけではない。厳密にいえば薊《あざみ》の花のような鮮紅色というのか。とても新鮮な、それでいて強い個性と色感をもったラビアであった。

(雲の上の女は、持ち物まで違うのだろうか)

龍太郎はそそられて、傘下二十一社の大企業グループを率《ひき》いる若き卑弥呼《ひみこ》のような女会長の内陰唇のあわいの蜜の流れを、舌ですくった。

「やあん……」

甘やいだ声が洩れて、腰がひくつく。

薊の花の色をした対の肉びらは、甘いハーブゼリーのような味覚をもたらす。深くそこをスプーンですくい、時折、クリトリスを直撃したりする。

「あむうっ……!」

クリトリスを直撃するたびに、腰がぴくんぴくんとするので、やや刺激が強そう。

龍太郎は今度はソフトに、真珠を可愛がった。するうち、女会長は夢心地のようだが、

「ねえ、龍太郎君。いつまでもっていやよ」

槇子はもう、愛撫よりもメインディッシュをおねだりしているようであった。

たしかに、若い女性が相手の時は、前戯に時間をかけたほうがいい。もどかしい気持ちにさせておいてから、女芯を貫《つらぬ》くのである。

しかし、三十代の人妻が相手だと、前戯の長さは時に逆効果になる。女の身体は学習した回路をもっているので、その回路に沿って早めに挿入してやったほうが、熟女はシラケずに一気に目

的の水準に高めることができる。

若林槙子は、そのちょうど中間であろうか。人妻であるが、若くて翔《と》んでるマドンナ会長である。ほどよい前戯で自尊心を大いにくすぐっておいて、もどかしい思いもそこそこ持たせ、それから一気に貫いたほうがいいようである。

龍太郎はそう考えた。ちょうどその潮どきである。

「会長、ゆきますよ」

龍太郎はそう囁いて、決め込みにいった。

龍太郎は、濡れた部分に、グランスを押しあて、そして体重をかけて、槙子の秘肉を一気に貫いてゆく。

「わあっ、切れちゃう」

女会長はのけぞりながら、露骨な痴語を洩らした。

龍太郎の肉根が付け根まで収納されると、彼はその甘美な秘肉のひしめきに、しばらくうっとりとして、静止して味わってみた。

女会長は、世間的には地位と権勢をほしいままにしているが、女性としては処女のごとく初々しい可愛さをもっている。訪れを確かめるように、龍太郎が奥壁をコツン、コツンと、亀頭で叩いてみると、

「ああん、おなかに、響いちゃう……！」

槙子はのけぞり、龍太郎の肩を摑んだ。

女会長はいつも若い男をつまみ喰いしているわけではないようだ。ワギナは、タフボーイの出

没のたびに、ちょっと苦しいくらいの窮屈な反応をみせて、わなないた。

しかし龍太郎は、熱い犇《ひし》めきと賑わいをみせる女洞の中を楽しむように、やがてダイナミックに腰をはずませ、容赦なく豪根での出没を繰り返した。

「あぁッ……！　そんなにずぼずぼされると、いってしまう」

ストレートやカーブやシュートを織りまぜながら、多彩な抽送を送ると、槇子はますます賑やかに乱れて、上ずってゆく。

「ああ、入ってるわ。龍太郎君のが、びっちりとあたしを充たして、跳ね躍ってるわ」

龍太郎は少し停止すると、牝の洞窟の中をいやらしくタフボーイでこねまわしてみた。

恥骨と恥骨の圧迫は、女性にはとても効く。クリトリスが挟まれるからだ。そのうえ、女洞の中をいやらしく攪拌《かくはん》されて、

「ああ……いやいや……そんなあ」

女会長は文句を言いながら、迎えうつようにブリッジをつくる。

龍太郎は少し上体を起こして、いま自分の腕の中で悶える女性の顔を眺めた。大企業のトップに立つ女会長が今、自分に性器を明け渡して悶えていると思うと、龍太郎にはとても刺激的で、感動的であった。

龍太郎は不意にいとおしさに駆られて、眼前で揺れる槇子の乳房に、顔を近づけた。

苺色に充血して尖っている乳首を、唇に含んで、口の中で吸い、あやした。

抽送しながら、苺を含んで吸い立てるにつれ、龍太郎を収めた膣括約筋に強い締めつけが訪れていた。それは間歇《かんけつ》的に訪れて、締めつけのたびに槇子に快美感が訪れるようで、

「ああ、もう駄目……いく……龍太郎君、あたし……」

女会長はたちまち、小さな峠を越えようとしていた。

乱れている槇子の恍惚フェースを見ていると、目まいがするほどの歓びに駆られて、龍太郎は槇子をひしと抱いて、桜の花びらのような唇にキスを見舞った。

下半身の感覚に没頭していた槇子にとっては、不意のくちづけは、かなり思いがけないことだったらしく、唇を塞《ふさ》がれて、うぐうぐと悶えている。

だが、濃厚なディープキスとなり、膣内に収納された豪根もうぐうぐと彼女が呻くたびに締めつけを受け、その中を微妙で的確な出没運動を繰り返すたび、

「あ――ッ」

槇子はたちまち、一直線に峠を越えてしまった。

3

でもまだ、それは最初の小さな峠であった。

龍太郎はインサートしたまま、小休止を置いて、汗に濡れた槇子の額を手でぬぐい、唇に、そっとキスをしてやる。

ぱちっと、槇子が星のような眼をあけて、

「ね、龍太郎君」

そう言った。

「はい」

「あたしって、男に飢えてたみたいに、いっちゃったわね。何だか恥ずかしいわ」

「いいえ、会長はとても素晴らしい感度をしてらっしゃいます」

「そう、ありがとう。ところで、お願いしていいかしら？」

「はい、何なりと」

「あたし、上にのりたい」

「ああ、女上位ですね。会長のレギュラーコースでしたね」

龍太郎はいつぞや、ハロー・パーティーのホテルで、槙子と最初に結ばれた時、騎乗位をリクエストされたことを思いだした。

「どうぞ」

結合を解いて仰臥《ぎょうが》すると、槙子はいそいそと騎《の》ってきた。

槙子の場合、それはまさに貴婦人が颯爽《さっそう》と白馬にうち跨《またが》る、といった趣《おもむ》きがあるのであった。

「ああん……ぬるぬるしたものが、もうはいっちゃったわ……」

声で気づくと、龍太郎のタフボーイは、たしかに、いつのまにか槙子の手によって熱い流れの中に取り込まれてしまっていた。

収納すると槙子は、大きく腰を上下させはじめた。

「あ、いいわ……あたし、これが一番、落ち着くのよ」

好きこそものの上手なれ、で、槙子はダイナミックに動きはじめた。

あわや抜けるかと心配になるくらい、すれすれまでヒップをあげ、でもその都度、槙子は上手に腰をふりおろしてくる。

それは絶妙なコントロールであった。厳密にいえば、龍太郎の男性の亀頭部分のひっかかりを、膣口すれすれできっちりひっかけて、味わい、円周を作って腰をふり、そうしてまた深々と、突きおろしてきたりするのであった。

「ああ……龍太郎君のそこ、とてもいいわ。長いから、はずれる心配がないし」

大きく上下させるたび、龍太郎のタフボーイの先端が奥壁に届くのだろう。

「ううーん」

女会長は、唸るような、賑やかなよがり声をあげる。

それはいいのだが、槇子は時々、高い嬌声《きょうせい》を発して、上体を後ろに反らす。あわや、後ろに引っくり返りそうになる槇子を、あわてて両手で摑んでやると、槇子はやっとバランスを取り戻して、ふーっと、吐息を洩らす。

いってみれば、龍太郎の眼前には、豊かな乳房が前に突きだされて、たえまなく、パパイアのように波打ち、揺れているのである。

龍太郎はその乳房を下から摑みたくなった。

「会長のパパイア、摑んでよろしいでしょうか」

「摑んで、摑んで。しっかり揉んで」

槇子はそう言って、跨ったまま、胸をぐーんと反らす。

龍太郎が両手をのばして、双《ふた》つの円球をむぎゅうっと摑んで、下から腰を突きあげてストレートを打ち込むと、

「あッ……いい……」

槇子は感に堪えない、といった声を洩らして反り返る。

「会長、そんなふうでは、危ないですよ」

龍太郎は槇子の上体が不安定に反るたび、巨乳から手を離して、槇子の両手を握ってやった。

「あっ、ありがとう」

「あっ、いいわ……」

「あっ、龍太郎君……」

そんな言葉が、槇子の口からひっきりなしに発せられる。

両手を握ったまま、くねくねと頸《くび》が揺れ、長めの髪が鏡獅子のそれのように左右に振り乱れ、肩先に掃き流れるのであった。

やがて、龍太郎がリズミカルに、下からタフボーイを突きあげるにつれ、

「龍太郎君、わたし、いきそうよ……」

槇子の口から、いかにも切なそうな声が洩れる。

「ねえ。龍太郎君も一緒にいッて……」

演技ではなく、槇子は本当に達する寸前のように思われた。

龍太郎は、槇子の腰をがっしりと摑み、槇子のダイナミックな上下動に合わせながら、時に腰を大きく持ちあげて、ズンと鋭く大きな突きをくれてやった。

「ああっー」

槇子は、ひときわ大きな嬌声をあげて、突然、崩れるようにガバと上体を、龍太郎のほうに倒

してきた。

両脚をぴたっと合わせて、しがみつく。

ぶるぶるっと、全身が慄《ふる》えていた。

槇子は唸りながら、無言である。

「会長、いッたんですか？」

恐る恐る聞くと、

「ううん。今、イキつづけてるのよ」

双脚を揃えて密着させることで、龍太郎のタフボーイの根っこに、自らのクリトリスを押しつけて、こすりつけ、槇子はまだ絶頂感の海を漂っているようであった。

その余韻のさなかに、龍太郎はヒップを抱いて、下から突きを入れた。

「あっ……あーん」

槇子はしがみついたまま、クライマックスのダメを押されたような声をあげ、ぐったりとのびきってしまった。

「会長……今度こそ、いったんですね？」

念を押すと、龍太郎の身体の上でぐったりとのびた槇子は、無言のままうなずいた。

龍太郎は、自分の胸に顔を伏せた槇子の髪を、優しい手つきで撫でてやった。

しばらくそうしているうち、槇子はふと顔をあげて、龍太郎の目を覗き込むようにして、

「龍太郎君って、あたしばっかりイカせるんだもの。あなた、まだなんでしょ？」

龍太郎がうなずくと、

「あなた、いって。あたしばっかりだと何だか恥ずかしいわ」

「じゃ、会長。下にしてよろしいでしょうか」

「ええ、いいわ」

龍太郎は結合を解いて、槇子に仰臥の姿勢をとらせた。

上体を立てて、槇子に濡れきった秘所をむうっと広げさせて、間に入る。片手をタフボーイにそえて、一気に押し込んでいった。

「ううぅッ」

まさに犯されるように女会長の美しい首がのけぞる。

そのスタイルで数回、抜き差しを繰り返すうち、龍太郎は不意に気分が昂揚《こうよう》してくるのを覚えた。

「あッ、会長。ボク、イキそう！」

槇子もまた、あらたな、荒ぶった声をあげはじめ、足を巻きつけてきたのであった。

「あッ……変よ。あたしも……またイキそう」

女の体というのは、何と倖せなんだろう。また弾ぜそうになっている。龍太郎も差し迫った気分に襲われたので、今度こそフィニッシュの体勢に入った。盛んに腰を使ううち、

「ああ……いいわ……どっと出して」

槇子がそう言った。

龍太郎は爆《は》ぜそうになった。いまにも噴出しそうな感情を抑えて、口吸いにいった。

うぐうぐ……と口吸いをやりながら、昇ってゆく。

「どっと出して……どっと出していいのよ」

槙子はもはや、半狂乱になって、叫んだ。

龍太郎はとうとう怺《こら》えられず、引き絞っていた欲望を一気に放出した。

——料亭〈花膳〉の奥座敷であることを忘れるような布団の中で、静かな一瞬が訪れ、ひときり休憩をとった槙子が、

「龍太郎君、ありがとう。これでまたあすからバリバリ仕事ができそう。キミも例の件、お願いね」

「銀座の森ロマンの会への潜入の件ですね」

「そうよ、悪徳交際機関の内幕。しっかり掴んできてちょうだい」

「はい、かしこまりました」

龍太郎はあすにでも、「銀座の森ロマンの会」に入会する手続きをとり、ブラック交際機関に潜入しようと決心した。

7　交際機関潜入

1

ハロー・パーティーは盛会だった。

着飾った若い未婚男女が六十人ぐらい、赤坂の一流ホテルのその宴会場につめかけていて、男や女の結婚願望の熱気がむんむんするような雰囲気であった。

ひととおり、自己紹介が終わったところで、

「それでは皆さん、自由に談笑しながら、交流を深めてください。これよりダンス・タイム、ビンゴ・タイム、カラオケ・タイムも始まりますから、それまでにしっかりご自分の意中の人、ベスト・パートナーを見つけだして、それぞれ自由に接近して、懇親《こんしん》を深めていただきたいと思います」

司会者が、そう言っている。

「なお、自分では気に入った相手が見つかっても、思うように意思表示ができない方、引っ込み思案の方、特に女性で積極的に自分からは相手の方に意志を伝えられない方などは、申し出ていただきたいと思います。私ども銀座の森ロマンの会の一同、責任をもって皆さまのよきパートナー探しをお手伝いし、コーディネートすることをお誓い申しあげます」

(おやおや、おれがいつもお見合いパーティーで司会をしているのと同じことを言ってやがる)

会場の片隅で、出雲龍太郎は舌を巻いた。

いや、こちらのほうが会費が高いだけに、豪華で、立派なお見合いパーティーである。

こっそり一会員となって潜り込んだ出雲龍太郎は、自分のところの会よりも盛況なので、正直のところ圧倒されているところだ。

（しかし入会金、千五百万円というのはどうもクサイ。医者や弁護士の卵ばかりというのも、どうもクサイ。そんなにたくさん、上流どころの息子や娘が交際機関に入会するはずはない。どこかにヤラセの構造、詐欺の構造が、ひそんでいるのではないか）

龍太郎はそれを探りだして、黒い交際機関の尻尾《しっぽ》を摑むつもりであった。

バニーガール風のコンパニオンがワゴン車で、飲みものをサービスしてまわっている。

「お代わり、いかがです？」

「あ、ありがとう」

龍太郎が水割りのお代わりを貰った時、傍《かたわ》らの壁際に立っていた清楚な感じの女性会員が話しかけてきた。

「ずい分、盛会ですわね」

「そうですね。ぼくなんかライバルが多くて、眼がまわりそうですよ」

「出雲さんは、どういう女性がお好きですか」

参加者の胸にはネームカードがつけられているから、すぐ相手の名前がわかる仕組みだ。

「ぼくはもうハイミスターですからね。健康で、明るい性格の女性なら、どんな人でもいい。一日も早くお嫁さんが欲しいんです」

「あら、ご謙遜《けんそん》。ロマンの会に入ってらっしゃるくらいの方なら、お医者さんか政治家の息子さんじゃありません？」

「ええ……ええ……それはまあ、そうなんですが」

龍太郎に声をかけた女性は胸に神保裕美《じんぼひろみ》というネームカードをつけていた。白い、清潔なワンピース姿で、女子大生といっていい若さだった。

「ねえ、おっしゃいよ。出雲さんて、お医者さんかしら？　それとも銀行家のお坊ちゃんかしら？」

裕美に問いつめられて、龍太郎はどぎまぎしながら、

「ええ……まあ……ぼくは医者でも銀行家の卵でもありませんが……」

「でも、ロマンの会員って、みんな財閥御曹子《おんぞうし》だと聞いてるわ。でなきゃあ、千五百万円なんて会費、納められないでしょ」

「ええ、それはまあ、父は会社を経営してますがね」

「ええッ、会社社長のお坊ちゃんなの？」

「といっても、社員百人規模のちっぽけな食品会社ですよ」

「それでもすてきだわ。社長御曹子だなんて」

神保裕美は両手を打って眼を輝かせたところ、龍太郎の出まかせを信じたようである。

(危ないなあ、こんなふうでは。恰好のいい肩書さえデッチあげれば、女性会員はころっとひっかかるじゃないか)

龍太郎は城東化学の女会長若林槇子の密命を受けた週、すぐ入会申し込み手続きをとり、一介の花嫁募集中の未婚青年として、「銀座の森ロマンの会」に入会したのである。

もっとも、千五百万円などという入会金は払ってはいない。手付金だけ払い、あとは銀行に振

り込む約束だけをして仮入会したところ、ちょうど翌週の金曜日、赤坂のホテルでお見合いパーティーが開催されるので、よかったら参加しないか、と事務局に誘われたのであった。

「ねえねえ、お父さんの食品会社って、どんな会社？」

神保裕美は、龍太郎をすっかり〝社長御曹子〟と思い込んだらしく、猛チャージする。

「どんなって、埼玉の田舎《いなか》に工場をもつ食品会社ですよ」

「何を作ってるの？」

「ええっと……そうそう、北海道や三陸《さんりく》地方からワカメを取り寄せまして……それを乾燥させてミジン切りにしまして……信州から田舎味噌を取り寄せまして……それを乾燥させて、ドライワカメといっしょに袋に詰めまして……」

「ああ、それって私、大好き。インスタント味噌汁をお作りになっているのね」

「あ、そうそう……その、インスタント味噌汁の製造におきまして、日本有数のパテントを取っております」

「わあ、すてき。パテントを持った会社社長さんの御曹子なのね。将来性、バッチリだわ」

「いいえ、それほどではありませんよ。ところで、お嬢さんは花嫁修業中ですか？」

「私……？　ハイ、父は世田谷《せたがや》で病院経営をしているわ。でも私、病院って大嫌い。どこかに星の王子様がいれば、お嫁に行きたいと思っているのよ」

神保裕美はそんなふうに、世田谷の病院長の一人娘だと、自己紹介した。

「一人娘なので、跡取りなの。でも開業医のお婿さんって、最近は意外に少ないのよ。それで父が大金を払って、この会に入会させたの。でも私、病院は嫌いだから、家のことは両親に委《まか》せて、本当は誰かすてきな方のところにお嫁に行きたいと思っているの」

「お嬢さん、それはいけませんよ。開業医は何かと設備投資に金がかかっているので、ぜひ医者のお婿さんを探さなくっちゃ」

龍太郎は、その両親の立場と気持ちに、大いに理解を示して、そう諭《さと》した。

「だって、ハンサムな青年医者ってみんな、大学系の病院勤務希望が多いのよ。開業医希望って、今は意外に少ないの。私、病院なんか引きずるより、どこかの財閥御曹子を探して、玉の輿《こし》にのりたいんだけどなあ」

裕美はそう言って、キョロキョロと、会場を眺める。

パーティー会場はだいぶ盛りあがり、幾つかのグループや、カップルに分かれて、懇親が始まっていた。やがて、結婚問題評論家という肩書をもつロマンの会の会長、鈴掛幸作《すずかけこうさく》が壇上にあがり、スピーチをはじめた。

「さて皆さん、会はだいぶ盛りあがって参りましたが、それぞれベスト・パートナーが見つかったでありましょうか。今、世の中は結婚難だといわれております。

しかし、わが銀座の森ロマンの会には、このように、たくさん結婚を求めて相手を探す美男美女が群れ集まっていますから、結婚難なんか、一発で解決します。

そうです。あなた方は光の担《にな》い手なのです。あすの人生の、あすの結婚の、あすの社会の光の担い手、それがあなた方なんです。今、たまたま結婚難という小さな逆境にいるからといって、くじけてはいけない。倖せの光は今、この瞬間、あなたのすぐ傍に立っているかもしれないのです。

さあ皆さん、勇気をもって相手を摑まえましょう。倖せな結婚へとゴールインしようじゃありませんか……！」

鈴掛幸作は、見るからに精力的な男で、そこで、テーブルをどーんと、叩いた。

参加者一同は、恐ろしく真面目に聞き入って、眼を輝かせている。

しかし、出雲龍太郎は、新興宗教の教祖じみてきたスピーチにうんざりし、横の神保裕美に声をかけた。

「最後までパーティーにいるつもりですか？」

「ううん、誰かいい人が見つかったら、適当に外に出るつもりよ」

パートナーさえ見つかって、相互に合意が成立すれば、会場を出て〝自由交際〟をしていいことになっていた。

「ぼくと出ませんか？」

「誘ってくれるの？」

「その代わり、お茶なんかじゃありませんよ。よろしいですか？」

「いいわ。社長御曹子とデートできるなんて夢みたい」

2

龍太郎は、部屋に入った。

ドアを後ろ手に閉めて、見合いの会から伴《ともな》ってきた神保裕美とむきあった。

「ご挨拶代わりに、キスをして」

龍太郎が抱き寄せると、裕美のほうから顔をうわむけて、催促してきた。

 龍太郎は濡れ光るルージュに唇をあわせた。

 軽い、そよぐような接吻だった。それでも裕美の下腹部で盛りあがった恥骨の高みが、はっきりと押しつけられていた。

やっと顔をはなすと、

「悪い人たちね。ハロー・パーティーはまだつづいているというのに」

「相互に合意が成立すれば、会場を出て自由交際をしていい、という規則ですから」

「そうね。あの会長も〝あなたの傍に倖せの光が立ってる。早く摑みなさい〟と、ハッパをかけてたものね」

「そう。まるでフリーセックスのすすめみたいなものだったな」

「いやよ。そんな言い方」

「あ、ごめん。お見合いパーティーで知りあったぼくたち、結婚を前提とした真面目な交際をするんでしたね」

「そうよ。セックスも相性を見るために必要な、お見合い行事だときいてるわ」

「そうそう。別に、セックスしたからといって、必ず結婚しなくちゃならない、というものでもないでしょうしね」

「私も、そう思うわ。でも出雲さんがもし、すてきなセックスをしてくれたら、わたし、離さなくなるかもしれないわ」

そんなことを言いながら、二人は手に手をとって寝室に入り、上衣を脱ぐ。

そこはロマンの会のハロー・パーティーが催されていたホテルの二十階のツインルームだった。こういうこともあろうかと、龍太郎はあらかじめ、部屋を予約しておいたのである。

龍太郎としてはこの際、神保裕美と仲よくすることによって、入会した動機やロマンの会の内幕などを、ゆっくりと聞きだそうと思っているのだ。

先に浴室に入って湯を出してくると、

「すぐにいっぱいになるよ。さ、お風呂に入っておいで」

龍太郎は裕美に対して、徹底的に優しくくした。

裕美は悪びれずに、ベッドの傍で服を脱ぎはじめる。ワンピースを脱ぐと、クロゼットのハンガーにかけ、スリップも脱いだ。

最後にかがんで足先から丸めたパンティーを取りあげた時、思わせぶりにヒップがうねりだして、その谷間に赤い秘唇がはっきりと見えたくらいだった。

龍太郎はそそられたが、ぐっと我慢した。

「じゃ、先に使わせていただくわね」

「どうぞ。あとでぼくも行くかもしれないよ」

「ええ、待ってるわ」

裕美は風呂に入った。

浴室からシャワーの音が聞こえる。

龍太郎はネクタイをむしり、ベッドの上に投げていた上衣とともに、ハンガーにかけて、クロゼットにしまった。

さて、風呂に入ろう、と急いでクロゼットの蓋《ふた》を閉めかけた時、手許がくるってカタン、と何かを床に落とした。

見ると、クロゼットの棚に載せてあった裕美のショルダーバッグの紐をひっかけて、バッグを床に落としたことがわかった。

落ちたはずみに、化粧道具やサイフなど、中のものが床にばらまかれてしまった。

「あ、悪いことしちゃったな」

入浴中の裕美を呼ぶのも悪かったので、あわてて拾いあげて、バッグの中にしまいはじめた。

……と、龍太郎の手が、ふっと止まった。コンパクト、ルージュ、くし、ティッシュなどは当然として、スキンの小函《こばこ》までが目に止まったのである。

(ま、いいか。スキン必携の女性なら相当、翔んでる女。しっかり、楽しめるな)

女性が男性用スキンを携帯していて、悪いということはない。

しかしそれより、次に手にした定期入れを見て、おや、と龍太郎は不審の念を抱いた。

名前がまず、神保裕美なんかではない。

神谷慶子《かみやけいこ》、二十二歳、となっていた。

ついでに身分証明書を見ると、城北女子大英文学部三年となっており、そのうえ、住所は世田谷なんかではなく、目黒《めぐろ》区目黒二丁目のマンションであった。

(どうして偽名なんか使うんだろう。しかも花嫁修業中ではなく、女子大生じゃないか。すると病院長の娘というのも嘘っぱちで、アルバイトで〝銀座の森ロマンの会〟に雇われて、お見合い

パーティーに出席していたサクラなのではないだろうか）

　龍太郎は、そう推測した。

（そういえば、今日のお見合いパーティーは盛会すぎた。集まっていた女会員の大半は、アルバイトのサクラだったのではないか）

　龍太郎には、どうにもそんな気がしてきた。そしてそれは、思いがけない発見であった。

（よし、あの女、化けの皮をはがしてやろう）

　そう思うと、龍太郎は急にわくわくしてきた。

（神保裕美が偽名のニセ会員なら、遠慮することはないわけだ。スキンまで用意しているこの女子大生を相手に、しっかりセックスを楽しんで、そのうえ、あとでロマンの会の内幕を白状させてやろう）

　龍太郎がそう思った時、

「ねえ、まーだ？」

　バスルームから裕美の声が響いてきた。

「ああ、今行くよ」

　龍太郎は勇躍、バスルームに入った。

　鏡の前でシャツとパンツを脱ぐと、隆々たるものを引っさげて浴室へのガラス戸をあけた。

　龍太郎がバスルームに入ると、裕美はちょうど、シャワーを浴びている最中であった。

「遅かったわね」

「ああ、ちょっと電話をしていたからね」

バッグをひっくり返して、裕美の正体を掴んだことはおくびにもださずに、龍太郎は湯を使いはじめた。

それにしても、裕美はいいプロポーションをしている。シャワーの下で湯をはじく裸身を見ているうち、龍太郎はそそられて、後ろから抱きにいった。

一緒に滝の下に飛び込む、といった具合になり、乳房に両手を回す。湯玉の散り流れる肩にそっと唇をつけて、キスの音をたてる。

きゃッと、裕美は派手な声をあげた。

やがて、乳房を愛撫していた手の片方が、腹をすべってヘアに落ち、その下の茂みをまさぐりはじめた。

指先はこんもりと盛りあがった陰阜の森をわけて、突起に触れた。そこはまだはざまにじっと息をひそめている真珠のように、硬起する前の粒であったが、瞬間、裕美は身ぶるいし、ちょっとした呻きを洩らした。

「ああーん。いきなりだなんて」

裕美は首を後ろに反らせて、文句を言った。

かまわず龍太郎は、身をよじったはずみの裕美の熱い秘唇のふちから、奥へそろりと指をすべり込ませた。

「あうッ」

声が湿って、腰が硬直する。

裕美は眼を閉じてしまった。

龍太郎はクレバスの両側に盛りあがった秘肉の畝《うね》に沿って指を上下にすべらせながら、割れ口をくつろがせて、道をひろげた。

「ああ……」

いつしか、ぬるりと濡れあふれた感触が、龍太郎の指先にまとわりついてきた。

二枚のびらつきを丹念にこすり、そうして指を奥へすすめて出没させる。

「ああ……ああ……」

腰がふるえ、吐息が艶《つや》めいてきた。裕美はどうやら立っていられなくなったようだ。

「ねえ、お風呂に入らせて」

「まだまだ――」

龍太郎はこの女子大生の仮面をはぐまではいじめてもいいわけだから、楽しく、勝手放題に乳房を揉みたてたり、首にキスしたり、両手で割れ口を花びら開きにしたりする。

「何か当たるわ」

やがて、裕美は耐えられないような呻き声と喘ぎを洩らしながら、手を後ろに回す。さっきから自分のふくよかな臀裂《でんれつ》を窺《うかが》っている龍太郎の硬直しきったタフボーイを摑んできた。

摑んで、握って、雄渾《ゆうこん》な形状を確かめ、

「わあ……大きい」

熱い声を洩らす。

「私、すごーく興奮してきちゃったわ。この責任、どうしてくださるの」

不意にくるっと振りむいて抱きついてきた。

「シャワー、止めて」

龍太郎はシャワーの栓を止めて、本格的に裕美の裸身を抱きしめにいった。

唇と唇が、ひとりでに探し求めて、激しい接吻となった。

裸のまま。しかもペッティングのあとの接吻なので生臭いことこのうえない。ディープキスの間にも、裕美の片手が動いて龍太郎のタフボーイを握っていた。

「なかなかのお嬢さんだね。お見合いパーティーに出て、こんなことしていいのかな」

「あら、あなたが火をつけたからよ」

「そうだったね。こんなふうに」

キスしながら、龍太郎も裕美の股間に右手をのばし、女芯に指を差し込んで、相互愛撫を繰り返した。

「ああん、だめえ」

龍太郎は一枚ずつ、女子大生の裕美の中から生臭い女の素顔が出てくる変身ぶりを楽しむように、指先で濡れて、ひくつく女体の秘奥を探ってゆく。

「ねえ、立ってられないわ。お風呂に入りましょ」

「ああ、そうしようか」

二人はバスタブに湯を満たして、浸った。

「少し狭いね。むかいあうより、こっちにこないか」

龍太郎は裕美を誘った。

両足をのばして楽な姿勢をとった上に、裕美を後ろ向きに跨《また》がらせ、重ならせた。

裕美も化粧を落として上気した素顔を正面から見られるのが恥ずかしかったせいか、素直に指示に従った。

背中と腹。二枚の舟のように、ぴったり重なり合う。それだと龍太郎のほうからすると、後ろ抱きなので、両手を自由に使える。

早くも片手で乳房を揉みながら、片手を股間に送って、本格的な秘芯愛撫にとりかかった。

裕美の秘唇は、湯の中でも潤んで、蜜は陰唇からとろり、と外にあふれはじめていた。

「ああん……感じちゃうこと、そんなに、なさらないで」

裕美は欲情にうるむ眼でふり返って、そう訴える。

「ぼくのタフボーイが、裕美さんのお姫様とお見合いしたいと言ってるよ」

うごめかせると、裕美が握ってきた。

「あらあ、ほんとだわ」

角度はきわめて微妙である。裕美がほんの少しでもヒップを持ちあげて、動かせば、そのまま挿入されそうな感じであった。

「ね、入れてみようか」

「わあ、お行儀悪い。お風呂の中で初夜行事をやるなんて、聞いたことないわ」

「こういうの、初夜っていうんだろうか」

「だって私たち、お見合いパーティーで知り合ったんだもの。それで初めて合意を確かめ合うんだから、これも立派な初夜よ」

「なるほど、すてきな初夜というものだね」

龍太郎が狙った位置に、腰を突きあげると、

「あむうっ……！」

裕美の首が反った。

龍太郎の勢いのあるものは、裕美の股間にくぐり込んで、もう少しでクレバスを分け入る情況になってきて、外陰唇の土手肉を直撃したのであった。

「ああん……当たるわ」

「入りそうだろ」

「ええ、もう少しよ」

「入れてみようか」

「いやいや……お風呂でなんて……恥ずかしいわ」

龍太郎はバスタブの中で裕美を後ろ抱きにしたまま、もう一度、腰を突きあげた。すると、あわや繋《つな》がろうかという刹那《せつな》、裕美は逃げようとして身をよじった。

しかし、動いたはずみに浮いたヒップは逆に、ちょうどいい具合に男性を迎える位置だったので、龍太郎は硬直に指を添えて、今度は下から挿入口にあてがい、ずぶりと突いた。

龍太郎のタフボーイは、湯をはじくほど直立していたので、二度目に挿入角を狙って打ち込んだものだから、その瞬間、亀頭冠がずぶり、と膣口部にはまり込み、

「ああッ」

と、裕美が弾けた。

そうなるともう逃げはしない。亀頭の部分だけ、とば口に挿入された感覚をあわてて美味《おい》しそ

うに取り込むように、裕美はヒップを上手におろしてくる。

「わああ……はいるわ」

角度はいい具合である。

龍太郎は、下からカウンターパンチを見舞った。

「わあッ……！」

裕美は弾けながらも、バスタブのふちを握って、上手に挿入感覚を愉しんでいる。

「いやらしいことをしているわ、私たち」

裕美は自分たちの恰好に、いたく催したようだった。あられもない恰好というのは、時に人間を放埒《ほうらつ》にそそるものである。

しかしその体位だと、龍太郎のほうは裕美の体重を支えているので、正直のところ動きにくい。

「ね、後ろからより正面から向きあおうよ」

裕美にも意味がわかったらしい。

解くと、くるっと向きあって、裕美は再び跨って、タフボーイを取り込んでゆく。

「ああん……今度は奥まで入ったわ」

高射角のものはそのほうが、深く挿入感を与える。そうしてそれだと、舟の中で抱き合って歓喜仏になることができる。

二人はしばらく抱き合って、漕いだ。

そのたびに波はざぶざぶ、嵐のようだった。しかしそのうち、裕美の様子が少し変になってきた。

時折、ぼうっと眼がかすんで、龍太郎が両手でしっかりと支えていないと、身体がくねくねと芯を失って、湯に溺《おぼ》れそうになったのである。

「ああ……目まいがするわ」

「キミって、のぼせるたちと言ってたね」

「ええ、そうなの。お風呂でのセックスって、あたし、とても弱いのよ」

「じゃ、ベッドに移ろうか」

「お願い。そうして」

龍太郎は場所を移すことにした。しかしそれにしても、お見合いパーティーの会場で知り合った女と早くも別室に移って、風呂に入って、ツーショットができるとは、今夜はついているぞ、と龍太郎は思わずにはいられなかった。

3

龍太郎はベッドに入った。

裕美もすぐにバスからあがってきて、ベッドに入ってきた。

掛布の中にもぐり込み、

「うれしいわ。あたしの頼み聞いてくれて」

絡みついてくる。抱き合うと、裕美の胸の白いふたつの隆起がはさまれて、こぼれるような感じであった。

裕美の手がのびてきて、龍太郎の所在をさぐりあてて、摑む。

「まあ、お元気」

うれしそうな声である。

「ね、あたしにやらせて」

裕美は掛布を取って、龍太郎の股間にかしずいてきた。そうしてみると、裕美は実にあっけらかんとしていて、無邪気。とても悪徳交際機関の構成員とは思えない健気《けなげ》さである。

お見合いパーティーのためのサクラとして雇われていること自体に、本人は少しも罪悪感を感じていないのかもしれない。ただ単に、時給のいいアルバイトとして、割り切っているのかもしれない。そこで医者の息子や、財界御曹子と出会えば、今夜のように積極的にラブメイクまで持ち込んで、結婚を迫ろうという魂胆なのかもしれなかった。

(しかし、いずれにしろロマンの会の内幕を探るまで、おれはまだ、気を許してはいけないぞ)

龍太郎は自分に言い聞かせた。すると、その怒りの意志が末端に伝わったように、彼の男性自身はますます隆々とした硬起をみせる。

「わあ、くらくらしそう」

裕美の白い指が、毛むらの付け根を握り、唇を先端にかぶせてくる。

風呂で洗ったので、ルージュはとれてはいるが、裕美の唇はそれでもふっくらと桜色をしていて肉感的である。その唇が大きな亀頭部分をすっぽりと包み、上下するたび、まくれて、とても刺激的だった。

(今の女子大生は、学校でいったい、何を勉強しているんだろうな)

龍太郎は呆《あき》れるよりも、感心した。

裕美は亀頭冠をすっぽりと含み、舌であやしたり、舐めたり、吸ったりする。

初めは浅く、そして次には深く、顔をスライドさせてくる。いったん吸引を解くと、唾液で濡れ光る先端を眺め、くすん、と笑いながら、今度はタフボーイの裏側を舌ですーっと舐めあげたり、雁首の切れ込み直下を集中的に、なぞってきたりする。

その舌戯は絶妙であった。まさにプロはだしで、女子大生の身分証明書を見さえしなければ、ソープかヘルス嬢かと思ったくらいである。

「うまいな、裕美って」

「ありがとう」

「おれ、弾けそうだよ」

「まだよ、いっちゃあ。わたし、社長御曹子に気に入られようと、これでも一生懸命、体を張って、がんばってるんだから」

なるほど、と龍太郎は思った。おれのほうはもう、裕美の正体を見破っているが、裕美のほうはまだ龍太郎のことを、本当に社長御曹子と信じ込んでいるようであった。

(それで、猛チャージをかけているわけか。よし、それなら遠慮なく、この若鮎のような女体をいただいちゃおう)

「さ、おいで」

龍太郎は若鮎のような裕美の女体を、押し伏せにかかった。

裕美は誘うように仰臥して、花園を開く。艶光りする黒毛の下に赤いクレバスが花のようにひらめき、龍太郎の意欲はますます旺盛に猛《たけ》った。

指で探ると、裕美の女芯はもう潤み尽くしていた。

フェラチオをしていた間に、自分でもしっかり催していたようである。

龍太郎がいよいよ位置をとっておさめにゆこうとした時、

「あ、待って」

裕美が何かを思いだしたように、素頓狂《すっとんきょう》な声をあげた。

「どうしたんだね？」

「あたし、危険日なの。なにか予防策が欲しいわ」

「そりゃ殺生《せっしょう》だよ。この段になって」

「あれ、持ってないの？」

「持ってないよ。そういうつもりでもなかったしさあ」

「困ったわあ。ここラブホテルじゃないから、フロントに電話してもだめでしょ」

(なに気取ってるんだよう。きみのバッグに、ちゃんとスキンが入ってるじゃないか)

龍太郎は腹の中でそう毒づいたが、けっして口にはださない。

「じゃ、顔面発射する？」

「いやよ、あんなの」

「ぼくもいやだな。面射なんて、もったいないもの。裕美の奥に、ちゃんと射ち込みたいもの」

「そうね、じゃ仕方がないわ。出雲さん、あっちをむいてて」

「え？」

「眼をつぶって。あっちをむいてて」

龍太郎が言われたとおりにすると、裕美は裸のままベッドから降りて、ワードローブからショルダーバッグを手にして、戻ってきた。

「どうしたの、バッグなんか持ってきて」

「コンドー君を入れてるの」

「へええ、ずい分、用心深いんだね」

「あたし、自分の身体をいたわりたいもの。産婦人科の診察台にのぼる気持ちって、男の人にはわからないわよ」

そういうところをみると、裕美は一度、痛い経験をしたことがあるのだろうか。

それにしても、裕美はけろっとした表情で、スキンを取りだしている。

龍太郎としてはもう少し意地悪をして、裕美がなぜ男のスキンまで携帯しているかをウジウジ吐かせようと思っていたが、先回りをされたようで呆気《あっけ》なかった。

「さ、横になって。装着してあげるわ」

ますますのパンチである。龍太郎はうれしさ半分、気圧《けお》されるような気持ち半分で、仰臥すると、裕美が上手に装着しはじめた。

「ありがたいね。キミって、奥さんにしたら、とてもいいみたい」

「でしょ。私、いい世話女房になるわよ。花嫁候補生としてしっかり考えといてね」

「うん、考えておくよ」

返事をしたころには、もうちゃーんと装着が終わっていて、柔かいゼリー塗りの帽子を被ったロケットは発射台で準備完了であった。

裕美は最後に、ちゃんと先頭を舐めて、唾液までつけてくれた。

「これなら、すべりがよさそうだね」

「ええ、安心よ」

裕美はうれしそうに、身体を開いた。

龍太郎はゼリーつきの愛情スキンにくるまれた果報者のジュニアをひっさげて、颯爽《さっそう》と裕美の間に位置をとった。

膣口に野太い部分を押しあて、ドアコールする。タッチして蜜の中に亀頭部を埋没させて、こねまわすだけですぐには挿入しない。

赤い扉からは、じきに快液があふれはじめている。

「いや、じらしちゃ、いやだ」

裕美は深い挿入を求めて、恥骨をせりあげて、身体をぶつけてきた。

「そう暴れないでよ。きみのって、何かに似てるなあって、考えてるところだよ」

「何かにって？」

「ウンそうだ。思いだした」

しかし龍太郎は、それを口にだすと失礼だと思って、言葉にはしなかった。

タフボーイに小突かれて、わななきひらく二列の外陰唇の畝《うね》がふと、ふたはらの赤いメンタイコのように思えたのである。

てらてらと愛液に濡れひらく秘唇は、とても大きな極上メンタイコを二つに腹割りにして、黒毛に添えて、包んだように思えたのであった。

(産直明太子か。裕美はきっと、世帯持ちのいい奥さんになるぞ)

「何、笑ってるのよう」

裕美がぶつくさ文句を言った。

「いつまでも眺めてないで、ねえ」

腰をうねらせてくる。

「そんなに欲しいのかい」

「頭だけ入れたままだなんて、失礼よ」

「極上明太子を味わってるんだよ」

「何、それ?」

「英文学部のインテリ・メンタイコ」

「何でもいいからさあ、早く入れてよ」

「スケベだね、きみって」

「そうよ。H大好き」

「ぐーっと深く入れてほしいんだね」

「そうよ、早く……ぐーっと深く入れてほしいわ」

裕美は求めるように恥骨をせりあげた、その瞬間、龍太郎は奥まで一気にインサートした。

「わおーッ」

裕美はライオンのような吼《ほ》え声をあげた。それは少しふざけて流行《はや》りの奇声をあげたのか、本心からなのか、龍太郎にはわからなかった。

裕美の女性の部分は、うねうねと男性自身をくわえこみ、締めつけながら、自《みずか》ら愛液を噴き出させている。

動きだすと、濡れ増していた膣口部は、男根の付け根で捏《こ》ねられるねちゃ、という好色そうな音をたてた。ねちゃ、が、時にはぬちゃ、と響くこともあった。

龍太郎はゆっくりと抽送を行なった。深浅《しんせん》に変化をもたせた。時には数発のパンチを見舞った。奥まで突きたてたタフボーイで、「の」や「め」や「ぬ」の字の腰文字を描き、裕美のワギナを掻きまわすように動かした。

そのたびに裕美は、

「あわ……あわ……あわ」

という声をあげたり、

「あっ……あっ……あっ……」

とかん高い声を発したりして、下から龍太郎にしがみついて、白いぬめ光りする咽喉《のど》を反らせる。

「どう？」

「たまんない」

息をすすりあげるような声で、そう言う。

さかんに腰がシーツから浮きあがって、もどかしげにくねる。

「なぜたまんないの？」

「だってェ……出雲さんのって、大きいんですもの……あたしのあそこ、こわれそう」

言っているうちにも、龍太郎の腰文字が「み」や「わ」の字に複雑化するにつれ、裕美は声を途切らせたりした。

うっと、息を呑んだり、うっとりと、恍惚顔をしたりする。そうして不意にふるえの波動が裕美の下肢にはしり、龍太郎は舌を吸いたてられていた。

男の背に両腕を巻き、男の口と舌をむさぼるように下から吸っておいて、裕美は、

「いっちゃうよう」

と、頭を後ろにのけぞらした。

でもまだ、それで打ち止めというわけではない。

裕美は小さなアクメの波を、何度も何度も迎えては、越えてゆくようなタイプである。

龍太郎はさらにゆっくりと出没運動を加えた。お見合いパーティーにサクラで雇われていたこのニセ会員の女子大生を、いじめぬくようにしていると思うと、楽しくなって、いっそう奥壁を突きうがったりした。

「あッ……あーん」

裕美は奥の院で衝突するたび、悩ましい声をあげる。

やがて、両脚を男に巻きつけてきた。ひしとしがみつく。

そうすると、いっそう二人の一体感が保てるし、裕美は自由に、淫らに腰を使うことができる。

裕美は両脚を巻きつけた瞬間から、なかなかの名器ぶりをみせた。

不思議なことに、龍太郎のタフボーイの先端が奥の院の瘤《こぶ》に当たるたび、膣口部がキンチャクのように締まるのであった。

環のように摑まれたキンチャクの部分をくぐりぬける感じは、とてもたまらない。

その味覚に駆られていっそう励むうち、

「あッ……あッ……あッ……」

急激な波動がやってきて、

「や、や、やーッ」

裕美はのけぞって、急激にクライマックスを迎えて、登りつめてしまった。

4

手枕というものは、いいものである。一戦終わって、手枕をして裕美とまどろんでいると、二人ともすっかり身も心も許し合った恋人同士のようである。

「卒論は来年かね？」

龍太郎は後輩に話しかけるように聞いた。

「今年からもう取りかからなくっちゃならないわ」

裕美がそう答えた。

「英文学部だとすると、テーマは何かな。シェイクスピア時代のイギリスの恋愛と結婚——なんツーの、どうかね」

「そうね。シェイクスピアにするか、ワーズワースにするか、悩んでいるのよ」

と、言ってから裕美はハッとしたようだ。

突然、手枕を解いて起きあがり、恐ろしい目で龍太郎を睨みつけた。

「私、花嫁修業中の病院長の娘と自己紹介したはずだけど、どうして女子大生って知ってるの?」

「さあ、どうしてかな」

龍太郎は悠然と天井を見ながら、鼻毛を抜く。

「きみの名前、本当は神保裕美じゃない。神谷慶子っていったよな」

「どうして? どうしてそんなこと知ってるの?」

「病院長の娘なんてのも、嘘っぱち。本当は城北女子大英文学部三年、神谷慶子。つまりきみは、銀座の森ロマンの会のお見合いパーティーにサクラとして雇われたアルバイターだよね」

裕美の顔がやがて怒りでまっ赤に染まり、

「わかったわ。私の身分証明書、見たのね」

そう言って、息まいた。

「まあ、そう怒るなよ。バッグが引っくりかえっちゃったんだ。それで見えたものは、仕方がないだろう。それをきみに言わなかったのは、謝るけどね」

「チッキショー。私を女子大生のサクラだと知って、それで私を誘って、さんざん弄《もてあそ》んだんでしょ!」

「おっと、それは違うよ。きみの正体を知ったのは、この部屋に来てからだよ。最初は本当にきみは病院長の娘だと思ってたんだから」

「病院長の娘なら、結婚相談所なんかに来ませんよ。お見合いパーティーなんかに出るはずないでしょ。私はアルバイトではあっても、本当に玉の輿を探して、シャカリキになってたんだから」

「ほう、そうかい。それならきみはがっかりするだろうね」

「え？　どうして」

「ぼくだって実は、社長御曹子なんかじゃないんだ。あれはきみと同じように嘘っぱち。その点、おあいこで怒りっこなしにしようよ」

「なあんだ、つまんない。社長御曹子ときいたから、この際、しっかりタックルしようと思って、猛烈にサービスしてやったのに」

裕美はスペシャルフェラチオまでしてやったことを、たいそう後悔したようである。

「ところで裕美、教えてほしいことがあるんだけどね。今夜のお見合いパーティーの参加者のうち、きみのようなアルバイトのサクラは、何人ぐらいいたんだろう？」

龍太郎は、悪徳交際機関の内幕を尋ねた。

すると、裕美は、

「どうしてそんなことを聞くの？　あなた、いったい何者なの？」

「ぼくは帝国信用調査会という民間の調査機関の者だけどね。今、公的機関に委託されて、乱立している結婚相談所の内幕を調査しているんだ。いわば、Ｇメンというやつでね。ぼくの報告ひとつで、裕美のところの相談所から、詐欺容疑で逮捕者がイモズル式に出るかもしれないよ」

龍太郎は少し、ハッタリを効かせた。

「ええーッ？　タイホ者？」

裕美がびっくりして、蒼《あお》ざめた。

「そうさ。ぼくの所属している帝信は、警視庁や地検ともつながってるからね」

龍太郎は、ますます脅かしておいて、

「ね、教えてくれないか。そうしたら、裕美の名前は、報告書から省いてやるから」

ハッタリと脅しはだいぶ効いたようだが、それでも裕美は、もじもじしている。

「そう言われても……私たち、口止めされているのよ」

「きみはアルバイトの女子大生だ。そのくせ、あたかも花婿を探している病院長の娘というふれこみで、見合いパーティーに出ていた。これはもう世間に対しては欺瞞《ぎまん》行為であり、立派な一種の、詐欺行為なんだよ」

「私、そんなに重大なことだとは、思ってなかったわ」

「つい出来心で万引をする人もいる。その時は誰だって、重大なこととは考えない。見つかったら、あとで返せばいいと考えている。しかし万引は立派な窃盗《せっとう》犯なんだよ」

「万引だなんて――」

「女の武器で男を釣るんだから、立派なマン引さ。とにかく教えなさい。それ以外にきみが助かる道はない」

龍太郎は、ついに警視総監か、検事総長のようなおごそかな口調で宣言した。

裕美はいささか……いやいや、真底、ブルッたようだ。悪徳交際機関の一員として逮捕でもされたら、大学も退学させられるし、親の仕送りも受けられなくなると思って、蒼くなったようである。

「そう尋ねられても、私はあんまり詳しい内幕は知らないわよ」

「きみが知っていることだけでいい。たとえば、今夜のお見合いパーティーに出ていた六十人ぐらいの美男美女は、ほとんどがきみのようなサクラだったのかい？」

「ほとんどというわけではないわ。三割くらいが本物の会員だったと思うわ。あとの七割くらいのキレイどころが、サクラだったと思うわ」

（へぇーッ、七割も？）

それじゃ、本物の会員よりも、サクラのほうが多いじゃないか。もっとも、三割が会員でも二十人も正会員がいたことになる。一人千五百万円の会費だから、三億円の水揚げになるわけである。

（ボロい、商売だな）

見てくれのいい若い男女を餌《えさ》に、真面目な結婚希望者から高い金をふんだくっている会に龍太郎は怒りを覚えた。

「で、きみの日当は？」

「一日三万円よ。とてもいい給料なので、友達に誘われて、アルバイトをしてるの」

「お見合いパーティーは月に何回、行なわれてるんだ？」

「毎月二回くらいね。多くてもせいぜい、三回かしら」

「ロマンの会は、どういうふうに運営されてるか、わかるかい?」

龍太郎は化けの皮を剝いだ裕美から、次々に悪徳交際機関の内幕を聞きだしていった。

裕美もその全貌を知っていたわけではない。しかし、わかった範囲の銀座の森ロマンの会の内幕は、ざっと、こういうふうである。

会長の鈴掛幸作は、元不動産会社の社長らしい。千葉方面で土地の買いあさりをやっている時、嫁不足に悩む何軒かの農家から、

「息子の嫁を世話してくれれば、土地を売ってやる」

と言われて、この商売を思いついたらしい。

初めは街裏の真面目な結婚紹介業をめざして、不動産業のかたわら、世話焼き的な口きき役の紹介業をやっていたそうだ。

ところがある時、医者、弁護士、政治家の娘や息子ばかり預かっているとハッタリをきかせて客集めをしたところ、高い会費で爆発的に会員が集まったので、「これでゆける」と味をしめ、「ステータス願望族」を相手に、千五百万円という法外な会費をとって、派手なイベントをやる今の交際機関を設立したのだという。

現在、会員は三百人とか四百人と豪語しているが、実際はその一割の三、四十人にも満たない。それでも、小金持ちの未亡人や、再婚希望の中小企業の社長やもめなど、お金には困らないが、相手を探している申し込み者が絶えず、ぼろ儲けしているようだ。

最近はその輪を金持ちの若い層に広げようと、超一流ビルにオフィスを構え、美男美女のサクラを雇い、派手な宣伝をして組織を拡大しようとしているのだという。

今夜のようなハロー・パーティーは月二、三回、バリエーションや内容を変えながら実施している。クラブや有名ディスコを借りてやる時は、若い会員を対象にしており、ホテルや旅行会の時は中高年会員が対象だという。

　アルバイトで雇った裕美のようなサクラにも、

「あなた方にも、いい玉の輿が見つかるかもしれない。男の会員が声をかけたら、自由恋愛をしてもいいから一生懸命、相手を務めることです」、とけしかけているそうだ。

「それじゃまるで、売春を強要するデートクラブみたいなものじゃないかね」

　と、龍太郎が呆《あき》れると、

「本当よ。だから私だって、ただのアルバイトじゃないわ。もし本当に財閥御曹子とか医者の卵に出会ったら、体当たりして恋愛関係に持ち込み、しっかり結婚へ持ち込みたいと思ってたのよ」

　裕美は、そんなことを話した。

　嘘ではないようである。それでアルバイトの女子大生までがみんな色っぽくて、〝秘密交際機関〟的なその雰囲気が、いっそう男性会員を集めていたようである。

「私が知っているのは、そういうことくらいよ。ね、お願いだから、地検とか警視庁とかに提出する報告書から、私のこと、省いといてちょうだいよ」

　裕美はそう言って、許しを乞《こ》うように龍太郎の股間のものを撫でさするのであった。

　龍太郎はだいぶ収穫を得たな、と内心ニヤリとした。しかし、もう少し聞きだすことがあるようである。

龍太郎が少し沈黙すると、

「約束してくれないの？」

裕美は不安そうな表情で、ますます龍太郎の男性自身に手をまわして、さすってくる。

「何を約束しろって？」

「私のこと、警察には言わないって」

「うん、もう少し教えてくれたら、約束するよ」

「私、知っていることは全部、教えたのよ。もうそれ以上のことは……」

困った顔をする裕美に、龍太郎は角度をかえて質問した。

「ぼくの知りあいのハイミスで、ロマンの会に入会し、これはという男性会員と知り合い、交際しているうち、結婚の約束まで取りつけることができた人がいる。それですっかり安心して男のことを信用するうち、独立資金を無心された。もうすぐ結婚する男の独立資金なので、彼女は喜んで出したところ、男はその金を握って、ドロンと逃亡した。紹介所に苦情を持ち込んだが、その男のことは会では消息不明だというんだ――」

龍太郎は、そんな実例を話し、その手の結婚詐欺にも、悪徳交際機関は手をかしているのではないか、と聞いた。

すると裕美は、その男のことは知らないが、若い男性会員で二、三人、欺されたと言って窓口に怒鳴《どな》り込んでいたのを目撃したことがある、と証言した。

「へええ、どんな事情だったんだろう？」

「詳しくは知らないけど」

と前置きして、裕美は次のようなことを話した。

その被害者たちは真面目な結婚願望派のサラリーマンだった。一般者むけの安い方の会費五百万円の半額を納めて入会し、紹介された女性と交際しはじめたら、なんとその女性からすぐホテルに誘われてセックスをし、高いお小遣いまでせびられた。その揚句《あげく》に二回目のデートを申し込んだら、所在不明。これではまるで、デートクラブじゃないか、真面目な紹介所じゃないのなら、会費を返せ、といって怒っていたのだという。

「なかにはＯＬもいたわ。真面目な紹介所だと思って入会したら、相手の男にいきなりホテルに連れ込まれて、ショックを受け、逃げだしたみたい。それで、会費を返して欲しいといって、窓口に怒鳴り込んでいたみたいだけど……」

なるほど、いずれも考えられるケースである。欺された人が告訴しても、「うちは交際機関なので、当人同士のことには責任を負えない」と、会は逃げるに違いなかった。

そういう話を聞くと、龍太郎も反省しきりの部分がある。龍太郎の会も、要素としては、「交際機関」的な側面がないではない。大いに、自戒しなければならないところであった。

「ね、約束してくれるわね」

「ああ、約束するよ」

「うれしいッ」

龍太郎が、裕美のことを警察には告げないと約束すると、裕美はやっと心配事が吹っ切れたように、有頂天《うちょうてん》になった。

龍太郎としては、裕美から聞いた内幕話は大いに参考になったところだ。後日、もう少し調査して、客観的な傍証を固め、若林会長に報告し、被害者をたてて告訴すれば、「銀座の森ロマンの会」は告発されるに違いない。

(やれやれ、これで女会長の密命を半分くらいは達成したようだぞ)

龍太郎がそう思ったとたん、彼の男性自身は裕美にさすられて、みるみる雄壮さをとり戻し、もはやどこかに収納しなければ収まらない状態になっていた。

「あ、うれしい」

裕美がそれを感じて弾み、

「ね、話してあげたんだから、ご褒美《ほうび》をちょうだい」

そう言って、いたずらっぽく笑った。

「あそこで、バックでしてくれる?」

瞳に強いうるみの光があった。裕美の指さしたところは、鏡の前の机のところである。

「あんなところでやると、鏡に映るじゃないか」

「感じるのよ。後ろからされてるのを、自分で鏡で見ると」

裕美は男から誘われるのを覚悟のお見合いパーティーのサクラをしていたくらいだから、度胸もあるし、先天的に好きもの体質のようである。

「それにしても高級な趣味をもってるんだね」

「後背位でセックスされてるところを鏡に映してみるとね、人間って、結局は動物なんだなあって、納得し、安心するもの」

裕美は城北女子大では、実存主義哲学でも専攻しているのかもしれない。

「よし、それじゃ、張り切っちゃうよ。情報をくれたご褒美だからね」

裕美はバスタオルをはずすと、もう見事な裸身である。張り切ってベッドを降り、鏡張りの壁の前の机に取りついてポーズをきめる。

両手を机につき、すてきな背中をのびやかにのばして、ヒップを高くあげた獣の姿勢。

龍太郎は裕美の後ろにまわり込み、ふくよかで豊麗な裕美のヒップを両手で抱え込んだ。蜂の胴のように括《くび》れた、絞ったようなウエストの締まり具合が、ヒップの豊満さにきわだてられて、息をのむほど悩ましい。

龍太郎は両手を添えて、臀部の双球を左右に開く。深い割れ込みの部分が押し開かれ、ぬちゃッ、というような、変な、湿った音をたてた。

それほど、濡れている。もやっとした茂みに囲まれて、メンタイコを二つ並べたような秘部の畝が、赤黒くてらてらと濡れて光っている。

龍太郎はそそられながら、素早く、スキンを装着した。

「いい眺めだね、裕美。そろそろゆくよ」

「……いらっしゃい」

いつまでも訪れない龍太郎に、裕美は焦《じ》れていたようだ。誘うようにゆらめかせた瞬間ずぶり、と龍太郎は挿入した。

「ひいっ」

と、裕美の背中が反った。

その腰を抱いて、龍太郎はゆっくりと漕ぎだした。裕美のヒップは豊麗で、なまめかしい。そのはざまを出入りする自分の昂まりを、龍太郎はしっかりと視認することができて、気分が昂まった。

龍太郎の腰が躍るにつれ、あッあッ……と喉を鳴らしながら揺れている裕美の白い身体が、鏡に映っている。むろん、後ろから挑む龍太郎も、繋がって、鏡に映っている。

二頭の獣のようであった。

「顔を見せてごらん」

髪を軽く摑んで後ろに引けば、裕美はのけぞって、鏡に顔がばっちりと映った。しかしそれでは首があがりすぎるので、かわいそう。でも髪を離しても、龍太郎がしっかりと腰を摑んで、ぐいと深く突くと、

「あうッ」

ひとりでに、顔があがる。

龍太郎は、鏡に映る裕美の顔よりも、繋がっている部分に興味をかられた。

もう一度、豊麗なヒップに両手をあて、臀裂を覗くように双球を左右に開く。

ヒップの割れ目にしっかり出入りするものが、濡れ濡れと覗く。巨根をはめた膣口部の輪っかのような皮膚は、荒々しいタフボーイの出没に圧迫されて、ぴっちりと張り裂けそうである。

その髪毛一本はいる隙間もないほど伸長されたピンクの薄い膜を狙って、右から左から、自由奔放な角度をつけて打ち込んだ。

「はあん……あんっ」

と、唸るようにわめいて、裕美の顔がまたあがる。

でも、裕美は美しく熱中しているので、鏡が映す裕美の表情は、乱れながらも光を放っているようだった。それを見つづけるのは、世界の貴重な秘密を覗き見しているようで、神様のバチが当たるような気がした。

（今、おれのタフボーイは、人生の価値そのものと、繋がっている。人生の海に浸っている。裕美の奥の赤い海にどっぷりつかって、かきまわしている）

そんなことを考えていると、女は海だ、という気がした。女はみんな、男を呑み込む磯《いそ》臭い海。男はその上を漂ったり、もてあそばれたりする小舟のようなものだ……。

龍太郎が一瞬、そんなことを考えていると、

「ね、何、考えてたの？」

動きが鈍ったのに気づき、裕美がそう訊く。

「何にも考えちゃいないよ。ただ、見てたんだ。裕美のあそこをね」

「あそこの眺め、どう？」

「とてもすてきだよ。濡れたヘアもなびいてて、ワカメ酒を飲みたくなるみたい」

「ワカメ酒って、何よ？」

「いや、何でもないさ。こっちの話」

「見てるだけじゃつまんないわ。もっとしっかり突いて」

裕美がまたヒップを揺らめかせた。龍太郎はそのヒップを摑んで、しっかり打ち込んだ。

佳境に入ると、裕美はさし迫った声をあげ、

「ね、お願い」

と、何かを叫んだ。

「え？」

「当て……お願い、あそこに当てて」

あそことというのは、奥壁のことだと思って、両手で桃尻を摑んで、ずんと奥深くを突いた。

「あん……！」

と、裕美はのけぞりはしたが、どうやら希望していた行為とは違っていたらしい。

「あン……そうじゃないのよ……あそこに、当てて」

「あそこって、どこなの？」

龍太郎が尋ねると、裕美は片手で上体を支えながら、右手を後ろに泳がせてきた。

「ね、あたしの手を摑んで」

龍太郎は裕美の手を摑んだ。すると、裕美はその手を前にまわして自分の股間に案内した。

（あ、そうか。繋がったまま、クリトリスに手を当ててくれと言ってるんだな）

龍太郎はやっと諒解《りょうかい》した。

毛むらを分けて、オリーブの実ほどに大きくなった裕美の突起を指で捉えた。

「ああ……出雲さん、すてきよ……そこ、こすって」

「ここをこうして、こすればいいんだね」

「ん……そうよ、あうっ、いいっ」

龍太郎は、両手を局所にあてがい、オリーブの実やその下の秘唇のあたりをかまいつづけた。

そうして時折、背後から貫いた腰をはずませて打ち込むと、

「あはあっ……ああーっ」

獣のような声が、裕美の口から放たれた。

両方一緒というのは、とてもいいようだ。龍太郎は裕美の中にタフボーイを深く沈めながら、両手でクリトリスをかまい、揉み、そして出入りする固い幹にこすりつけたりした。

「あうん……いいっ……あーっ」

何度かそれを繰り返しているうち、切迫した声をあげていた裕美が、

「あ、いくいく」

背中のカーブを美しくたわませて、鏡の前で登りつめてしまった。

（やっと、この好きもの天使を仕止めることができたな）

龍太郎は、最後に悠々と裕美の中に発射し終え、結合を解きながら、さて、あすから銀座の森ロマンの会の調査の仕上げに取りかかろう、と考えた。


――翌週、裕美の証言をもとに、龍太郎は幾人かの被害者に会ったり、興信所を使ったりして、悪徳交際機関「銀座の森ロマンの会」の内幕を摑み、傍証を固めたりして、若林会長に報告した。

若林槇子は、同会の会員から欺された被害者の友人を名義人にして、「詐欺容疑」でロマンの会を告発した。派手なイベントとハッタリとサクラの美女たちで結婚願望の真面目な男女を釣っていたロマンの会の〝悪徳ぶり〟が明るみに出、やがてテレビのワイドショーや、週刊誌がわっと飛びついて、世間の厳しい糾弾《きゅうだん》を浴びることになった。

8　夜の花盗人

1

催促する声が響いた。

「課長、まだですか」

「もう少し、待ってくれ」

龍太郎はそう返事をした。

若い課員が催促しているのは、指導課長としての龍太郎の決裁である。決裁するのは、マッチングテストとコーディネートを終えた何組かの男女へ、それぞれ「交際ゴーサイン」をだすための資料を相互発送することへの最終的な判断であった。

龍太郎は今、何百枚もの男女の写真や、それぞれのデータと睨めっこして、もっともふさわしいと思えるカップルの組み合わせを、幾つも作って点検しているところであった。

むろん、コンピューターによるマッチング結果は、すでに弾《はじ》きだされている。だがコンピューター委《まか》せでは、龍太郎が見た感じでは首をかしげるカップルも多いのである。

龍太郎は面接した会員や、カウンセリングをやった会員に限っていえば、すでに顔も容姿も気性も知っている。性格や相性というのも、勘でわかる。

それはほぼ、コンピューターと一致する場合もあるが、一致しない場合もある。一致しないものについて、再度、人間の勘と判断力を入れて、総合的にマッチングをやり直す。それがコーディネート作業である。

「よし、これならいいだろう。この二十組ぐらい、すぐ資料発送にまわしてくれ」

カップリングした一覧表と、紹介写真や資料などを、課員に渡す。

さて、昼飯でもとりにゆこうかと龍太郎が相談室を出たところに、隣りの相談室を担当している橋本信子《はしもとのぶこ》が立っていた。

「おや、どうしたんだい。浮かぬ顔をして」

「ちょっと、落ち込んでるのよ」

橋本信子は、そう答えた。

社内に八十五人もいる結婚カウンセラーの中でも、一番若手の美人カウンセラーとして通っている。いつも明るい信子なのに、この数日間、ばかに沈んでいると思ったら、何か悩み事でもあるのだろうか。

「出雲さん。今夜、あいてる？」

「別に用事はないけど」

「私、出雲さんに相談があるのよ。ねえ、今夜、私に付き合ってくれる？」

「いいよ。相談って、一身上のことかい？」

「半分はそう言えるわね。でも半分は、オフィシャルなことよ。私、今のカウンセラーの仕事に行きづまって、大スランプ。私の悩みを聞いてほしいんだけど」

「それなら、ちょっとそこらでお茶でも、というわけにはゆかないようだね」

「ええ。できれば、どこかでゆっくりお酒でも飲みながら、お話ししたいのよ」

「よし。それじゃ久しぶりに〈戸隠《とがくし》〉あたりに行くか。信子を励ます会をやろう」

〈戸隠〉というのは、新宿三丁目にある居酒屋である。信子の友達が若ママをやっていて、龍太郎も常連だが、しばらく足をむけていない。

信子と約束してエレベーターに乗った時、

(そうか。信子のスランプというのは、男と別れたせいかな)

と、龍太郎は思った。

その夜——新宿の〈戸隠〉は、意外に空いていた。

赤提灯に毛がはえたような居酒屋である。志保《しほ》という気のきいたママが、信州の地酒と手料理を出してくれる店で、カウンターと、後ろに小上がりの座敷テーブルが並んでいる。

出雲龍太郎が信子との約束の時間より少し遅れて行くと、

「いらっしゃいませ」

ママが目ざとく見つけ、

「こちらよ」

カウンターの片隅を目顔で合図した。

信子は先に来て、飲みながら待っていた。

「ごめん、遅くなって」

「用事はもう済んだの?」

「ああ、終わったよ。どうしてそんなに落ち込んでるんだい?」

ビールが来て手料理が来て、乾杯をして飲みはじめるうちに、信子は早速、「相談」というやつを切りだしてきた。

「私、カウンセラーとして、自信なくしちゃったのよ」

「大スランプというわけか。信子は、婚約者と破談になったことが、尾を引いてるんじゃないのかい？」

信子は、半月前、恋人と別れたという話をきいている。今は空き家。そのことが心身両面に響いて、情緒不安定をもたらしているのではないか。

「ううん。それもあるけど、そういう個人的なことじゃないのよ。私ね、最近、結婚問題カウンセラーというお仕事に、むいてないような気がしてきたの」

現在、龍太郎の結婚情報会社には、本社だけでも八十五人のカウンセラーが待機している。八つの相談室は、いつもフル回転なので、交代で相談者に応待するわけである。

最近はこのカウンセラー志望の女性が多い。ふつうは、人生経験もあって人あたりの柔らかい四十前後の女性が多いわけだが、最近では大学を出て、心理学、社会学、統計学といった分野の知識をふまえて、カウンセラーになる若い女性が増えている。

信子もそういうタイプの一人だった。頭脳明晰《めいせき》で、人あたりもいいので、いずれ「アドバイザー主任」にも、「コーディネート主任」にも出世すると見られているし、龍太郎もそのように、期待しているのである。

それなのに、意外な落ち込みようなので、

「ね、何かあったのかい？　相当、自信喪失に陥《おちい》っているようじゃないか」

「ええ、私がカウンセリングをして、いいと思って組み合わせたカップル、次々に壊れちゃうの。今日も破談になった、という知らせを受けてショックを受けたばかり。私には人間を見る眼がないんじゃないかと思って」

「難しい問題だね、この業界では大体八パーセントの成婚率があればいいといわれている。信子なんか、そこそこ行ってるんじゃないか」

「私なんか、それ以下よ。それに比べ、出雲さんなんか凄い成婚率でしょう。ほとんど百発百中だもの。どうしてそんなにカップリングがうまくゆくのか、その秘密を教えてほしいの」

カップリングとは、カップルを作ることである。いいかえれば、たくさんの未婚男女のデータを照合しあって、「結婚」しそうな組み合わせを作って「紹介」し、ゴールインするまで「アドバイス」という名の「誘導」をしてゆくことである。

「百発百中の秘密、教えてほしいなあ」

信子は眼を輝かせた。

「それはちょっと、ぼく自身の企業秘密だけどね」

「もったいぶらずに、教えてよ。そうしたら、私も立ち直れるかもしれないから」

「そうだね。極言すれば、カップリングする際に、これならぴったり、という組み合わせを作る才能。または直観といえるだろうな」

「要するに、人間を見る眼。というわけね」

「そうさ。人間には、コンピューター分析ではわからないところがあるからね」

「そうね。顔、容姿、その人のもっている視覚的雰囲気、言葉遣い……そんなところはみんな、コンピューターではわからないわね」

「だろう。それから、もっと大事なものがあるんだよ」

「大事なものって?」

信子が眼を輝かせた。

「わからないかな。結婚にとって一番、大事なものは、何だい?」

「相性や性格、人生への信念の一致、そして……」

そして……と言いかけて、信子が何かに気づいたらしく、まあ、と顔を赤らめた。

「気づいたことを、ハッキリ言ってごらん」

「そうね。そうなんだわ。一番大事なものは、セックスの相性なんだわ!」

「やっと気づいたかい。いくらコンピューター万能といっても、セックスについては、コンピューターにはインプットされてはいない。だからその部分は、人間が判断しなければならない。ところがきみなんか、コンピューターがはじきだしたデータばかりを重視し、分析し、判断している。それじゃ人間はわからないよ」

「でもどうやって、セックスの相性を見分けるの?」

「処女か非処女か。経験の度合、どういう異性や体位が好きか。そういうことを相談中にそれとなく摑んでおくんだ。さらにまた、人間学をフル稼動《かどう》させて、その人の持って生まれたお道具。つまりペニスは大きいか小さいか、ワギナは前つきか後ろつきか、穴は大きいか小さいか、そういうことまで外見を観測して、ぴったり見抜く能力をも養成しなければならないんだよ」

「うっそオ!　龍太郎さん、顔を見たら、性器の形までわかるの?」

「ああ、ぼくにはある程度、わかるよ。そんなところ、検査すれば人権問題だろう。へたに質問すると侮辱だといって怒られるよ。だから、検査しなくても、質問しなくても、ぴたりと一発であてる。そういう能力を、ぼくは努力して獲得したんだよ」

龍太郎がそう言うと、信子はほとんど尊敬の念のこもった熱い眼差《まなざ》しをむけた。

「ホントかなあ」

信子は、まだ信じられない様子であった。

「嘘でしょ。私にはとても、信じられないわ」

「ホントだってば。たとえばね、男でいえば大小や早漏か遅漏か。女でいえば欲深か淡白なほうか。性感やテクニックの巧稚はどうか。巨根願望があるかないか。ぼくには、みんなわかるんだよ」

「じゃ、私の、わかる?」

信子が挑戦的な眼をむけた。居酒屋〈戸隠〉のカウンターには三人組のサラリーマン客が大声でカラオケを歌っているので、龍太郎たちがどんなきわどい話をしても、かまやしない。

「うん、信子のもわかるよ。ヘアは、漆黒多毛で艶々。放っとくとあまり繁茂しすぎるので、陰毛の処理にひと苦労。カトリーヌの具合はほんのり鳶《とび》色がかった桜色、小陰唇がやや肥厚気味で、メラニン色素もやや沈着していて……」

「ああーん、やめてよ」

信子が局所を解剖学的に覗かれたような顔をして、悲鳴をあげた。

「どうだ、ホントだろう?」

「どうしてそんなことがわかるの? ね、ね、教えて」

「さて、どうしてだろうなあ。それにはいろいろ、体験と努力の蓄積が必要でね」

言いながら、龍太郎は、左手を信子の太腿の上に置いた。

信子は白いスラックスをはいていた。布地ごしに手はゆっくりと太腿の上をすべって、内股やきわどい恥丘のほうに這ってゆく。

恥丘のあたりを撫でるにつれ、

「ああん、だめよ」

信子はひくつくような声を洩らした。

2

その時ちょうど、カウンターにいた三人組の男が立ちあがった。彼らは次々とカラオケで艶歌を歌い、あい間に会社の業績や上役の悪口ばかりを言っていた。相当、ストレスが溜まっていたのだろう。

急に静かになった店内に、ママの志保が客を送りだして戻ってきた。

「ああ、やっと静かになったわね。お騒がせして、ごめんなさい」

「いいや、気にすることはないよ。ぼくたちは二人でやってるから」

「あ、そうね。お二人なら、手がかからないわ」

と、言った志保が、

「じゃ、いっそ、二人にちょっと、お願いしようかな」

「え？　何を？」

「私ね、急用ができたのよ。店の子が交通事故で、病院に運ばれちゃったの。それで、急いで身のまわり品を用意して届けなくっちゃならないのよ。お店、どうしようかと困ってたんだけど」

「いいよ、行ってくればいい。留守番しといてあげるから」

「そうね。閉めるにしても、まだ十時じゃ、お客さんに悪いものね。留守番、頼もうかしら」

志保は新大久保の病院に行くことにしたようだ。

「じゃこれが鍵よ。十一時をすぎて、お客さん来なかったら、適当なところでお店、閉めていいから」

ママの志保は鍵を渡すと、裏口から出ていった。

あとは二人だけになった。

龍太郎は信子に、

「さあ、飲み直そうよ。留守番なら、何を飲んでもいいわけだ」

「そうね。私、今夜をきっかけに、スランプから脱出しなくっちゃ」

「そうそう。そのためには出雲の神様のパワーを吸収したほうがいいよ」

「そうね。龍太郎さんからカップルメーカーになるパワーを注入してもらうわ」

信子は少し気分が楽になったようで、水割りを飲むピッチをあげた。

龍太郎がママの代わりにカウンターの中に入って、冷蔵庫から氷をだしたり、水割りを作ったりした。

「龍太郎さんはママ代理をしなくていいから、ここにちゃんと坐って」

「はいはい」

スツールに戻って、新しいグラスを差し出すと、信子が顔をうわむけて、眼を閉じている。

「はい。お代わり」

龍太郎は、コースターの上に水割りをのせた。

「女が眼をつぶってるのに、キスしてくれないなんて、冷たい男だわね」

「したいよ。したいけど、それをしたらそれだけではとどまらなくなりそうでね」

「いいじゃない。その時はその時よ」

そこまで言われたら、龍太郎も男である。

身体をねじって、顔を近づけた。信子は、眼を閉じたまま。唇と唇が触れ合った。そのまま、二人はじっとしていた。唇はつよく触れ合って、舌が出会い、求め合った。

「ああ」

信子の声が洩れる。

始まってしまった。もう理屈なんかいらない。信子は身体をねじってしがみつき、熱烈な接吻《せっぷん》となった。

しかし、龍太郎は信子が部下の女だけに、イマイチ、乗りが悪い。上役の立場を利用して、社内情事に持ち込もうとしているようで、うしろめたい部分が残っている。

それで、ちょっと顔をはなした。キスは中断されたことになる。信子が彼の肩に頭をのせて気分を鎮《しず》めようとしている。

龍太郎は手にしたまま、吸いかけていたタバコを見つめた。信子の口紅がついたのか、タバコの吸い口が薄く色づいている。自分の唇を指先でなぞった。

指にも少し、色がついた。タバコの吸い口の口紅がとても色っぽく艶《なま》めかしかった。

龍太郎は今夜は、このままではとても収まりそうにない悪い予感を覚えた。

「お客さん、もう来そうにないね。そろそろ、店を閉めて帰ろうか」

「帰るって、どこに？」

「マンションにさ、送ってあげるよ」

「キスしておいて、ハイさようなら、もないもんだわ」

信子はそう言った。

「うん、ごめん。だってこんなところで、二人っきりで飲んでると、どうしてもキスぐらい、したくなるんだよね」

十一時をすぎて客が来なければ、店を閉めてもいいことになっているので、ほとんど二人だけの密室空間である。

「お店のせいにしちゃだめよ。私のせいにしてくれると、うれしいんだけど」

「え？　それって、どういう意味だい？」

龍太郎は水割りを飲みながら、訊いた。

「私がとてもすてきだったからキスした、と言ってくれたほうが、まだうれしいわ」

「あ、そうだね。もちろん、きみがすてきだったからだよ」

「そう。それなら今度はちゃんとキスをして」

龍太郎は唇をよけて、信子の首すじにキスをした。

「だめよう」

首の後ろを吸われながら、信子の髪が揺れている。いい匂いのする髪だった。

「ダメよう」

と、また信子は言っている。

信子の首すじから顎に手がかかり、鼻や唇を龍太郎の手が撫でまわした。信子がその手を摑み、指のひとつを唇に押しつけた。

唇が指をくわえた。

指を口腔の中へ入れた。

ぬめぬめと唇の中へ出し入れする。指と唇が、まるで性器になったようだった。

指を嚙まれた時、龍太郎はひどく感じた。

それで不意に、妙なことを言った。

「ね、立ちあがらないか」

「え？」

「ダンスしようよ」

「あ、いいわね」

二人はくるりとスツールをまわして、立ちあがった。抱き合うと、カウンターに坐っていた時より身体は正面から密着し合った。

有線放送が流れていた。ヘルムート・サハリアスの古いムード音楽が流れていた。

二人は抱き合って、踊りだした。踊りながら、龍太郎は入り口のドアに近づいて、鍵をかけた。ついでに、店の電気を消した。

カウンターの上のライトと、小上がりの座敷の壁照明だけだと、ムードのある店内になった。

信子は白いスラックスをはいていた。男もののように、前にファスナーがついていた。

龍太郎は、信子のファスナーを少し、おろした。上のホックははずさないままで、パンティーに触ってみた。

布の下に、じょりっと毛を感じる。

深入りせずに、毛を感じつづけて、踊りながら、揺れる。やがて指が溝に沿って動きだすにつれ、信子は身体をふるわせた。

「ああ……だめよ……立ってられなくなったわ」

「じゃ、そこに休もうか」

龍太郎はそう言いながら、小上がりの座敷に信子を横たえた。

小卓子を押しのけて、畳に倒れ込むと、その上に重なる。信子のスラックスのファスナーは、踊っているうちに龍太郎がいたずらをしていたので、開いたままだった。抱き合ってキスしながら、ふたたびその中に手を入れる。

「ああん……いたずら坊や」

「信子がぼくの手を、ふしだら坊主にしたんだぞ」

ふしだらだろうが、いたずらだろうが、もうとどまることはできない。右手の指はもうショーツの布地ごしにじょりっと、毛の感触を楽しんでいる。

やがて毛だけではなく、布の下のカトリーヌ嬢の割れ目に沿い、指はじわっと、潤んだものの中に浸ってゆく。

「龍太郎さんったら、どさくさに紛《まぎ》れて、私を盗んじゃうの?」

「そうだよ。今夜はとてもスケベな花盗人」

「じゃ、私も――」

信子の手がのびてきて、ズボンごしに龍太郎の股間の固さを、なぞった。

「けものがいるわ」

熱い声であったが、ファスナーをおろすほどのことはしなかった。

「ねえ、苦しいわ。ホックをはずして」

「こうかね」

「ああ、そうよ」

ウエストのホックをはずすと、スラックスはもう脱ぐことができる。

「ああ……私たちったら、座敷で休むんじゃなかったの」

(休むんじゃなくて、座敷で本番しようって倒れこんだんだろう)

女は何でもお上品にしか言わない。しばらく布地ごしに性器を触り合い、身体の奥のボルテージが極限まで高まり合うと、もうお互いのズボンなど、邪魔になってむしり合ってしまった。

脱いでも、それ以上に進んでも、店の表ドアにはもう鍵をかけて灯を落としているので、誰も来やしない。ホテルではなく、ベッドでも布団の中でもなく、居酒屋の小座敷になだれこんだ、というあたりが実にそそられる。

龍太郎は信子のブラウスもブラも脱がせ、右手はショーツごしに盛んに性器を触りながら、乳房に接吻にいった。

乳首が硬くなって、舌の相手を果たした。ぺろりと口に含むと、

「はあん、ああっ……」

と、声があがって、信子の足が膳の足を蹴った。龍太郎は片足で、さらにその膳を遠くに押しやって、愛情行為のテリトリーを広げる。

乳房とカトリーヌ嬢の両方をあしらわれて、信子の呻き声が凄い。もし店の前に客が来たら、筒抜けに聞こえてしまいそうである。

「ああ……ああ……あたしをふしだらな女にしてしまうのね」

「そうだよ。今夜は落ち込み信子を励ます会。二人っきりの新宿戸隠ふしだら酒場――」

調子にのって歌うように言いながら、龍太郎は信子のヒップを隠している最後の一枚であるショーツに手をかけた。

薄い布地のショーツである。それに手をかけて脱がそうとした瞬間、信子は意外にも、

「だめ」

と言った。

「何が駄目なんだい。今さらひどいよ」

龍太郎がなおも脱がせようとすると、信子の双脚が、彼の右手をはさみつけた。そうして抱え込むようにして、うねった。

（ようし、それなら……）

龍太郎は、すでに昂まりきっていたタフボーイで、信子のヒップの割れ目を突いた。

「ああん」

信子が驚いた声をあげて、それを摑みにくる。

太く黒く赤みがかった偉大なタフボーイは、信子の指に絡まれて、ぴりぴりと放電しているみたい。龍太郎の指も、今やショーツをくぐって女陰に届いている。そこは、濡れていた。水のあふれた穴の入り口で、指たちが賑やかにはしゃいだ。

この水音の奥によく光る玉があるのだと、龍太郎は考えた。

その玉を愛《め》でて、磨《みが》くように心のこもった女陰愛撫を施《ほどこ》すうち、信子の抵抗は完全になくなり、信子は今やすっかり、身体を投げだしてしまった。

するりと、最後のショーツも脱がした。

女陰の丘で毛がそよいだ。息を吹きかけた。野分けのようにさざなみだつ。その下はもう指で耕されて、あふれている。その女液の匂いをうっすらと嗅ぎながら、茂みに軽く接吻して、龍太郎はたちまち、位置をとった。

挿入される寸前、その段になっても信子はお上品に自分の額に右手をあてがい、

「ああ……なんだか……熱があるみたい……ぼうーッとしていて、ひどく酔ったような気分よ」

真面目ＯＬが、居酒屋の片隅でこんなふしだらをしているのも、お酒のせいの出来事であるということを言いわけのように、演出する。

「ホント、熱があるみたいだね。ここも」

龍太郎は仰角の豪根に指をそえて、信子の女陰をほとほと叩いてやり、それから一気にずぶ濡れの火口にあてがい、埋ずめ込んでいった。

「あうーんっ……いっちゃいそう」

信子が反った。

反るうちにも、タフボーイはなめらかな世界に着実に埋没してゆく。

毛むらと毛むらが触れ合うところまで、挿入が完了した時、

「ああ……わたしったら、もう軽くいっちゃったわ」

信子は、熱い吐息を洩らした。

右手の肘《ひじ》をのばして、恥ずかしそうに顔を隠す。その白い腕が畳の痕をつけて、かすかに赤く色づいている。

「こんなところでするなんて、恥ずかしいわ。ああ、あたしったら、どうしたのかしら」

龍太郎はそんなことを言う信子を貫いて、みっしりと動きはじめた。

留守番を頼まれた居酒屋の小座敷で、龍太郎は職場仲間の結婚カウンセラー信子と、いつのまにか、花祭りをやっている。これはでも、スランプに落ち込んでいた信子にとっては、いいカンフル剤になるかもしれない。およそまともではない常識破りの変則セックスは、時には大変なショック療法になるものである。

「ああ……変よ。あたしったら、どうしてこんなふしだらしてるのかしら」

信子は一度、軽くスパークしたあと、落ち着いて、とてもいいみたいである。龍太郎のものをうねうねとくわえこんで、女の闘争をはじめている。

信子のその部分は、深い密着感に充《み》ちている。出没のたびにうねうねと締めつけるので、愛液が秘孔の縁《ふち》からあふれそうな感じである。

性感が昂進するにつれ、唇を半開きにして、膣を微痙攣《けいれん》させる。そのひくつきのたびに、龍太

郎の肩や背中に爪をたて、力いっぱい膣口を閉じてくる。

「あ、感じる。すごい。知らなかったわ。こんなところでセックスして感じるなんて」

龍太郎は挿入したまま、かたわらの座布団をとって二つ折りにし、信子の腰の下にあてがった。

信子が腰をもちあげて、協力してくれる。

「頭も痛そうだね。これ、敷いたほうがいいよ」

もう一枚の座布団を、これは広げたまま、頭の下にすべり込ませる。

「あ、これっていいわ。変なところが、感じるわ」

信子は腰枕の感じを、そう言った。

腰高になった分、当然、土手高になっていて、タフボーイがあたる角度の変化を、信子は新鮮なものとして愉《たの》しんでいるようだった。

「このまま、ピットインをつづけてちょうだい。あたし、深いところより浅いところがいいみたい。さっき、膣口部が閉まったでしょ。あのほんの先、湾の入り口にGスポットがあるみたいよ」

信子は自分の身体のことを、かなり的確に知っているようである。

龍太郎は注文どおりに、九浅一深のピットインをつづけた。腰を高くした角度からいって、奥には当然、深く当たるが、それと同時に、亀裂のはざまに膨らんでせりだした恥核に、こすりつけられる感じもまた、信子にとってはとてもいいみたい。

（それに、湾内のGスポットか。信子は欲張りだな。……さてさて、このへんかな）

龍太郎はタフボーイの傘の部分を、その湾内のGスポットに見当をつけて、こすりつけてみた。

Gスポットというのは、膣内通路の天井部のどこかにひそんでいる前立腺の一種といわれる。それのある女性もいれば、ない女性もいる。

信子は、顕著に、あるようであった。そこを集中的にこすりつけられるにつれ、あッ……あッ……いい……と、凄い反応がきた。

どうやら、命中したようだ。

龍太郎がタフボーイの傘の部分を、信子の湾内天井部のある一点にこすりつけているうち、

「あうーんっ……そこ、いい」

信子は顔をまっ赤にして、腰をグラインドさせてきた。

なおもそこに狙いを定めて、こすりつけるように出没させているうち、

「わあっ……そこよっ……いい！」

信子は取り乱して、激しく腰をゆすった。

そうしてやがて突如、身体をのけぞらせ、恥丘を強く押しつけてくる。そうなると、タフボーイがとても深くまで入るのは当然だが、恥核もはさみつけられ、Gスポットもこすりつけられて、三位《さんみ》一体の至福境のようである。

至福境というより、もうほとんど嵐の領域。信子はわッわッとわめきながら、胸までもぐーんとせりださせ、

「ね、キスして……キスして」

乳房への接吻を求める。

龍太郎はそれに応えて身を折り、乳房の頂点に接吻した。

最初は唇全体で、苺のように尖りたった乳首を含み、舐め、吸いたてる。

吸いたてながら、腰を深く抽送する。

「あーッ」

信子がのけぞった。

やがて、信子の動きは収拾がつかなくなった。のけぞるかと思うと、龍太郎の首に不意に両腕を物狂おしく巻きつけてきて、しがみついてきた。

龍太郎は乳首に接吻を続けているが、絡みつかれると苦しくなる。しばらくは苦業を我慢していたが、ついに苦しくなって顔をあげると、そこに喘《あえ》いでいる唇があった。

「おおー、おおー」

信子の声は、そんなふうに聞こえる。

今度はその唇に、接吻する。甘くて、粘りつくような感触があった。そのまま重ねて貪《むさぼ》り合うと、不思議なことに信子の体の芯から不意に力が溶けてゆく。

しがみついていた力がゆるんで、身体全体が放恣《ほうし》に投げだされてしまい、敏感に反応するのはワギナただ一点だけである。信子はそこで男を搾《しぼ》りたてるように、格闘でもするように、腰を悩ましくはねあげているのであった。

女体もその域までゆくと、龍太郎はあまり苦労することがない。正常位のまま、腰の一点を深く預け入れておいて、ゆっくりと腰で円を描く。

一度は全身にちりばめられていた性感が、もう一度、膣内に収束されてきたように、信子はその部分に意識を集めて、感じつづけ、支離滅裂なことを口走りはじめていた。

「ああ……ああ……困ったわ……いきそう……待って……だめよ」

信子は二度目の、本格的な峠に近づいている。

龍太郎は腰で円を描いた。ぬかるみの中をタフボーイでこねくりまわす感じになった。

毛むらの根許が密着した花びらのふちをこすり、膣奥をこねて突きたてるたび、信子はボルテージをあげて、身も世もないという具合になってゆく。

「ああ、困ったわ……いきそう……待って……こんなところでイクなんて、いやよ」

信子の意識の片隅には、まだそこが居酒屋の小座敷であるということがこびりついているようだ。入れてしまったのだから、もう環境なんか忘れてしまっていいはずなのに、れっきとした結婚カウンセラーとしては、いわば野合《やごう》を恥ずかしがっている意識のようである。

「誰もいないんだから、心配はないさ。ねえ、思いっきり、いってごらん」

そう言いながら、龍太郎は腰文字を書く。太い筆先が奥の院で衝突するたび、

「あッ……あーん」

信子は、悩ましい声をあげる。

それを見ながら、龍太郎も不思議な気持ちにかられる。今、二人が抱き合っている店は、龍太郎もよく来る居酒屋である。たまたま、ママが外出して留守番の隙に、発火してしまったのである。これから〈戸隠〉に来るたび、今夜のことを思いだすだろうな、と思った。

男のオレは思いだしても愛嬌でいいが、信子はどうするだろう。友達でもあるママの志保と飲

んでいる時に、ここでやったことを思いだすと、信子のヒップはきっと、もぞもぞと、熱くうごめくだろう。それとも、一人でニヤニヤ笑いをして、志保に、

「あんた、どうしたの。気持ちわるーい」

と、怒られるだろうか。

龍太郎がそんなことを考えているうちにも、信子は峠すれすれの恍惚境を疾走していて、喘ぎつづけている。

喘ぎと、呻きと、時には、叫び声といったものまでが混じっていた。

信子の叫び声は、

「おおーッ」

そんなふうにも、聞こえる。

タフボーイで円を描く龍太郎の腰文字と、それを迎えて渦巻《うずまき》状に動く信子の腰の動きとが、ぴったりアジャストした瞬間、そんな叫びが洩れるようであった。

(これは相当、蜜液が噴きこぼれているな。腰枕はきっとぐっしょり、しみになっているに違いない)

龍太郎がそんなことを考えながらも、フィニッシュにむかって励んでいる時、

――ルルルルッ……。

カウンターの片隅で電話が鳴りはじめた。

3

その電話の音に、龍太郎はびくっとした。信子もびっくりして眼をあけ、二人は繋がったまま、顔と顔を見合わせた。

「どうする?」

電話は、鳴りやまない。

コードレスではなく、受話器は、手の届く範囲にはなかった。

困ったぞ、と思いながらも、龍太郎はあと一歩なので、信子を離したくはない。

「どうする?」

もう一度きくと、

「放っときましょうよ」

「しかし、そんなわけにもゆくまい。ちょっとタイム――」

龍太郎が離れようとすると、

「いやッ」

と、信子がしがみつき、

「今、離れるなんて、いやよ。蛇の生殺しだわ」

信子はたしかに、あと一歩でクライマックスに達しそうだったのである。それは龍太郎も同じであった。

「じゃ、こうして繋がったまま、電話のところに行くかい？」

「ばかおっしゃい。そんなこと、できやしないわよ」

「だろう。じゃ、抜くしかないよ。ね、ちょっとだけ抜かせてよ。すぐまた入れるからさ」

龍太郎は、顔見知りの銀行支店長に定期預金をおろす時のように、三拝九拝《さんぱいきゅうはい》してやっと離れ、カウンター上の受話器をとった。

「もしもし……」

声を送ると、

「ずい分、遅かったわね。まだ熱戦中だったの？」

「え？」

「龍太郎さんたち、今、カップリングしてたでしょ？」

電話の相手は、何とママの志保であった。

「ええーッ？　どうして知ってるの？」

「私ね、さっきお店に戻って裏口から入ったのよ。そうしたら、小座敷で龍太郎さんと信子が熱戦中じゃないの。びっくりして、声をかけると悪いと思って、あわてて外に飛びだしたんだけどさあ。ガスの元栓や電気の始末のことを思いだしたのよ」

（そうか。表の鍵はかけたはずだが、裏口の鍵を忘れていたんだな）

気づいたが、あとの祭り、ママの志保にとんでもないところを見られてしまったらしい。

「ガスと電気なら、ちゃんとやっておくよ」

「元栓は流し台の下にあるから、きっちり締めといてね」

「ああ、まかせといて」

「それから、あと一つ――」

志保が言葉を改めた。

「おたくの管理課長の細野さんがね、この間コンピューター業者の大城さんと飲みに来て、いろいろ話しているのを小耳に入れたわ。ほらほら、龍太郎さんがいつか話していたデータの横流しに関することみたいだったわよ」

「えぇーッ？　どんな話してたか教えてよ」

「電話では言えないわ。今度、龍太郎さんが私にお返ししてくれたら、教えてあげる」

「お返しって、なァに？」

「信子とのツーショットを見せつけちゃって、ひどいじゃないの。しかも私のお店でやるんだもの。これって、高くつくわよ」

そう言い残して、電話はガチャン。茫然としているところへ信子が近づいてきて、

「どうしたの？」

と、しなだれかかってきた。

「誰から……？」

「ママからだよ」

「えぇッ？　志保から？」

「そう。ぼくたちがやってたところ、覗いたんだって。あてられちゃって、もう戻らないと言ってるよ」

「怒ってた？」

「うん、ちょっとばかり、怒ってた。いやいや、ひどい怒りようだったな、あれは。それに、お店のガスの元栓と火の用心をよろしくって」

「火の用心するには、もう遅いわね。あたしたち、もう燃えあがっちゃったんだもの」

「そうだね。でもまだ燃え残ってるみたいだよ。電話で中断されて、どうにも気持ちが収まらないよ」

事実、龍太郎はまだ発射してはいなかったし、信子も未練照りの身体をもてあましているようである。

それで信子は、ブラウスだけ肩にひっかけた半裸の身体をくねくねと、催促するようにもたせかけてきた。

龍太郎は、スツールに腰かけている。そのまま信子を抱いて、乳房に手をまわし、

「お、熱い。信子もひどい未練照りだね」

「でしょ。もう志保も帰ってこないと思うから、今度は安心して完全燃焼させてよ」

「よろしい。このスツールに跨《また》がってごらん」

「え？　ここで？」

「そう。今度はここで花祭りをやろうよ」

〈戸隠〉のカウンターは、洋酒バーではない。和風スタンドなので、丸椅子は低い。成人男女が、ちょうど軽く跨ぐことができる高さである。

言いかえると、男性が腰かけて、高射角のものを聳《そび》え立たせておくと、女性はむかい合って跨

ぐだけで、ちょうど、カップリングが成立する位置関係なのである。

和風スタンドの設計者は、まさかそこまで考えて、高さを設計したわけではあるまいが、これは実に妙を得た構造であった。

信子は跨ってきた。指で探ると、信子のカトリーヌは中断状態のままだったので、トマトピューレを一面、ぶちまけたように、ぐしょぐしょに濡れうるんでいる。

「ああン……」

秘洞を指でさぐられて悲鳴をあげた信子に、

「このまま、交戦可能だね。片脚を少しあげて」

「こう?」

信子が太腿を開き加減にしたところで、高射角のタフボーイをあてがい、両手で腰をぐっと抱き寄せた。

「あン」

信子が跨って坐り込むと同時に、挿入状態が進行し、彼女の首が後ろに反った。

タフボーイはカトリーヌの中に埋まり込み、一気にインサートされて、挿入が完了した。

信子は両腕をしっかりと龍太郎の首に絡みつけてくる。サンダルばきの両足の爪先は、軽く床についているので、そこを支点にすれば、身体のバランスは崩れない。

信子はゆっくりと腰をうねらせてきた。

龍太郎がそれを迎えうつたび、

「ああん……いいッ」

信子はひしとしがみつく。

信子は腰を使いだした。

深々とタフボーイを胎内に取りこんでいる。

深夜の二人である。

「ああん……いいッ」

龍太郎の首ったまに抱きついて、腰をこねくらせながら、信子はしだいに高い喘ぎ声を洩らしはじめた。

「戸隠流の対面騎乗位って、これだったんだね」

龍太郎は何かを悟《さと》ったように言った。

「そんなの、あったかしら」

「ああ、対面騎乗位っていうのは、ちゃんとテキストにのってるよ。戸隠流というのは、忍法の源流だからさ。これはきっと女忍者の体位だったのかもしれないね」

「ばか、ばっかり」

そう言う信子も、腰をくねらせるたびに鼻声を高鳴らせて、ああ、ああ、と呻く。

「あたし……あたし……マツタケの凄いグルメやってるわ」

信子も、しっかりと和風カウンター好みのよがり声ではないか。

だが、そんな掛け合いも初めのうちだけで、佳境に入るにつれて信子は狂乱してきた。

破調の美、というものがあるが、ふだんはやらない場所でやってしまっていることの破調の戦《おのの》きと驚きと興奮が、新鮮な刺激となっているようである。

信子は一夜にして蛇身に変貌したように、龍太郎にしがみついて腰をうごめかせる。腰が渦を巻きながら、ぶつかってくる、といった具合である。

そのたびに、信子の膣の深みで龍太郎の豪根はいたぶられ、貪り尽くされようとしていた。膣口部のせばまったところで、ぎゅっとはさみつけられ、痛いくらい。次の瞬間、ぐっと奥へ取りこまれ、捻《ね》じ切られるような感じだった。

龍太郎は、信子が動きやすいように、両手を彼女の双臀にあてている。持ち上げるようにして、ヒップの円《まる》みを楽しんでいたが、やがて指先を臀裂の深みへと、進めてゆく。濡れてうごめく膣口部に、指が触る。ラビアをめくったりする。男根が出入りする部分を、ぐっと幹に押しつけたり、クリトリスを摘《つま》んだりするうち、

「あわ……あわ……あわ……」

信子は泡をふいて、高い叫び声をあげた。

そうしてそのくせ、動きのほうは鈍くなった。とろんとして、ぐーっと押しつけてくる。深く感じているらしい。それならと龍太郎は、

「信子、ぼくにしっかりつかまるんだ。回転乱舞をやるから」

「え？　回転乱舞……？」

「丸椅子をね、このまま回転させるんだ」

「そんなあ」

言いながらも、信子はしっかりしがみついてきた。

龍太郎は、丸椅子をくるくるっと回転させた。二人とも繋がったままである。

丸椅子は、くるくると回転した。

「ああ……眼がまわりそう」

信子が、タイムを訴えた。

それはそうだ。交接しながら、丸椅子をくるくると回しながら、二人はまだ繋がっていた。

「ねえ、お願い……止めて」

五回転半したくらいで、ストップした。

「龍太郎さんったら、無茶ばっかりしてるわ。サーカスセックスじゃないの、これじゃ。ねえ、もとの座敷に戻りましょうよ」

信子は呆れたように睨んだ。

「ようし、戻ろう。今度はランバダの要領で戻るからね」

「どうして、ランバダなの」

「このまま、しっかりつかまってろよ。おれは立ちあがって信子を抱いてゆくから」

(はずれるかどうか、お楽しみだな)

龍太郎は信子の双臀を抱いて、立ちあがった。信子はしっかりと首ったまにしがみついているから、交接点は、はずれはしない。

そのまま数歩で、小上がりの小座敷に着いて、どすーん。

「あらーッ」

残念ながら、折り重なったはずみに、はずれてしまった。

信子が、けたけたと笑った。

「無理よう。無茶やると龍太郎さんの、へし折れちゃうところだったわ」

龍太郎は繋ぎ直す前に、不意に信子の太腿に両手をあてて、両下肢を大きく開き、観音様を拝みにいった。

深夜酒場の二人っきりのダンスから火がついて、本番になだれこみ、戸隠流対面座位までやった信子のあそこが、今どんな具合に熟れたぎって発酵しているのか、ちょっと覗きこみにいった按配《あんばい》である。

むーん、と男の体臭に入り混じる女臭が匂った。

女蜜に濡れなびいた濃いヘアが、クレバスの両側でキラキラ光って、大洪水の痕《あと》。そのうえ、充血した信子の女陰が柔らかく大ぶりに発達して開いていて、真紅の花のよう。

今も女孔から蜜が湧きつづけている。指先でその女蜜をすくい、過敏な肉芽にコーティングした。

「ああん……覗いちゃ、いやだあ」

信子は文句を言って股を閉じようとした。

龍太郎はひどくそそられて、不意にその両下肢を力ずくで押し分け、インサートして最後のフィニッシュへむかった。

「ああ……凄っごい」

龍太郎の腰が激しく躍ったので、信子はたちまち、登りはじめた。

龍太郎もそうである。もうこのまま、今夜の花祭りを閉じようと思った。

動きながらふっと、さっきの志保の電話を思いだした。志保はどうやら、龍太郎の会社のコンピューター・データ漏洩問題に関する秘密を、この店で小耳にはさんだようである。

意外な収穫だったな、と思った。そのうち、〈戸隠〉のママ、志保にも電話をかけてみよう。

龍太郎がそう思ううちにも、信子は登頂し、龍太郎も一気にクライマックスを迎えていた。

9　あの男を追え

1

「スイッチ、OK?」

「OK。やってよ」

出雲龍太郎が合図すると、会議室のブラウン管に、ビデオの映像が映しだされた。

若い女性が、自宅近くの公園を散歩したり、車に乗ってドライブしたり、海岸に到着して、浜辺を駆けている姿が、カッコよく映し出されている。

「よくできたビデオじゃないか。これなら、プロ級のカメラアイだよ」

「ホント、やるじゃん。玄人《くろうと》はだしのビデオだよ」

コーディネート会議室に、感心した声があがりはじめた途端、あれれッ……? と、男性スタッフが悲鳴をあげた。

「おい、脱いじゃったよ。見ろよ」

なるほど、ブラウン管の中の女は、花模様のワンピースの裾をひるがえして浜辺を駆けぬけたあと、岩陰でそのワンピースを脱ぎ、スリップもインナーもみんな取ってしまって、最後は、後ろ向きながらも、見事なプロポーションの裸身を、画面に晒《さら》したのであった。

会議室の男たちは、生ツバをごっくん。自家製ビデオで脱いで悪いとはいわないが、なにも結婚情報機関に提出する「お見合いビデオ」にまで、オールヌードを写すこともないだろうに。

「いや。これはまことに誠実な女かもしれないね。結婚する以上、全部脱いで、私の裸の姿を見てください——なーんて、今どき、涙が出そうなほど誠実で、奇特な女だぜ」

「何が誠実で奇特なんだ。売り込みの心臓に、毛がはえてるだけだよ」

「毛はあっちのほうが濃いんじゃないの」

会議室はケンケンゴウゴウ。

現代は映像の時代である。

結婚情報会社のテストマッチングや男女の紹介も、コンピューターのデータだけではなく、「見て情報を確かめる」のが、若者の常識となってきた。そこで出雲龍太郎のところでは、ビデオによるパートナーの紹介もしている。

相手に会う前に、ビデオでその人間味に触れることができるのは強みだ。正面からの顔や容貌は、同封写真でわかるが、写真ではわからない表情や全身の動きや、仕草を観察することができる。入会申し込みを受け、審査を経て入会が決まると、専任アドバイザーとの面接を経て、ビデオ撮影会を行なうわけである。

一方では、手作りビデオの持ち込みもＯＫしている。今のようにビデオが普及すると、お見合い写真ならぬ「お見合いビデオ」を作る男女も増えており、それがある場合は、会社でわざわざビデオ撮影会をせずとも、それを受け付けて利用している。

今、会議室のブラウン管に映し出されているのが、会員が持ち込んだビデオである。岩陰の全裸美人は後ろ向きながらも、上半身をくるっとこちらにむけて、ニコッと笑った。

その大胆なヌード見合い写真を眺めながら、龍太郎まで柄《がら》にもなく、生ツバごっくんで、

（うーん、どんな女なんだろう）

と思った。

「何というの？　この娘」

龍太郎が訊くと、

「阿部夏美《あべなつみ》。写真学校を出て現在、ホテル・スタジオの写真助手をしている二十三歳のお嬢さん。職業もナウイねえ」

ビデオセット係が、資料を見ながら、そう答えた。

「阿部夏美ちゃんか。でも勇気あるよ、この娘。よし、この娘にピッタシの男、オレが責任をもって探してやるよ」

そう言い、龍太郎は張り切って自分の手許にあった男性会員のビデオを、次々にブラウン管に映しだしてゆく。

これは、ビデオによるテストマッチングのひとこまである。龍太郎がチーフをする指導課ではテストマッチングのため、毎週金曜日に、こういうコーディネート会議を開く。

これは会議室でビデオを映したり、見合い写真を回したりして、コンピューターがはじきだしたデータとともに、アドバイザーやカウンセラーの人間的直観、総合的な判断で、書類上、似合いそうなカップルを何組も作ってゆく作業の手順のひとつである。

このテストマッチングを経た組み合わせが誕生すると、それぞれ双方にお見合い写真やビデオが発送される。ＯＫということになれば、アドバイザー立ちあいのもとに、ホテルのレストランや喫茶店などでお見合いをする。

段取りはそういう具合だが、お見合い写真に「オールヌード」を送ってきた娘は初めてだった

ので、さすがに啞然としていると、

「あ、この男性なんか、どう？」

カウンセラーの橋本信子が、威勢のいい声をあげて、スクリーンを指さす。

「山田隆志《やまだたかし》、二十八歳。建設会社の設計技師。この雰囲気や押しの強さなんか、ぴったりだと思うけど」

「あ、いいね。建設会社の現場に携《たずさ》わる人って、男っぽい仕事だけど、案外、女に恵まれないいんだよね。この男、ヌード送ってきた夏美ちゃんにどことなし、ぴったり合いそうだよ」

龍太郎がすぐ同意したのは、昨日まで落ち込んでいた橋本信子が、今朝は見違えるように潑溂《はつらつ》と、張り切って仕事をしていたからである。

(ゆうべの戸隠流騎乗位、効いたようだな)

会議が終わったあと、廊下を歩きながら、

「ごめん、ゆうべは」

龍太郎が詫びると、信子は澄ました顔で、

「おかしいわよ、謝るなんて」

「だって、どさくさまぎれに花祭りやったみたいで、何だか、悪いと思って」

「男と女って、したい時にするのが、一番だと思うわ。おかげで私も何だか全身にパワーがついたみたい。スランプなんか、もうオサラバよ」

信子は自信のある笑顔を見せた。

龍太郎は安心した。さて、今度の仕事はあのビデオ嬢だな――。

翌日、オールヌードの見合い写真を送ってきた阿部夏美がオフィスにやって来た。

その日は相談日だったが、意外にも彼女は一人の男をつれていた。

龍太郎としては、自分たちの機関で用意しておいた男性会員を紹介し、カップリングに持ち込もうと思っていたのだが、

「ごめんなさーい。方針が変わっちゃったんです。私、この人と結婚したいんですが、うまくゆくでしょうか」

結婚カウンセリングを受けに来たのだという。何だか、先手を打たれた感じであった。

「ま、仕方がありませんな。何もかも自前調達の方のようだ。しかし納めていただいた会費については、返しませんからね。その代わり、カウンセリングはいたしますよ。相談室にどうぞ」

龍太郎は、相談室に二人を通した。

夏美がつれてきた男は、三十二歳の証券会社社員で、宮武克也《みやたけかつや》といった。なかなかの美男子で、羽振《はぶ》りもよさそうだ。

一問一答形式で結婚カウンセリングをやっているうち、夏美との相性もよさそうだったので、龍太郎は最後に、太鼓判を押した。

「いいパートナーだと思います。結婚式場の紹介その他のプラン作りに応じますから、決心さえおつきになったら、いつでもいらっしゃい」

夏美はそれを聞いて、

「出雲の神様のおスミ付きをもらって、安心したわ。来週あたりから、本格的に結婚準備に入りますから、その節はどうぞよろしく」

ぴょこんとお辞儀して、二人揃って相談室を出ていった。

ところが、大事件が起きたのは、そのあとである。

二人が相談室を出てエレベーターに乗った時、

「あ、あの男よ……！」

という叫び声が、背後のほうで起きた。

女の声であった。振り向くと、ちょうど隣りの相談室から出てきたばかりの松原《まつばら》みずえという会員が、血相をかえて駆けつけてきて、

「あの男よ、私を欺した結婚詐欺漢は！」

みずえがわめきたてる「あの男」というのは、どうやら、たった今出ていった夏美の同伴者、宮武克也のようである。

「あの男が、結婚詐欺漢ですって？」

「そうよ。事情はあとで話すわ。早く、早くあの男をつかまえて！」

そう言われても、エレベーターは宮武たちを乗せて、下に降りていったばかりである。

やっと上がってきた隣りのエレベーターに、龍太郎とみずえは飛び乗って追いかけた。

そのハコが下に着くと、夏美と宮武はビルの表でタクシー待ちをしているところだった。

「今よ、早く！」

「待ちなさい。ぼくはあなたから、事情を聞き、あの男が本当に結婚詐欺漢かどうか確認もとりたい。あまり大きな声をあげないでください」

「じゃ、どうするのよ」

尾行しよう、龍太郎は決心していた。

2

タクシーがやって来た。

夏美と宮武はそれに乗って、走りだした。しかし先の信号は赤であり、後続の空車もあったので、龍太郎はあわてなかった。

二台目のタクシーに、龍太郎とみずえは乗った。

「運転手さん、悪いけど前のタクシーにぴったりつけてくれませんか」

「ヘッ？　尾行ですか？」

「ええ、まあ、そういうことですね。チップははずみます」

「へえええッ、面白そうだ」

運転手は張り切って、タクシーをスタートさせた。

後部座席でみずえがほーッと、安堵《あんど》の吐息を洩らしながら、

「あーら、そういう考えだったのね。それを聞いて、安心したわ」

「そうです。いきなり声をかけても、逃げられてしまう。それより相手の正体を突きとめて、警察に突きだしたほうがいい。それに、その過程であなたから、詳しい事情も聞けるでしょう」

龍太郎は、そう説明した。

タクシーは、新宿の超高層ビル街を走って、小滝橋《おたきばし》通りのほうにむかっていた。

龍太郎としては、先行するタクシーに乗っている宮武という男が、本当に結婚詐欺を働いている男だとしたら、見逃しにはできない。傍のみずえも龍太郎の情報会社の会員だし、今、タクシーで先を走っている阿部夏美がこれから、結婚詐欺男にひっかかって、被害に遭《あ》うかもしれないのである。

そうでなくても、会には何度もその手の訴えが出されている。肉体詐欺、結婚詐欺を専門とする男が、一般の男子会員に紛《まぎ》れこんで入会し、龍太郎のところで紹介した女性会員を、さんざん喰いものにして、結婚支度金や貯金まで巻きあげ、ドロンするケースである。

（もしかしたら、宮武というあの男もその手の常習犯かもしれないな。よーし、あいつの正体を突きとめて、取っつかまえてやる）

龍太郎がそう呟いた時、先を走るタクシーは職安通りで右折し、ガードをくぐって、区役所通りのほうにむかっていた。

その大通りをしばらく走った時、

「あっ、止まるわ」

みずえが前方を見ながら、言った。ちょうど、職安通りが区役所通りと交差する信号の手前で、タクシーは止まったのである。

「あの二人、どこかに飲みに行くようだな。ともかく、降りるようだ。運転手さん、ぼくたちもここで降りるよ」

龍太郎とみずえは、タクシーを降りた。

横断歩道の信号が青にかわり、夏美と宮武は腕を組み合って、車道を渡り、区役所通りのほうにはいってゆく。

盛り場は、秋の早い夕暮れに包まれて、ネオンがきらめきだしていた。

「よし、ぼくたちも追跡しよう。みずえさん、気づかれないように腕を組みなさい」

みずえが腕を組みながら、

「何だか私たち、恋人同士になったみたいね」

秋の灯ともし頃というのは、人肌恋しい。大都会ほど、そうである。盛り場にネオンの密度が濃くなりはじめていた。

夏美と宮武は、区役所通りを流れている。それを尾行する龍太郎とみずえも、腕を組んで恋人同士を装っていた。

みずえは、丸の内に本社のある鉄鋼会社勤務のＯＬである。二十六歳と、やや結婚を焦っている年齢だが、腕を組んで歩いていると、なかなかみずみずしい女であることがわかった。

「あ、あの二人……お店に入って行くわ」

みずえが指さした。

ターゲットの夏美と宮武は、〈風林会館〉の近くのバービルの地下一階の店に入った。

「どうするの？」

「よし、ぼくたちも入ろう。顔を気づかれないように」

ターゲットの二人は、とりあえず飲みながら、デートの腹拵《ごしら》えでもするのかもしれなかった。

龍太郎は今夜、もし二人がラブホテルにでも入るなら、自分たちも隣りの部屋にでも入って、盗聴器で二人の会話を聞きながら、宮武の正体を摑もうと思っているので、どこまでも追跡するつもりだった。

二人が入ったのは、カフェバーふうの店であった。入って見渡すと、ターゲットの二人は奥のテーブル席に坐っていた。

「よし、このへんで張り込んでおこう」

龍太郎とみずえは、出口近くのカウンターに坐った。

まず、ビールをもらう。軽く腹のたしになるよう、シーフードドリアを注文した。

「あの男にどうして欺されたのか、詳しく話してくれませんか」

龍太郎が訊くと、

「宮武と知り合ったのは、おたくの会ではないのよ。私、会社では資金運用部にいるものだから、兜町《かぶとちょう》通いをしているうち……」

みずえは話しはじめた。

みずえは鉄鋼会社の資金運用部のＯＬなので、財テクに関わっていた。それで当時、中堅証券会社に勤めていた宮武と知り合い、処女を奪われた。結婚するという約束を信じ、ずるずると肉体関係を続けて深入りするうち、個人的な財テクをもちかけられ、貯金五百万円をすべてはたいて預けているうち、勝手に株投資に使われた揚句、暴落で零になった。その金を取り戻そうとして証券会社に押しかけたところ、宮武はとっくに会社をやめていて、行方不明になっていた――。

「あとで判明したんだけど、被害女性は私だけじゃなかったみたい。株をやっていたハイミスたちが軒《のき》なみ、結婚をエサに金を巻きあげられて、勝手に使われていたみたいなの」

「すると、今も彼は証券会社員と名のっていたけど、それは嘘だろうか」

「証券業界にいられるはずないもの。嘘に決まっているわ。今度は、あの夏美という娘が餌食《えじき》になりそうね」

(うーん、相当ワルのようだな。よーし、絶対に取っちめてやろう)

宮武と夏美がその店を立ちあがったのは、一時間後であった。

「あ、入るわ」

ラブホテル街の角まで来て、みずえが龍太郎の袖を引いた。

「ほら、見て見て……あのふたり」

すぐ前を行く夏美と宮武が、すーッと一軒のラブホテルの中に入ったのである。

「よし、ぼくたちも入ろう。隣室が取れるかどうかは、運まかせだな」

「そうね。ここまで追いかけてきたんだもの。逃げる手はないわね」

みずえにためらいはなかった。龍太郎は、入ってすぐのところにある部屋のメニューのパネルを見た。時間がまだ早いせいか、半分くらい空いていた。

303という洋室のランプが、点滅していた。たった今、夏美と宮武が入ったばかりのようであった。

隣りは空室だった。龍太郎はとっさに、隣りの304号室をリクエストし、キーをもらってエレベーターに乗った。

龍太郎たちの部屋は、大きな円型ベッドのある洋室だった。入ってすぐ、龍太郎はポケットに忍ばせていた盗聴用のコンクリートマイクを、隣室との境の壁にセットした。

今、世の中には盗聴器と称されるものがいっぱい出まわっている。そういうもののコレクターの友人から預かっていたものだが、こんなに早く役に立つとは思わなかった。

マイクからコードにつながっているイヤホーンの一つをみずえに渡し、一つを自分の耳にあてる。

「さて、おかしな具合になったものだね」

「ホント。出雲の神様とラブホテルに入るなんて、夢にも思わなかったわ」

「これもあなたを欺した男の正体を探るためです。今に隣りの会話が聞こえてきますよ」

二人が壁際に立って、シッと眼を見交わした時、会話どころか、イヤホーンから、

「ああーン、もう脱がせるのう……せっかちねえ」

隣りの夏美の声が飛び込んできた。どうやら、隣りのカップルは到着早々、もう愛情行為になだれ込もうとしているようである。

「ああ……待って」

「いや、もう待てないよ。さあ、夏美」

囁き合う声とともに、男女がベッドにもつれ合って倒れ、愛撫を交わし合う声と喘ぎ声が、ハッキリと伝わってきた。

それを聴くみずえが、

「ああ……何だか、ぞくぞくしちゃうわ」

龍太郎に寄り添い、熱い溜息を洩らした。

「こういう体験、初めて？」

「もちろん、初めてよ。他人の情事を盗み聴きするなんて、ああ……心臓がドキドキしちゃって、破裂しそう」

龍太郎はみずえの肩を抱いてやり、イヤホーンに意識を集中した。

隣りでは宮武克也の秘密に関する会話よりも、

「ああん……そこ……濡れてるでしょ」

「あふれてるよ。凄いよ、夏美。ぼくのサムソンがもう、夏美のここに入りたがってるよ」

「ああ……そんなことしないで……克也、入れてほしくなるわ」

熱い喘ぎがもう極点に達しかけていた。

「ああ……待って……シャワー浴びたいわ」

夏美が訴えても、

「だめ。このままでいいよ。夏美のって、ほら、もうこんなに濡れてるじゃないか」

「ああ……克也ったら」

「オッパイだって、こんなに張りつめちゃって……赤く尖ってるよ」

「ああ……克也……あたしもう、たまんない」

「よーし、股を広げて」

「あ……だめよ……そんなこと……」

男はもう夏美の両下肢を広げて、インサートしにいってるのだろうか。それとも、クンニでも見舞おうとしているのだろうか。

龍太郎が、盗聴器から聞こえてくる声に意識を集めていると、

「あいつ……私にしたのと同じことをしてるわ」

唐突に、みずえがそんなことを言った。

「え？」

「宮武よ。ついこないだまで、私にアレをしてたのよ」

「アレって……何？」

「クンニよ……クンニリング」

「ああ、女性の大切なところを熱心に舐める愛情行為ね」

龍太郎が言うと、みずえは首すじから顔をまっ赤に紅潮させて、卒倒しそうな身体をますます、龍太郎にもたせかけてくる。

たしかにみずえにとっては、平静でいられるはずはなかった。

ただ他人の情事を盗み聴いて、興奮しているだけではない。隣りで今、夏美に挑んでいる宮武は、つい先月まで自分が信じて身体を開き、何度も愛情交換してきた男である。

女を脱がせて、歓ばせながら、インサートしてゆくまでの手順も、インサートされた時の気分も、すべて身体が覚えているはずである。

私を裏切った憎い男……と思う分、なおさら、みずえの身体がそれを思い出して、愛憎こもごも、カーッと熱くなっているのは、火を見るよりも明らかであった。

「ああ……あいつのやり方を思い出すと……くらくらするわ……目まいがしそう」

みずえはとうとう、眼を閉じて上体を龍太郎にもたせてきた。龍太郎はその身体を両手で抱い

てやりながら、

(隣りの様子では、すぐには結婚詐欺男、宮武の秘密に触れるような会話は、交わされそうにないな。当分は、こちらもみずえを慰めてやることに専念するか)

そっと、みずえにくちづけにいった。

「あっ」

と呟《つぶや》いたみずえが、一度、眼をぱちッと開けて上眼づかいに龍太郎を見たが、すぐにその眼は閉じられ、激しい勢いで接吻に応えてきた。

それは実際、身内からせめぎあがってくる興奮に駆られたような、ディープキスだった。

のみならず、龍太郎がちょっと乳房に触れただけで、あッ……と、火傷《やけど》でもしたように敏感に反応して、みずえはしがみついてくる。

たしかに、みずえは、敏感だったし、身体に油照りのような鬱血《うっけつ》を貯めていたようであった。

龍太郎が接吻しながら、セーターの上から乳房をみっしりと揉みはじめただけで、

「はあん……ああっ」

と、敏感反応して、首が反った。

それもそのはず、隣室からは夏美と宮武の情事の模様が、盗聴器を通してハッキリと聴こえてくるのだ。両方から煽《あお》られ、みずえはもう平静ではいられなくなった様子で、

「ああ……出雲さん……宮武があの女に何をしているかを考えると、私、もうあそこが濡れてしまって、立ってられないわ」

本当に腰を抜かしたようになって、ますます首ったまにしがみついてくる。

龍太郎はみずえの身体をそのまま、ベッドに運んだ。

セーターもスカートも着たまま、大きな円型ベッドに寝かせる。白いセーターの盛りあがった胸が、ふるえるように波打っているのを見ながら、龍太郎は手早くネクタイをむしり、ラフなスタイルになった。

二人とも、まだ盗聴器のイヤホーンを耳につけたままである。鼓膜には、ひっきりなしに夏美の喘ぎ声や呻き声が聞こえていた。

(相当なもんだな、夏美って……)

会に送付されてきたオールヌードの見合いビデオを思いだすと、龍太郎も煽られたように、荒々しくみずえにおおいかぶさっていった。

顔を近づけると、セーターの布地ごしに、乳首が丸くぷくっと、尖っているのが見える。みずえはノーブラのようであった。

龍太郎は、セーターの上から乳房の頂点を唇に含んで、こりこりっと歯をあて、吸った。

「あーっ」

セーターごしでも響くらしく、みずえがのけぞった。

「今に、セーターを脱がして楽にするからね」

答える代わりに、みずえは唸りながら龍太郎の首に腕を巻きつけて、しがみついてくる。

「それじゃ、動けないよ。さ、楽にして」

龍太郎はセーターを脱がせ、スカートを脱がせた。

その下から現われたクリーム色のスリップをとると、あとはもう黒いシルクのスキャンティーだけとなった。

再び、接吻しながら、龍太郎は片手でそのスキャンティーを脱がした。

「ああん……もう……」

みずえは恥ずかしそうに、身体を伏せようとした。それを抱いてくるっと仰むけにする。

みずえの秘毛は、わりと柔らかい柔毛だが、黒艶があった。縮れもつよい。龍太郎はその毛並みを撫でて、茂みの下の谷間にそろりと指をおろした。

「ああ、あはっ……」

と、みずえが驚いたような声をあげた。恥ずかしがったのも当然、秘孔の入り口はもう、べっとり、という具合に蜜液がうるみ尽くしていたのである。

花びらはあふれて、ひらいている。そのフリルを撫でる。そうして指がひとりでに吸い込まれてゆくと、ひくひくっと摑まれる感じが指先に訪れてきた。

龍太郎の指が、濃い蜜液でぬらつく花びらを愛撫し、その中に指を出し入れするたび、

「あああっ、あはあ、いやっ……もう、いやっ」

みずえは、息がつまったような声をあげた。

中指の第二関節のあたりまで埋めて、龍太郎は中をゆっくりとかきまわした。

粒立ちの多い通路の襞《ひだ》々が、いっせいにぞよめきだし、驚いたように締めつけてくる。

「ああ……そんなことをしては、もう、いきそうになる」

みずえは、シーツを摑んで腰をよじった。

龍太郎は指使いには自信がある。躾《しつけ》のよい指は、自分の任務を怠《おこた》りはしない。みずえの濡れた

襞の中にくぐり込んだ愛の使徒は、側壁をかいたり、天井をこすったり、蛇のようにうごめいて、粘膜の襞々をなぶるように刺激しつづけるのであった。

「ああ、そんなにしないで……いじめないで……うっ」

うっ、とみずえが小さく、弾ぜた。

じきに点火して、軽くハードルを越えるたちのようである。

自分の反応に驚いて、みずえは恥ずかしそうに不意に、身体をうつぶせにしたりした。

女体がうつぶせになると、龍太郎の手は下敷きになる。しかし、秘孔に入った指は、それでも活躍を怠らない。みずえはそれで、男の手を取り込んで、上から腰をうごめかせることになって、かえって自分でも予期せぬ効果に、うろたえたようでもある。

「ああ、だめえっ……感じちゃう」

みずえは、自分が勝手放題に愛撫されていることを怒るような唸り声をあげながら、苦しくなって、やがてまた仰臥した。

その瞬間、茂みの下で、赤いクレバスがみずみずしく閃《ひらめ》く。みずえの身体は今や、バターのように溶けくずれはじめて、四肢に力が入らない、しどけない仰臥となっていた。

そうしている間も、耳にはひっきりなしに、盗聴器からの隣りのあの声が聞こえる。

それが、凄く身体の芯底からの官能を煽るのである。

「スルメの火あぶりだわ、まるで……」

みずえが状況を的確に言った。

ただでさえ、隣りのあの声というのはそそられるのに、そのうえ、みずえは今、龍太郎からも生の愛撫を受けていて、両面からトロ火をあてられてあぶられているようなものだ、と言いたいらしかった。

(それなら、ゆきつくところまでゆくしかないな。生焼けはよくないからな)

龍太郎は片手で手早く、自分の衣服を脱ぎはじめた。

「そうよ、そうよ。私だけ脱がせるなんて、ずるいわ、ずるいわ」

熱病にうなされたような声で言いながら、みずえが脱ぐのを手伝ってくれた。

みずえももう、鬱血したものを「抜いて」しまいたいようである。そうでなければ、収まらないようなのである。

「あらあ」

最後のものを脱いだ時に現われたものを見て、みずえが驚きの声をあげた。その眼に好きそうな光が油をこぼしたように宿り、熱い溜息を洩らすと、彼女はたぎった肉根に指を絡めてきた。

「わあ、凄っごい」

それはもうみなぎっていて、みずえの手に余るくらいに硬くて、脈打っているのだ。

「ああ……何だか手がはじかれそうよ」

熱にうなされるような声をあげ、ついには握ったまま眼を閉じて、身体を寄せかけてきたみずえを両手で抱き、龍太郎はゆっくりとシーツに倒れ込む。

「ああ、だめってば、だめよ、もう」

「何が、だめなんだい。ここはほら、欲しそうに濡れてるんだよ」

龍太郎は指先で蜜液をすくい、過敏な肉芽にコーティングした。

「うっ……そこ、いいっ」

みずえは、腰を揺らした。クリットに触られた時の刺激の強さに、うっと呻いて、腰をふるわせたりした。

そうする間も、みずえの右手は龍太郎の尊厳を握りしめている。好きで好きでたまらない、といったようでもあるし、手がこわばって離れない、というようでもあった。

龍太郎が腰でリズムをとって抽送すると、みずえの指が環になって、出没運動を助けてくれる。

「ああ……私って、どうしてこんなことをしているのかしら」

興奮のため瞼《まぶた》がぼうーっと充血して膨らみ、眼を閉じながら、いやいや、と頭を振るみずえの全身のしどけない色気に、龍太郎はそそられ、不意に女体を押し開き、熱い流れにクンニを施しにいった。

みずえの恥毛は、濃密なほうである。

その部分に、顔を近づけた。恥毛をかき分けた。みずえが、心持ち太腿を開いた。その拍子《ひょうし》に、むうっと女臭が匂う。

「ねえ、匂うでしょ。お風呂に入ってきましょうか」

「いや、このままがいいよ。入浴したら、せっかくの匂いが消えて、もったいないもの」

龍太郎は女芯を舌ですくった。

「ああん」

声が荒ぶって、腰がふるえた。

二、三度、舌で流れをすくうと、亀裂がひとりでに溶けひらいて、ピンク色の女芯がますます現われた。透明な蜜液が、今にも溢《あふ》れそうにたたえられている。
「むこうも今、こんなことをしているのかしら。宮武が今、あの女にこんなことをしているのかしら」

龍太郎に身体を開きながらも、隣室の様子が気になるようだ。宮武という結婚詐欺漢を憎みながらも、身体はまだ懐かしがっているのかもしれない。

「やっているかもしれないね。でもあんなやつより、ぼくのほうが絶対にいいからね。今にみずえを、倖せいっぱいにしてやるからね」

龍太郎はそう言って、励みだした。

3

口唇愛をふるまいつづけると、みずえのクリトリスが愛液に濡れて、舟型に尖ってきた。

茂みの下の谷間の、ピラミッドのようでもある。

その小さな濡れ光るピラミッドを、入念に舐めた。

下から神殿を掘り起こすようにして、舌が撥ねあげるたびに、ピクン、ピクン、と女体が弾んだ。

龍太郎は舌でピラミッドを愛撫しながら、中指を通路に、そっと差し込んだ。

「あッ」

みずえは小さく叫んで、すべり込んだ中指を締めつける。

みずえの通路は、狭いうえにきわめてきつい。

「キミのって、兎《うさぎ》のあれみたいに、狭い感じだね。こりゃ、名器すぎて、男は入るのに苦労するだろうな」

「そうみたい。彼って、いつも、焦ってたわ。生立ちの時など、なかなかうまく入ってこれないみたい。時には入り口にこすりつけているうちに、爆発することが多かったわ」

みずえは半ば夢うつつで、そんなことを白状する。

「彼って、隣りの……？」

「え？……あ……そう……そう……あの、宮武よ」

みずえは情況を思いだして、顔を紅潮させた。今も、その宮武が隣りの部屋で夏美と熱戦に及んでいる模様が、盗聴器のイヤホーンから、耳に聞こえるものだから、みずえはすっかり、平常心を失っているようである。

「ああ、頭にきちゃうわ、あの女の声をきくとカッカするわ。ねえ、出雲さん、もう指はいいから、入れて」

みずえはもう、やぶれかぶれのように、入れてっ、と叫んだ。

龍太郎は、みずえの情況にいたく同情して、決め込みにいくことにした。

宮武のように、入り口で自爆しないよう、隆々たるものをしっかりあてがって道をつけ、それから溶けうるみの中に一気にインサートしていった。

めりめりッ、という感じとともに、

「わーッ」

みずえは大きな声をあげて、反った。

「待って……待って……今、何を入れたの？」

「ナニって、ナニを入れたんだよ。ぼくのタフボーイに決まってるじゃないか」

「うそうそ。何か大きなものが入ってるわ……男の人の、こんなに大きいはずないもの……」

みずえはどうやら、自己体験を基準に世の中の尺度を推《お》し測ろうとしているようである。龍太郎としては、自分の男性自身が、みずえを欺した結婚詐欺漢より立派なものだったらしいので、大いに自信を得て、助かったというものである。

龍太郎は、動きだした。

「あはあっ……すごおい」

みずえは龍太郎が動くたびに、けたたましい声をあげて、のけぞった。男性の容積が、受け入れたものの通路より大きすぎて、あたふたしている感じであった。

しかし、女性の膣は偉大なる適応力をもっている。やがて、慣れるとみずえは、甘い呻き声に変わっていった。

龍太郎は、動きつづけた。

「ああ、きついわ」

みずえは、龍太郎が動くたびに、のけぞった。

しかし、慣れ合ってくると、それさえも、うねうねとくわえこんで、締めつけて、蜜液をあふれさせる。

「ああん……とてもいいわ」

みずえは、すぐに登りはじめた。龍太郎の肩や背中に爪をたて、力いっぱい、膣口を閉じてくる。

どうやら、もう隣室のことは忘れたようである。龍太郎の首ったまにしがみつき、

「こんなの、はじめてよ。みずえ、もういっちゃいそう。やってやって……どんどん、九浅一深してちょうだい！」

ふつうは、突いてちょうだい、とか、ずこずこやってちょうだーい、というところを、九浅一深してちょうだい、というあたり、相当な耳年増のようだ。

こういう古風な言葉ややり方も、あの宮武のやつが教え込んだのであろうか。

龍太郎は、要求どおり、九浅一深しながら、時折、二浅一深や三浅二深を反復したりして、攻撃を多彩にした。

どちらかというと、深く埋ずめ込んだ時、みずえはイキそうな顔になる。

「もうだめ、もうだめ」

そう言いながら、まだいいようなのである。

みずえの感覚は常時、峠すれすれをひた走りながら、その水位を上下しているようであった。

龍太郎は密着させ、腰で円を描いた。ぬかるみの中をタフボーイで、こねくりまわす感じになった。男根の根っこが密着した花びらのふちをこすり、膣奥をこねて突き立てるたび、みずえはすすり泣き、身も世もないという具合になってゆく。

「ああ……困ったわ……いきそうよ。……待って……こんな場合にイッちゃうなんて変よ。ああ

「……もう……やめて、やめて」

みずえは、支離滅裂なことを言いはじめた。

こんな場合というのは、自分を欺した男を追いかけてラブホテルに入っているのに、という意味だろうか。いつのまにか追跡者同士であったはずの龍太郎に抱かれていることが自分でも何かしら理不尽な、理解不能な、奇怪な出来事だと思っているようでもある。

でも、肉体と生理の赴《おもむ》くところは、理屈や頭で制御することとは別次元である。

龍太郎のタフボーイが、みずえの奥の院で衝突するたび、

「あっ……あーん」

みずえはますます登っていった。

みずえの額口の、生え際から、びっしょり汗の玉が光りはじめていた。

みずえはもう女の闘争に夢中という按配で、

「あ、いやよいやよ……そこ」

と言ってのけぞったり、

「あ、じっとしてて……いいっ」

龍太郎にしがみついて、両脚を絡みつけ、恥骨をしっかりと押しつけてきたりした。

みずえは、もう登頂寸前である。

爆発寸前といったほうがいいかもしれない。龍太郎の男性を膣奥深くにおさめ、両脚をしっかりと巻きつけて離さず、

「あっ……あっ……あっ」

高い喘ぎ声をあげている。

龍太郎が身体を丸めて、抽送しながら乳房を吸いにゆくと、

「いや……あうーん、……いきそうよ」

耳につけていたイヤホーンをぶっとばし、枕も頭の下からぶっとばしている。

身体までがいつのまにか、ベッドに対して斜めになっている。乱れきって浸る、というのはこういうことかもしれない。

龍太郎もイキそうだったので、そのことを告げた。

「きて……きて……いっぱい、ちょうだい」

みずえは恥骨を押しつけて、深いところにタフボーイを取り込んで、それを捻じ切るような膣作用をみせて、一気に乱気流に揉み込まれていった。

「ああーッ……い、い…………ク」

クライマックスの声は、そんなふうに聞こえた。

考えてみれば、みずえは未婚のOLである。いま花婿を探しているところだ。それなのに、アクメをしっかり知っていて、達した時の声は獣のようだというのは、何だか行く末が恐ろしくなるような気がした。

もっとも、今どきの娘としては、フツーかな。こういう解放的な男好きの体質につけ込んで、宮武はみずえを欺したのかもしれない。

そんなことを、考えるともなく考えながら、龍太郎は嵐のあとの、ひと休みをしていた。

まどろみながら、スーッと眠りに落ちかけようとした寸前、隣室でも熱戦が終わったところらしく、ボソボソと話し声が聞こえてきたので、龍太郎はあわてて半身を起こした。

「ねえ、新居のほうはどうするの?」

――と、これはイヤホーンから聞こえてきた女の声である。夏美が、宮武に聞いているのだ。

どうやら二人は、結婚準備の話に取りかかっているところのようである。

「そのことだけどね、成城学園《せいじょうがくえん》の近くに、いい家が見つかったよ」

と、宮武が言っている。

「ええッ? 成城に?」

「うん。その、はずれだけどね。上祖師谷《そしがや》寄りのいい場所だよ」

「でも、高いんでしょ?」

「なあに、中古の一戸建て。格安なんだ。半分はぼくが持つし、あとはローンだけど、最初の頭金と手付金などを二千万円くらい、夏美が手伝ってくれると、助かるんだけどなあ」

宮武が、優しい声で夏美に言いきかせている。

「ぼくのマンションが、売れるまでの間だよ。ねえ、夏美。二千万円くらい、手伝ってくれないだろうか」

(宮武のやつ、いよいよ結婚詐欺男の正体を現わしてきたな)

龍太郎はなおも耳を澄ました。

「二千万円……? そんなの、無理よう」

夏美が答えている。

「千葉のお父さんの遺産が入ったと話してたじゃないか」

「ええ、入ったわ。でも、あれは私の大事な結婚資金にしようと思ってるのよ。虎の子だもの」

「だからさあ、二人の新居を作るんだよ。結婚資金として、立派に活用することになるじゃないか」

「私は女だから、マイホームのほかに、箪笥《たんす》とか三面鏡とかお洋服とかに、いろいろお金がいるのよ。車だって買いたいしさあ。それを全部、吐きださせるなんて、ずるいわ」

「吐きだせなんて、言ってないよ。ほんの当座、たてかえてくれないか、と言ってるんだよ。ぼくが今いるマンションが売れたら、それをそっくり、きみに返すよ。そのメドもついてるんだ」

「本当に返してくれるの？」

「ああ、返すよ。ほんの二、三カ月だけでいいんだ。今、二千万円の頭金を払っておかないと、成城の格安物件が、売れてしまいそうでね」

「どうしようかな」

「ね、ぼくたちの倖せのためじゃないか。ね、ぼくは夏美をしっかり倖せにするよ」

「そうね。二人のためですものね。ほんの当座なら、使ってもいいわ」

夏美は、そう返事をしていた。

(危ない、危ない)

龍太郎はそこまで耳をすまして、隣りの会話を聞いていたが、宮武というやつ、いかにも結婚詐欺男らしい話の巧妙さだ、と舌を巻いた。

その時、みずえがやっと眼をさまして、

「あらあ、すっかり眠ってたわ。お隣り、何か聞こえるの?」

「ああ、聞こえるよ。早くこれをつけて」

イヤホーンを指さす。

みずえがイヤホーンをつけると、それからもしばらく、盗聴器からひそひそ話がきこえた。いずれも、宮武が「二人の結婚のために」という大義名分のもとに、上手に夏美を丸め込み、たぶらかして、お金を出させるもろもろの相談ごとであった。

「チッキショーッ、また、あいつ!」

みずえの眼が、吊りあがってきた。

自分も欺された手口と同じであることに、気づいたようである。

「許せないわ、あいつ」

今にも飛びだして隣りに押しかけようとしたので、龍太郎はあわててみずえを制した。

「待ちなさい。今、押しかけても、何にもならない。ぼくに考えがあるから、まかせなさい」

翌日、出社すると早々に、龍太郎は阿部夏美に電話をかけた。

宮武との結婚のことで、大至急会いたい、と用件をのべると、

「そんなに急ぐんですか?」

夏美は不審そうな声である。

むりもない。自分が結婚詐欺師にひっかかろうとしていることなど、知らないのである。

「ええ、急ぎます。あなたを破滅させたくはないんです」

「まあ、どういうこと？」

「電話では、ちょっと――」

ともかく、昼休みに会うことになった。

夏美は、赤坂のホテルの結婚式場に併設されている写真スタジオの、助手をしていた。

その一階の喫茶店で会って、龍太郎が事情を話すと、

「ええーッ？」

夏美がびっくりした顔を見せた。

「宮武が、結婚詐欺師？」

「そう。あいつはこれまでに、何人もの女性を、あなたと同じ手口で欺してるんです。結婚の約束をして、式の寸前になって、いろいろ口実をもうけて女性からまとまった資金を引きだし、それを手にしてドロンです」

「まあ、私、新居を買うために、彼に二千万円の頭金をたてかえることになっているわ。それって、親からもらったなけなしの遺産相続分よ。どうしよう」

「ええ、相談というのは、そこなんです。今度会う時、夏美さんは何も知らない顔をして、その小切手を彼に渡してくれませんか」

「ええーッ、困るわあ。生命より大事なお金だもの」

「大丈夫。あなたが現金を渡したところに、刑事をつれて私たちが踏み込みます。そうすれば、成城に新居を用意しているという嘘っぱちを並べて、女性から金を巻きあげたという結婚詐欺の現行犯で、彼を逮捕することができるんです。ねえ、頼みますよ」

「ホントに、来てくれるんですね？」

「ええ、もちろん。約束は守ります。今度、宮武と会うのは、いつ？」

三日後の夕方六時だそうである。場所も、同じ赤坂のホテル喫茶店らしかった。

「よーし、そこに罠をかけよう！」

三日後、その作戦は実行された。ぬけっとした顔で宮武が現われ、夏美が用意してきた二千万円の小切手を渡すと、

「ありがたいね。これでさっそく、二人の新居を用意するからね」

そそくさと席を立とうとする。その宮武の前に二人の刑事が立ちふさがって、「詐欺」現行犯で逮捕した。前日に、松原みずえがあらかじめ、被害届と告訴状を出していたし、成城学園の「新居」というものも根拠のない嘘であることが証明されているので、警察も強引な手段がとれたようである。

ともあれ、虎口を逃れてほっとした様子の阿部夏美に、龍太郎は声をかけた。

「危ないところだったね、夏美さん。やっぱし相手探しは、うちにまかせたほうがよさそうだよ。しかし……それにしても、あのオールヌードのお見合いビデオは、どうも強烈すぎるなあ」

10　誘拐された花嫁

1

結婚コンサルタントの久保《くぼ》あけみが、相談室に飛び込んできた。

「大変、たいへーん」

「どうしたんだ？」

「聡子《さとこ》さんが家に帰ってこないんですって。誘拐されたかもしれない、というのよ」

「ええッ、誘拐……？　そりゃ、大変じゃないか」

龍太郎はやりかけていた書類作成の仕事を中止して、机から立ちあがった。

「聡子さんといえば、江田《えだ》聡子か。今度の日曜に挙式を控えていた例の花嫁だろう？」

「ええ、そうなの。私がカップリングした自慢の花嫁よ。その彼女が三日前から家に帰ってこないし、会社にも無断欠勤で、大騒ぎになってるみたいなの」

大騒ぎは龍太郎の会社でもそうだ。東京ブライダル・アカデミーで縁結びをして、結婚寸前になっていた花嫁が誘拐されたとあっては、すててはおけない。

失踪した江田聡子は、二十二歳の不動産会社のＯＬであった。東京ブライダルの会員になって、久保あけみがコーディネートし、渡辺信彦《わたなべのぶひこ》という会社員とお見合いし、合意が成立して結婚する寸前となっていた。

三日前、ふたりは平河町《ひらかわちょう》の結婚式場でリハーサルがてら、赤坂でデートして夜九時に、聡子の住む西荻窪《にしおぎくぼ》の駅で別れたそうである。

聡子は西荻の住宅街の中にある一戸建ての家で、母親と三人姉妹で住んでいた。ところがその夜、家に戻らず、翌日も会社を無断欠勤し、婚約者の渡辺のところにも連絡ひとつない、というのである。

一晩帰宅しなかったくらいなら、何かの都合で友人の家に泊まったとも考えられるが、それが翌日も、その翌日もと続くと、さすがに異変を感じて母親の郁子《いくこ》が騒ぎだし、婚約者のところや、東京ブライダルのあけみのところなどに問い合わせしたりして、事件が表面化した。いま、家族は八方手を尽くして探しているが、聡子の行方は依然としてわからないのだという。

「ちょっと、待てよ。婚約者の渡辺君は、彼女が失踪する夜、西荻の駅で別れたと言っているのかい？」

「ええ。彼は三鷹《みたか》に住んでるのよ。中央線同士でね。それで西荻の駅のホームで別れたのが最後ですって」

「それじゃ、駅から自宅まで帰るほんの五、六分の距離の間に失踪したというのか」

「事実上、そうなるわね。まるで神隠しに、あったみたいでしょ？」

「うーん。自分の意志で失踪したんじゃないとすると、とても変な話だな」

「挙式寸前のハッピーウイークにいる花嫁が、どうして自分の意志で失踪しますか」

「そりゃ、そうだね。誰かが駅前か家の近所で、車で待ち伏せしていて、声をかけて乗せていった、というケースが一番考えられるな」

「ねえ、どうする？　警察に届けたほうが？」

あけみが心配そうに言った。

「届けるにしても、それは身内がやることで、うちが出しゃばることではない。それよりおれたちも手分けして、心当たりを探そうじゃないか」

挙式寸前の花嫁が失踪したという知らせに、東京ブライダルのオフィスは騒然となった。

「まず、ぼくは西荻の聡子の家に行ってみるよ。その後の状況や、失踪当夜の詳しい事情も聞いておきたいしね」

龍太郎は、何としても聡子を救いださなければ、と思ってすぐに上着をひっかけて、飛びだそうとした。

「私も行きます。何かお手伝いすることがあると思います」

江田聡子のカップルを担当したカウンセラーの、久保あけみがそう言った。

「ああ、いいだろう。きみはお母さんの傍につきそってくれたまえ」

二人が相談室を出ようとした時、

「課長、お電話です」

荻原千亜紀が、受話器を差し出した。

「誰から？」

「渡辺さんって方です」

「あ、失踪した花嫁の婚約者だ。どれどれ」

龍太郎が受話器を受けとり、

「はい、出雲ですが」

「ぼく、渡辺です。聡子さんの消息、まだわかりませんか？」

「今、担当の久保君から事情を聞いたところですが、大変ですね。こちらには進展はありませんが、あなたのほうには何か？」

「それが……」

渡辺信彦が、急に言い難そうな声になった。

「どうしました？　何かあったんですか？」

「ええ……実は妙な手紙が舞い込んできたんです。脅迫文といっていいのかどうか。それで一応、報告しておこうと思いまして」

「脅迫文……？　どんな？」

渡辺によると、それはワープロで、次のような簡単な文面だという。

——聡子はおれの女だ。おまえなんかには、渡さない。一週間後の結婚式なんか妨害してやる。聡子のことは、諦《あきら》めろ。なお、これは営利誘拐なんかではないから、警察には絶対に知らせるな……。

「そういう文面なんです。どうすればいいでしょうか」

渡辺の声は、おろおろ声である。

「差出人の名前は？」

「聡子を倖せにする男、とあるだけで、名前も住所も書いてありません。東京中央郵便局の消印があるだけの、変な手紙なんです」

「あなたに差出人の心あたりは？」

「まったくありません。驚いています。警察には、どうすればいいんでしょうね」

「文面どおりだとすると、聡子さんと親しい人間の仕業《しわざ》だと思えますね。身代金の要求とか、生命の危険とかは、今のところ、あまり感じませんから、警察には当面、伏せておきましょうか。私どものほうで大至急、聡子さんの周辺を調べて、犯人らしい人物を特定し、所在を探してみますから、あなたはあまり心配なさらないでください」

龍太郎は取りかかった。

これまでの情況でみると、江田聡子は何者かに誘拐された公算がつよい。

しかし、その誘拐は、身代金目あての営利誘拐ではなく、聡子と以前から濃密交際していた男が、聡子の結婚に嫉妬《しっと》し、それを妨害して独占するため、どこかに連れ去って軟禁している、という情況が一番、考えられるのであった。

婚約者渡辺のところに届いた脅迫文が、それを如実に物語っていた。そうして、そういう男がいるとすれば、それは彼女の勤務先か、これまでに交際していた友人の範囲内にいるはずである。

（よーし、身辺を洗ってみよう。聡子が付き合っていた男は誰だ……！）

龍太郎が呟《つぶや》いた時、

「課長、ちょっと」

千亜紀が目くばせをした。

カバーガールの萩原千亜紀は、江田聡子の高校時代の親友である。聡子はそもそもは、この千亜紀の紹介で東京ブライダル・アカデミーの会員になったのである。

それだけに、心配もしていたようだが、龍太郎を別室につれ込んだ。

「私に思いあたることがひとつ、あります。聡子って、何でも私に相談してたんですが、勤務先のある男に深追いされて、困っている、と悩んでいた時期があるんです」

「深追いしていた男って、どういうの？　もう少し詳しく聞かせてくれないか」

千亜紀によると、その男は黒沢初男《くろさわはつお》という。聡子が勤める城南不動産KKの社長の二男坊で、同じ会社に勤めている営業マンらしい。美人の聡子は、黒沢に積極的にアタックされて、オトされ、オフィスラブの関係に陥《おちい》った。

しかし、仕事の能力はたいしてないくせに将来は自分は重役になると威張《いば》って、同僚からは敬遠され、万事派手好みで、会社の金さえ、「おれんちの金」といって売り上げをごまかして着服するなど、納得できない不行跡《ふぎょうせき》が目についてきたので、聡子は逃げ腰になった。プロポーズされても断固として断わり、「別れる」と宣言して、社内でも声をかけられないよう、逃げまわっていたという。

「それで聡子は一日も早く、別のマジメな男性と結婚して、会社をやめたいと言って、私に相談してたんです。うちの機関に入って、いい人とめぐりあい、やっと願いが叶《かな》ったといって、喜んでいたのに」

千亜紀は、そう説明した。

龍太郎は、その話にかなりの真実味を感じた。聡子を深追いしていた黒沢のような男なら、結婚して会社をやめようという聡子を追いかけて、力ずくでも自分のものにしようとするかもしれない。

「きみはその黒沢という男を知ってるかい？」

「一度だけ、会ったことがあります。一緒に六本木《ろっぽんぎ》のディスコに行きましたから」

「よし、彼の会社に乗り込んでみよう。きみも一緒に来てくれ」

龍太郎は千亜紀を伴《ともな》い、すぐに青山《あおやま》にあるという城南不動産ＫＫの本社に向かった。

城南不動産ＫＫの本社は、青山三丁目にあった。しかし、黒沢初男は三日前から欠勤していて、連絡がつかないという。

直接、面会を申し込んで、失踪した聡子の所在を尋ねてやろうと意気込んでいただけに、龍太郎は肩すかしをくったような気がした。

「それならいっそ、自宅に行ってみましょうよ。黒沢は社長の二男坊だから、両親と一緒に富《とみ》ケ谷《や》の大きな屋敷に住んでるというわ。聡子を自分ンちに引っぱり込んでいる、ということも考えられるでしょう？」

千亜紀のほうがいよいよ、花嫁捜しに積極的になってきた。聡子は彼女の親友なので、当然といえば当然といえた。

「そうか、うん。直接、自宅に押しかけてみるのもいい方法だな」

龍太郎たちは、青山通りでタクシーを拾い、まっすぐそのまま、富ケ谷にまわった。

城南不動産ＫＫの社長の家は、富ケ谷でも奥まったところの高級住宅街にある。石垣をまわした広い邸《やしき》だった。

門の脇のインターホンを押して、用件を言うと、

「お坊ちゃんは、いらっしゃいませんが」

お手伝いらしい。

お手伝いでは話がわからないので、初男の母親を呼びだして、家の中の様子を探ろうと思った。

すると、母親が、

「ええーッ？　初男は会社に行ってないんですか？　うちにも二、三日、寄りついてないのよ。変ねぇ」

しきりに、首を傾げている。

三味線《しゃみせん》ではなく、本当に息子が会社を無断欠勤していることを知らなかったようである。

「初男ったら、一体どうしたのかしら。別荘で遊んででもいるのかしら」

「別荘って、どこですか？」

「十里木《じゅうりぎ》。御殿場《ごてんば》の先ですけどね。今年の夏、息子名義でひとつ、買ってあげたばかりのものがあるんですけどね」

龍太郎は、その別荘の所在地を聞きだし、黒沢家を失礼した。

母親は息子の不行跡を知らないようだったので、初男が他人の花嫁を誘拐した惧《おそ》れがあるということは、今のところはまだ伏せておいた。

いずれ事実が判明したら、断固とした措置を取らねばなるまい。

「おい、千亜紀。いよいよ黒沢初男が、誘拐犯だという公算が強くなってきたな。聡子をきっと、その別荘に連れ込んでいるに違いない！」

龍太郎の直観であった。

直観というよりは、もう確信に近かった。

「どうする？」

千亜紀が黒沢家の邸を出て、駅のほうに向かいながら、訊いた。

「おれたちもその別荘に行こう。御殿場なら車で一時間半もあれば、行けるよ。千亜紀も手伝ってくれ」

「ええ、いいわ。会社に戻って、車で出直しましょうよ」

「ああ、そうしよう」

2

午後二時、龍太郎と千亜紀はマイカーのスプリンターで東名高速に乗り、御殿場に向かった。

黒沢家の別荘はダケカンバの林の中にあった。

十里木別荘地である。富士の裾野《すその》にある。龍太郎たちが到着したのは、もう夕暮れ近くなっていて、富士山が赤かった。

管理事務所で訊いてきたので、黒沢初男名義の別荘はすぐにわかったのだが、意外にもそこには誰も生活している形跡はなかった。

「変だな」

無人の別荘の前で、龍太郎は首をひねった。

「カラ振りだったのかしら」

千亜紀も心配そうである。

「いや、そんなはずはない。黒沢はまだ都内のホテルに潜伏しているのかもしれないが」

当面は、ホテルに潜伏しているとしても、人眼のあるホテルで、聡子をそう長くカンヅメにしておけるわけがない。いずれ、この別荘に来るという確信が動かない。

聡子を略奪した黒沢の立場としては、日曜日の結婚式の日まで、どこかに監禁しておけば、渡辺との結婚は破談となり、おのずと聡子は自分と結婚するしかない状態になる。

そう考えて、それを黒沢は狙っていると思えた。

「よし、ここに張り込もう」

「え？　林の中で野宿？」

「ばか。そんなことをしたら、風邪をひく。といって、黒沢の別荘の中に入ってると、気づかれるかもしれない。そうだ、あの隣りの別荘に入って待機しよう」

「他人の別荘に？」

「いや、あれは分譲会社のモデルハウスなんだ。管理事務所には話をつけて、キーを借りてきているからね。あそこなら数日間、張り込むことができるよ」

二人はその別荘にはいった。

龍太郎は別荘の中を隅々まで見て回った。モデルハウスといっても、本格的な作りである。

一階にリビングとキッチンと寝室。二階にもゲストルームと思われる洋間が二つもある。

いずれも、壁際にはベッドがあった。二階の窓をあけると、黒沢の別荘はすぐ、眼と鼻の先にある。

「よし……この部屋がいいな。千亜紀、おれたちは、ここで寝よう」

千亜紀が入ってきて、

「わあ。お姫様の部屋みたい。すてき」

無邪気にはしゃいでいる。

たしかに、ベッドには華《はな》やかな掛布も毛布も枕もある。壁には鹿の角の銃架に、クラシックな猟銃のモデルガンが架けてあって、野性味たっぷりな中にも、童話の部屋のようである。

龍太郎は窓から外の夕景色を見はじめた千亜紀の後ろにまわって、そっと抱いた。

千亜紀はびくっと身体をふるわせ、

「ああ、いけないわ。聡子を救いだしに来ているというのに」

「むこうが現われるまで、こちらは長期戦だよ。なら、万事、自然体がいい」

龍太郎はゆっくりと乳房を揉んだ。千亜紀がくるっとむき直り、唇を合わせてきた。

窓際で接吻した。

龍太郎の腕の中で、千亜紀の若々しい身体が弾んでいる。合わさった身体の前面のいたるところが、響き合うような接吻となった。

「久しぶりだわ。龍太郎さんの匂い」

唇を離すと、千亜紀が言った。

「ずい分長い間、かまってくれなかったんだもの。もう男の人の味、忘れかけていたのよ」

「その若さで、何を言うんだ。どこかで浮気ばかりしてたくせに」

「それは龍太郎さんのほうでしょ。秋田からの寝台列車以来よ。今夜はしっかり取り返してやるから」

たしかに、千亜紀とは寝台ホテル以来だったかな。龍太郎もそれだけにカバーガールの千亜紀がひどく新鮮に感じられて、手は早くも千亜紀の散歩道を思いだしながら、活躍しだしている。千亜紀はボディコンのスーツを着ていた。スカートの下の臀部《でんぶ》ははずみ、太腿もむっちりしている。

抱いたまま脇のファスナーをおろして、手を侵入させた。

龍太郎の右手はすぐに、パンティーに触れた。

布地の上から秘裂を押すと、じわっと濡れはじめて、沁《し》みだすのがわかった。

「ああん……そんなところから手を入れて……お行儀がわるいわ」

千亜紀は文句を言った。

でも敏感そうに、喘《あえ》いでいる。そうなると、じかに触れたくなる。龍太郎は布切れの端を片寄せて指を入れ、女性自身をさぐった。

「ああん……見張るんでしょう……まだ不行跡するの、早いわよう」

千亜紀の顎があがった。

喘ぐその唇を吸った。

キスされながら、秘部に躍る指の感触に、千亜紀は苦しそうに悶《もだ》えて、酔ったような表情になっていた。

女性自身からあふれはじめた愛液が、龍太郎の手につたわって、太腿へと流れてゆく惧れさえもあった。

「ああ……もうだめ。足がだるくなってきたわ。どうせするのなら、早くやって」

龍太郎は、支離滅裂なことを言う千亜紀をベッドに運んだ。

押し伏せてすぐ、着衣を脱がせた。下着もみんな取ると、雪のように白い乳房が現われた。

荒々しく顔を伏せて、そこを吸いにゆく。千亜紀の乳首は桃色できれいだった。まだそんなには、男に吸われていないみたいな新鮮さを、今日も保っている。

「熟れはじめた苺《いちご》みたい。食べられそう」

「たべて……たべて……いっぱいたべて」

龍太郎は苺を口に含み、吸いたてた。ストロベリークリームのように甘酸っぱい匂いがした。

ひとしきり、乳首を吸いながら、乳房を可愛がったあと、龍太郎は千亜紀の全身に唇を移していった。ハーブのような香草の香りが匂いたってくる。

恥丘をおおった性毛は、まだパンティーに押しつけられた形になびいていた。そこの香りの下に、熱い泉が待ちわびている。

たしかに、千亜紀は待ちわびていた。

千亜紀の女性自身もそうである。龍太郎の舌が熱い流れをすくうと、溶けだしたバターのような味覚が触れて、彼女の腰がぴくん、と跳《は》ねた。

風呂に入っていないので、恥毛から汗や、アポクリン腺液の香りが匂いたつ。龍太郎はその香ばしいコーヒー豆を焙《あぶ》るような匂いを嫌いではなかった。

香草の下の肉芽に舌戯を見舞い、さらに何度か、クレバスに浸して、すくいあげる。

「いやあん……感じちゃう」

千亜紀は鼻声を鳴らして、腰を甘美にゆらめかせつづける。

「……バス使ってないので、匂うでしょう。恥ずかしいわ、そんなこと、やめて」

むろん、龍太郎も到着早々なので、口唇愛に熱中するつもりはない。軽くクンニでご挨拶……といった気分だった。

「さ、千亜紀。ぼくも脱ぐからね。風邪をひかないように、毛布をかけなさい」

千亜紀はもう脱がせていたが、龍太郎はまだ脱いではいなかったのである。

脱いでベッドに入ると、千亜紀が、突然、妙なことを言った。

「龍太郎さん、見せて」

「え？」

「私ね、男の人のお道具、見たことないの。一度、ゆっくり見たいと思ってたのよ」

「誘拐された花嫁の探索中だぜ。そういうことって、不謹慎じゃないのか」

「あら、やるのはいいけど、見るのは不謹慎だなんて、理屈にならないわ。それに、隣りの別荘に黒沢たちが現われるまで、私たち、この別荘の若夫婦として、さりげなく愛情生活を続けてなくちゃ、いけないんでしょ」

「ま、それはそうだけどね」

「新婚夫婦なら、きっといろんなことやるわよ。お互いの見せっことかさあ。——ね、見せて」

千亜紀は、意外に強情っぱりである。

その表情には、うっすらとした欲情の焔《ほむら》と、好奇心と、羞恥《しゅうち》の色が刷《は》かれている。

「じゃ、見ていいよ。その代わり、S席のチケット代は高くつくからな」

「あら、男性のお道具見るのに、スペシャル席のチケットというのがあるの？」

「ぼくのは特大サイズだから、かぶりつきで見るのは、ヒジョーに高いんだよ」

「なーんとか言っちゃって……講釈はいいから、いいから」

千亜紀は相手にしない。

龍太郎はとうとう、最後のブリーフを脱ぐと、仰むけになって下腹部を晒《さら》した。

龍太郎のタフボーイはもう、千亜紀の裸身に触れて、見ているだけで意欲凜々《りんりん》としている。

その高射角のものを眼にとめ、そっと手をのばしながら、

「ああ……素晴らしいわ」

千亜紀は瞳を輝かせ、生唾をごくん、と呑む音をたてた。

そっと握り込んでくる。

「歌の意味が、やっとわかったわ」

「え？　何のこと」

「山のあけびは何見て割れる……下のマッタケ見て割れる……っていう、あの歌の意味よ」

やはり郊外の雑木林の中に来たので、千亜紀は野性的な俗っぽい表現をした。

見ているだけではなく、指でタフボーイを握ったり、触ったりしている。

「ホント、どうしてこんなにマッタケに似てるのかしら。傘の部分が見事ね。つやつやと大きく広がっていて、この部分で女性を泣かすのね。きっと」

「そうだと思うよ。きっと」

「核の傘というけど、マッタケの傘のほうが平和的で、しびれるわね。この見事なもので、何人ぐらい、女を泣かせてきたの？」

「数えたこともないよ」

「自分の手を使って、愛してくれる？」

「男のオナニーをやれって、いうのかい？」

「ええ、それって、興奮するの。でも見たことないのよ。私って、カバーガールとして、オナペットにされている、という話、よく聞くのよ。でも肝心の私ったら、男の人がオナるってこと、どういうことだか、知らないのよ。ねえ、見せて」

千亜紀のやつも、ひどいことを言う。

龍太郎は今、自家発電しなくても、女性には不自由してはいない。だが、あればっかりは、女性と交わることとは別個の、独立した雄の、快美圏であるという理論もある。

既婚男性でも、一生、あれをやめない人がほとんどであることをみても、それは肯《うなず》ける。

ともあれ、千亜紀は見たいという。彼女にはいつぞや寝台特急で無理難題を吹っかけたこともある。

（よし、後学のために、やってやろう）

龍太郎は肚《はら》をくくると、仰むけになったまま、ステージで男性ライブショーでもやるように、雄渾《ゆうこん》なものに右手をあてて、悠然としごきはじめた。

かたわら、左手を千亜紀の股間にのばして、秘所をさぐりにいった。

「まあ、そんなふうにしてやるの。何だか、宗教儀式を見ているようだわ」

たしかに、男性の行事は雑念をすてて、崇高《すうこう》で高邁《こうまい》な性的イメージに集中しなければ、完遂《かんすい》できない。それはまさに、男の孤独な作業であり、宗教儀式といっていいくらい、唸《うな》りと祈りと羞恥にみちた秘儀である。

「ああ……あたしも感じてきちゃったわ」

千亜紀がもぞもぞとヒップをうごめかせてきたのは、龍太郎の指が秘所に分け入って、そこを愛撫しはじめたからである。

千亜紀はもうしっかり、濡れはじめていた。ぬらつきが指につたわり、その指がクレバスに分け入るたび、

「あっ……あっ……だめよ」

龍太郎の秘儀を見ているどころではなくなったようである。

「ねぇ、外に出さないで。もったいないわ。早く私の中に、入れてちょうだい」

龍太郎もお預けをくっていた分、猛《たけ》りを孕《はら》んだまま、姿勢をたて直すと、勢いよく千亜紀の中に突き進んでいった。

それはまさに突き進む、という感じで、おさめにゆく、なんてものじゃない。

花びらを割って、タフボーイが半ばまで没入するにつれ、

「ひーッ」

と、千亜紀がのけぞって、悲鳴に似た声をあげたくらいである。

龍太郎もこれぐらい、一直線に突き進んだのは、珍しい。誘拐された花嫁を追って、別荘にたてこもっている、という異常な状況が、そういう気分をもたらしているのだろうか。

それは千亜紀も、同じであった。これぐらいキョーレツなファックを、千亜紀も求めていたようで、今まで視覚に残像を結んでいる龍太郎の男性の巨根が、今や自分の胎内におさまってき

た、ということ自体に、いたく感動しているふしもあった。

「ああーん、きついわあ」

ともあれ、合体した。

龍太郎は半ばまで埋もれていたタフボーイを、さらにゆるゆると、奥まで到着させた。

たちまち、柔らかいフリルが、龍太郎の男性自身を根元まで押し包み、千亜紀が弓反りになった。

「あーっ」

と、両手でシーツを摑んで、至福の声をあげる。

龍太郎はゆっくりと抽送をはじめた。

「ああ」

千亜紀は眼を閉じて、脚を絡めてきた。

唇が半ば開いて、あえやかな喘ぎを洩らしつづけていた。うっとりと閉じられた瞼《まぶた》と睫毛《まつげ》のあたりが、薄桃色に染まって、時折、ぴくぴくと波打って、痙攣《けいれん》していた。

その痙攣は、千亜紀の身体の深いところからも発していた。龍太郎の男性自身を容《い》れた膣の奥が、時折、きゅっきゅっと収縮して、うねうねと奥へくわえこもうとするのである。

もともとカバーガール千亜紀の蜜口は、小さいようだ。これればかりは、大きいよりは小さいほうがいい。そうして男は、小さいよりは大きいほうがいい。こういう反比例で和合が成立する真理というのは、男女のセックス以外、およそ世の中に他にはないと思える。

そんなことを考える間に、

「ああっ……」

千亜紀の声が一層かすれ気味になり、腰をよじった。打ちつけたりもする。繋《つな》がれた部分に、自分の存在感のすべてを移し込み、密着させようとするような熱意があった。

それと同時に、ぐぐーっと、千亜紀の中から、タフボーイを迎えるためにせりだしてきた瘤《こぶ》が感じられた。

(いよいよ、あれだな)

と思ううちにも、千亜紀の奥のほうで、子宮がこつんと当たった。

龍太郎は結ばれたままの女体の奥で、うねくるその軟体動物のような熱いものの塊《かたま》りに、野太い先端をつよく押し当ててみた。

こつん、とまた押し返すような反応がきて、宝冠部がきゅと、柔肉に摑《つか》まれ、

「ああん、感じるっ」

千亜紀は美しく弾ぜて、のけぞった。

「龍太郎さんの、長いわ」

恥ずかしそうに、そう言った。

こつん、と当たったものは、千亜紀の子宮頸管であり、そこを直撃されると、脳天まで響いて狂いそうになる、と千亜紀はかねがね、洩らしていたのであった。

千亜紀はどちらかというと、可憐《かれん》な女である。それなのに、こつん、と当たる印象は、実に女臭い。もっとも、千亜紀の身体は、膣孔がやや浅いのかもしれない。

通路が浅い女性は、タフボーイが奥壁に衝突する感じがよくわかる。それを痛がって、好まな

い女性もいるし、その鈍い衝突感こそ、最高にたまらない、という女性もいる。

いわゆる「胃袋まで押しあげられる感じ」というやつであり、「子宮が響く」というものである。

千亜紀に限らず、女体の構造として、誰しもが程度の差こそあれ、エクスタシーが近づくと、ぐぐぐッと子宮頸がせりだしてきて、男性自身を迎えうつ姿勢をみせる。

精液を吸いとるためだ。

だがそれには、個人差がある。千亜紀はその傾向がひどく強いたちらしく、まだ峠への傾斜をのぼりつめない前から、

「きたわ……来たわ」

ほらほら——、
自分で、そう言う。

「ああっ……衝突するっ」

こつん……ぐるぐるっ。

うねくるものが、はっきりわかる。

「龍太郎さんのって、ホント、長いのよう。どうしてこんなに、当たるのう」

そう言って、賑《にぎ》わいたつのであった。

そういう時、龍太郎のものを容れた径《みち》のいたるところに蔦《つた》のようなものが這っていて、その柔らかいつるで、男根を絞ってくる、という具合であった。

それを千亜紀が、意識してやっているというわけではない。欲望の括約筋が、勝手にうれしが

って、賑わいたっている、という感じだった。

（ほほう。これほどの名器ぶり、久しぶりに味わうな。千亜紀も今日は気が昂《たか》ぶっていたのかもしれない）

龍太郎はそう思った。名器というのは、必ずしも固定されたものではない。「持ちもの」それ自体を言うこともあれば、時と場所と相性や気分によって、女性の性器や感覚が、千変万化《せんぺんばんか》した結果、最高の情況をもたらす現象をも、含まれるのである。

ふだんはそれほどの名器とは思わない女性でも、時によっては、物凄い名器に変貌することもある。

今、千亜紀がまさにそれであった。龍太郎は弾けそうになって、必死で我慢した。

千亜紀の持ちものが、今夜は特別に名器ぶりをみせている。蔦うねくり、といっていいほど、奥から瘤がせりだし、周囲のつるにつよく絡みつかれて、龍太郎は今や昇天しそうになっていた。

3

（これじゃ、たまんないぞ）

何とかしなければ、と龍太郎は焦って、考えた。あまりにも呆気《あっけ》なく終わるのは、男のコケンにかかわる気がするのである。

そうだ、正常位だから、千亜紀は腰に力を入れやすいのかもしれない、と思った。

少し不自由にしてやろう。身体をよじってみたら、どうだろう。

思いついたら、すぐにやるほうである。龍太郎は千亜紀の片足だけを肩にかついで、女体をねじるようにして、抽送してみた。

「ああん……そんなことされたら、もっと響くわ」

どうやら、逆効果のようである。

身体をねじっている分、千亜紀のほうも変なところに当たるのである。

しかし、こういう逆効果ならうれしいものだ。龍太郎のほうもいったん動いて、位置を修正したことで、危《あや》うくなっていた射精感はほんの少し、遠のいたようだ。

それで龍太郎はまた動きだした。このやり方だと、龍太郎のほうが主導権をとって、自由自在に動くことができるし、角度が冴《さ》える。

龍太郎は片膝立ちだ。あわや抜けそうになる寸前まで引いておいて、それから、腰を叩きつけるように一気にぶつけた。

根元まで没入したのである。

ズキューンと、子宮底にぶつかる具合であった。

いささか、ハードであった。

それを繰り返すたび、

「わあーッ」

千亜紀は脳天へ抜けるような声をあげて、シーツをわし摑みにして、呻いた。

軟体動物がうねくるような感覚が、そうしている間も、龍太郎の宝冠部にひっきりなしに訪れている。何度か抽送を続けているうち、龍太郎はまたもや弾けそうになった。

「いきそうだけど、中出し、よかったのかね」

「いいわ。いらっしゃい」

「予防具つけてないけど」

「ええ、大丈夫よ。あたし、ピル飲んでいるから」

（おやおや……ピル使っているなんて、千亜紀って、案外なんだな）

ともあれ、それで安心して、龍太郎はフィニッシュに向かった。動きやすいようにするために、正常位に戻った。

千亜紀がしっかり両脚を絡みつけてくる。龍太郎の動きに合わせ、腰を左右にせりあげてきた。龍太郎は腰を使いながら乳房を揉み、耳の穴を舌で襲撃しにいった。

「わあッ」

耳孔に舌を鋭く見舞われ、女体がふるえた。

龍太郎は耳朶《じだ》をねぶりながら、千亜紀の深奥《しんおく》に、エネルギーを叩き込み続けた。

「あっ……あっ……だめよ……いっちゃう」

千亜紀の声が、火をまとったようになる。

ゴールはもう間近だった。龍太郎はダッシュをかけた。そうして、やがて爆発した。

（お隣り、まだかな……？）

龍太郎はベッドからのびあがって、窓越しに隣りの別荘を見た。

外はもう夜になっている。雑木林をすかして、至近距離にある黒沢初男の別荘は、まだまっ暗で、電気がついてはいなかった。

(今夜まで、来ないのだろうか。いや、そんなはずはない。今夜か明日中には、必ず、黒沢は聡子をつれて現われるはずだ)

龍太郎の確信は、もう動かなかった。

龍太郎はベッドから起きあがり、冷蔵庫をあけて、缶ビールを取りだした。たった今、千亜紀と到着早々の熱烈情事をすませたばかりなので、喉《のど》がカラカラなのである。

階下の浴室のほうから、

「もう少しでお風呂、いっぱいになるわよー。もうちょっと待っててね」

千亜紀が明るい声で言った。

千亜紀は情事のあと、一人でシャワーを浴びながら、バスタブに湯を立ててくれているらしかった。

(それにしても)

と龍太郎は窓から外を見ながら、誘拐された聡子のことが心配になっていた。

(聡子は、大丈夫だろうか？　身の危険はないだろうか……？)

星明かりに照らされた雑木林を見ながら、龍太郎は事件のことを考えた。

誘拐された江田聡子と、婚約者渡辺信彦の結婚式は、今週の日曜日である。あと三日しかない。

聡子を誘拐したと思われる黒沢初男は、聡子とは不動産会社で社内情事として付き合っていたが、聡子に別れ話を切りだされ、逆上したのに違いない。聡子が別の男と結婚するときいて、猛烈な嫉妬心と、未練心が湧き、独占したかったのに違いない。

だから彼は、聡子が帰宅するところで声をかけ、車に乗せてどこかに連れ去ったのに違いなかった。不動産会社の社長の息子で、ふだんからわがままで、金さえ出せば世の中、どうにでもなると考えるタイプで、聡子に対しても「おれの女だ」と言って、力づくで従わせようとしているのかもしれなかった。

龍太郎が考えるところ、黒沢としたら、三日後に迫った結婚式まで、どこかに聡子を監禁しておいて、聡子の結婚式をぶち壊し、不成立にすることが狙いだと思える。

はじめは都内のホテルあたりに連れ込んだにしろ、あるいは車に乗せたまま、どこかのガレージに隠しているにしろ、それでは聡子の食事や、生理的欲求の度《たび》に、人目につく。

それなら、富士の裾野にこんなすてきな別荘をもっているのだから、いずれ黒沢はここを隠れ場にするはずである。

結婚式の日から逆算して、今夜か明日中にも、黒沢は聡子を強引に車に乗せて、ここに来るはずだ、と龍太郎はそう読んでいるのであった。

（それまで、持久戦だな）

龍太郎が、そう呟いた時、

「お風呂、沸いたわよー」

千亜紀の声が階下から響いてきた。

「いま行くよ」

声をかけておいて、龍太郎は階段を降りて、浴室に向かった。

浴室は、東側にあった。ドアをあけると、千亜紀がシャワーを浴びている湯音が響いた。

龍太郎は脱いで、タオルを持ってガラス戸をあけた。

龍太郎はバスタブの外で湯を使い、浴槽に入った。後ろ向きになってシャワーを浴びている千亜紀の背中の線が、すっきりしていて、美しかった。

「黒沢たち、まだ来ないの？」

千亜紀が訊いた。

「ああ、まだ来ないね。今のところ」

「私たち、どうするの？」

「この別荘に泊まるしかあるまいな。ぼくの勘ではあしたあたり、必ず来そうな気がするから。もう少しの辛抱だ」

「あら、龍太郎さんと泊まれるんなら、うれしいわ。同じベッドで朝を迎えるなんて、めったにないことだもの」

「あまり弾むんじゃないよ。今は非常時だぞ」

「あ、そうか。誘拐された聡子に悪いわね。でも、会社はどうする？」

「明朝、電話をするよ」

「そうね。会社より今は聡子を救出することのほうが一大事だもんね」

そう言って、千亜紀がシャワーを終えて、バスタブのほうに歩いてくる。

千亜紀はタオルで前を隠そうとはしない。肌は薄紅色に染まって、上気している。

下腹部の濡れそぼった毛叢《けむら》から、しずくが湯糸をひいて、したたっている。

龍太郎はその眺めにいたくそそられ、

「たった今、海から引きあげたばかりの海藻が、デルタに貼りついて、しずくをたらしているような眺めだな……」

そういう観察報告をした。

「え？　何が？」

（わりと鈍感）

「千亜紀のあそこ」

「やーだ、海藻だなんて」

千亜紀があわてて、タオルで前を隠す。

「マヨネーズをかけた海藻サラダよりはいいだろう」

「どっちみち、表現が悪趣味よ。あっち向いてて」

千亜紀は、怒ったように言って、バスタブに入ってきた。龍太郎は、入りやすいよう、位置をずらしてやった。

「あー、いいお湯。龍太郎さんと別荘で一夜を明かすなんて、夢みたいだわ」

千亜紀は本当にいい気分のようである。

それに湯加減もいい。これが、誘拐犯を追いかけての追跡旅行でなければどんなに寛《くつろ》ぐことだろう、と思いながら、龍太郎は千亜紀の乳房に手をやった。

ゆっくりと揉む。

「あん」

千亜紀が弾けて、仕返ししてやるから、と龍太郎のタフボーイを摑みにきた。

「あら、可愛想」

龍太郎のものは、聡子をどうやって救出するかを考えていたので、いささかおとなしくなっていた。

「千亜紀はこういうの、嫌いかね」

「嫌いじゃないわ。かわゆーいって感じ。でも、掌《てのひら》の中で少し動くわ」

「うん。少しはサマになってきただろう」

「あ、わかった。生立ちっていうのね。こういうの」

もともと男性の尊厳は、尊厳といいながら海綿体に血液が躍動し、みなぎりわたって初めてサマになるわけで、少しでも考えごとをしていると、血液は頭に集まるので、そちらのほうがお留守になるのである。

男はよく、若い盛りであっても、憧《あこが》れすぎていた女性といざという段になった時、不如意《ふにょい》のまま終わる、ということがある。

これなどはまさに、「頭に血がのぼった状態」、つまり精神的に満足しきって、頭で緊張しすぎているために、肝心のところには血液がまわってゆかないための失敗である。

そんな時は予《あらかじ》め、「きみを愛しすぎているから、もしかしたら今夜はダメかもしれない。二回目からは大丈夫だからね。そのつもりでいてほしい」と、念を押しておくと、「何が何でも……」と焦る必要がなくて、案外、堂々と貫通することができるものである。

さて、龍太郎が意識を眼の前に揺れる千亜紀の女体のほうに戻した時、局所にも千亜紀の愛撫を受けていたので、生立ちのものはもう少し形をなしてきたらしい。

「あら、正直。お元気になって、うれしいわ。ね、ここに坐って。もっと元気にしてあげるから」

千亜紀が、龍太郎にバスタブの縁《ふち》に坐るよう促した。

龍太郎はリクエストに応じて、バスタブの縁に坐った。千亜紀がその股間に身体の位置をとり、両手で捧げもって、そっと口を寄せてくる。

生立ちのものはじきに甘い蜜に包まれた。宝冠部を含まれ、ねっとりと舐められる。千亜紀は口のなか一杯に、甘い飴玉でも頬張って、味わっている気分であろうか。

それから顔をスライドさせてきた。

白い手をシャフトにあて、毛むらまで撫でおろしたりしながら、口の中で出没運動をさせる。ふだん、若者たちのオナペットになっているカバーガールの千亜紀が、いま文字どおり、龍太郎に口中射精させんばかりにがんばってくれている姿は、その美しい顔ともども、エッチながらも感動的で龍太郎はたちまち、いやがうえにも硬化膨張した。

「あーら、すてき」

「きみこそ、すてきだよ。とても上手だよ」

「ね、お風呂で入れてみようか」

千亜紀が、おねだりするように言う。

「よし、このまま立ってごらん。千亜紀をここで、立ち割りしてみよう」

「わ、ホント？」

「きみが言いだしたんだよ。やってみようよ」

龍太郎は千亜紀をバスタブの中で立たせ、片脚を浴槽の縁にあげさせた。それだとずい分の角度で開脚されるので立ったままでも対面立位がとれる。

龍太郎は片手で千亜紀を抱き、片手は高射角のタフボーイにそえて、千亜紀の濡れあふれている女芯にあてがった。

最初は腰を少し下から上へ持ち上げるような恰好で、とば口を結合する。

「ああ」

千亜紀の身体がゆらめいた。

「ぼくにしっかりつかまってなさい。間違っても倒れるんじゃないよ」

龍太郎は一気に、下から突きあげた。

「あうっ」

タフボーイが進み、深々と結合が完了した刹那《せつな》、千亜紀の白い首が反った。

千亜紀の女芯はもう濡れきっていた。龍太郎のタフボーイは蜜の中をかきまわすような具合に動き、腰をひねったり、ぶつけたりするだけで、膣洞をこねくることになった。

「ああん……裂けちゃいそう」

千亜紀が両手で首ったまにしがみついてくる。龍太郎はその身体を支えて、下から打ちつけるように抽送運動を加え、千亜紀の味覚を新鮮なものとした。

龍太郎はあまり激しい出没運動は加えない。また体位が体位だけに、それはできもしない。

この変形体位だと、おさめきって湯気の中で抱き合っているだけでも面白いし、幸福な気分になれるのである。

「ああん、蕩《とろ》けそう」

千亜紀もやがて、腰を弾ませて、小刻みながら膣洞におさまったものの往復運動を、楽しむようになった。

それから不意に顔を近づけ、接吻を求めてくる。

繋がったまま、二人は接吻をした。

ディープ・キスの途中、

「ね、ちょっと見せて」

千亜紀は上体を前に屈《かが》め、結合部をのぞき込んだ。右手で茂みをかき分けながら、男根が結合している部分を触ったり、挿入の具合を確かめたりして、言う。

「まあ、私たちったら、お風呂で恥ずかしいことをしてるのね」

女性でも視覚的効果は抜群なのだ。

結合部で、双方の毛むらが交わり合っている部分を見ていると、ぞくぞくと淫乱な気分になるのだと言った。

「千亜紀、このまま、いっちゃいたいわ」

「ああ、いけばいい。足は大丈夫？」

「うん、大丈夫よ。やって、やって」

何をやればいいのか見当がついたので、龍太郎は千亜紀の臀部を両手でむんずと摑み、それをヒップごと抱き寄せて打ちつけるように、腰を躍らせた。途中から乳房への濃密接吻を加えていたので、タフボーイが膣洞をこねくりまわすにつれ、

「あうっ……あああん……千亜紀、いっちゃうよう」

千亜紀はとうとう登りつめ、湯気の中で昇天した。

その夜、龍太郎は風呂からあがってベッドに戻ると、千亜紀との二度にわたる交合のせいか、バタンキューで眠ってしまったようである。

見張っていた別荘には、これという変化はなかったし、風呂での変形体位の力戦奮闘はさすがにこたえたらしく、缶ビール一本を飲んだところで、ちょうどきれいにデキあがって、眠くなってしまったのである。

おかげで、本番を期待して寝室に戻ってきたらしい千亜紀が、ぶつくさ言っていたのを覚えている。

朝方、下半身があじさいの花に包まれているような甘い感覚を覚えて、眼を覚ました。甘い蜜に包まれるような感覚は、まだつづいている。

（おや……！）

龍太郎が半身を起こしてみると、驚くべきことに千亜紀が股間に顔を伏せて、彼のものを口に含んでくれていたのである。

（やるなあ、千亜紀ったら）

（そういえば、ゆうべはオレ、お先に失礼しちゃったんだったな……）

「千亜紀、もう眼を覚ましてたのか？」

「あら、起きてたの、もないよ。そんなことやられたら、起こされちゃうに決まってるじゃないか」

「あ、ホント。ここも立派に起きてきちゃったようね」

千亜紀はかねがね、男性の朝立ちという現象を見たい、と言っていたのを覚えている。セックスの知りはじめ、という時期は、異性に関して何でもかでも、知りたくてたまらない時期であるらしい。

今や龍太郎のものは最硬度にみなぎっていて、朝立ちそのものであった。それを指に包んで、しげしげと見つめて、

「夜よりも、ずっと大きいみたい」

また、口に含んでくる。

熱心なその姿は淫《みだ》らというよりは、何とも可愛いらしい探求者の感じでさえある。

痩《や》せの助平、というが、千亜紀も案外、そのタイプかもしれない。さほどバイタリティーがありそうにも見えない細っそりした身体つきなのに、千亜紀は、あくことを知らずに男を求めてくる。そのうえ、男を知りはじめて半年ぐらいのところなので、すべてが面白くてたまらない、というところだろうか。

ひとしきり、フェラチオをふるまわれ、龍太郎も意欲満々。ゆうべは到着早々にベッドで一回、抜いたが、風呂での立位では発射してはいないので、体奥から充《み》ちてくる荒々しい潮を感じて、

「千亜紀、もういいよ。さあ、こっちへおいで」

正常位で押し伏せると、龍太郎はたちまち、女体を広げて、挿入しにいった。

「あ、ひどく感じるわ」

「そうだよ。朝、眼ざめたばかりできみの生理や肉体がピチピチしているからだよ。一日の疲れも、雑念もないからね」

龍太郎はその寝起きの、新鮮な女体に向かって、みっしりと励んだ。

人間にとって一日のうちで一番、充実したセックスを営《いとな》める時間はいつか、と聞かれたら、それは朝、眼ざめたばかりの時だ、と龍太郎はかねがね、そう答えている。

朝立ち、という現象は、偶然ではない。ひと晩、ぐっすり眠って前日の疲れがとれ、体力も気力もあふれている時なので、生理的にも感覚的にも、本当は朝が一番、セックスにはむいているのである。

しかし、サラリーマンにとっては、これから一日の仕事がはじまる。そう思うと、早朝から体力をあまり消耗したくはないし、気分も、いざ会社へという戦闘意欲や、いやな上司の顔を思いだしたりして、女どころではない、という悲しい習性がある。

それにもう一つは、男が女と寝る場合はたいてい、アフター・ファイブにまず女とデートをして、食事や酒のつづきにベッドイン、という回路があるため、どうしてもサラリーマンのセックスは、夫婦のそれをも含めて、夜になりがちである。

この一日の回路が必要ない時、そうしてこれから出勤というプレッシャーのない時、傍に女体があって一緒に眼ざめたら、絶対に朝のセックスが一番だ、と龍太郎は思っている。

さて、濡れあふれた千亜紀の膣洞に、充実しきったタフボーイをストレートにぶち込んで励んでいた龍太郎は、体調も抜群だったせいか、たちまち千亜紀を昇天させ、

「あッあッ……もうだめよ……目まいがしそう……死にそうッ」

と、暴れさせている。それを見ているうちに、龍太郎もたちまち、ダイナミックな爆発圏に近づき、

「千亜紀、おれも駄目だ。行くぞーッ」

とうとう一緒に爆発してしまった。

「あー凄い。嵐みたいで、腰が立たなくなったわ」

千亜紀はもう完全にノビてしまっていた。

「おい……そこの……」

と言って枕許のティッシュを取りあげて中腰になって拭《ふ》こうとした時、何気なく窓外を見た龍太郎は、

「あっ」

と、声をあげた。

隣りの別荘の前に、駐《と》められている車を発見したのである。

「おい。千亜紀、起きろ。黒沢が来てるぞ」

「えッ？ ホント？」

千亜紀がはね起きた。

本当はセックスに夢中になったりしている場合ではなかったのである。

4

待ち伏せていた隣りの別荘に、とうとう誘拐犯、黒沢初男が江田聡子をつれて、夜中のうちに到着していた様子が窺《うかが》えるのである。

龍太郎は急いで拭いて、衣服を身につけながら、

「あの車に見憶えないか」

千亜紀が窓から、隣りの別荘の表に駐められている車を観察した。

「微《かす》かに見憶えがあるけど、ここからではよくわかんないわ」

「よし、ちょっと確認してくる」

龍太郎は一階に降りて、外に飛びだした。

雑木林に、朝靄《もや》が流れている。ゆうべ、少し雨が降ったようで、地面が濡れていた。

隣りの別荘に近づいて、車を確認した。品川ナンバーのベンツ一九〇E型である。

(ふつうの若者が乗れるような車じゃないな。やはり、不動産会社の社長御曹子、黒沢初男だからこそ、乗れる車だろう)

地面をよく見ると、車の駐められている位置から、別荘の入り口に二つの足跡が乱れて、つづいている。地面が雨で濡れているので、足跡はクッキリしているのである。一つは男のふつうの皮靴だが、もう一つは女性のハイヒールと思える靴跡であり、しかもそのハイヒールの足跡は、男にひきずられながら歩いている、という状態を物語る乱れ方をしていた。

（もう間違いないな。昨夜半、黒沢は車でここまで聡子を運び、いやがる聡子を無理矢理、別荘の中に連れ込んだのに違いない）

しかし、別荘はシーンとしている。聡子が悲鳴をあげたり、暴れているふうでもない。

（泣き疲れて、寝入っているのだろうか。それとも黒沢にいたぶられすぎて、疲れはてて声もないのだろうか）

念のため、別荘の入り口を確かめてみたが、表には鍵がかかっていた。二階の寝室と思えるあたりにカーテンが半分だけあいていて、人が寝ている気配がある。

（よし、今日から聡子の挙式当日をやりすごすまで、黒沢はここに聡子を監禁して、たてこもるつもりだな）

龍太郎はそう判断した。

それなら、そう急ぐこともないが、聡子の婚約者の渡辺信彦も心配していることだろうから、今日の午前中に踏み込んで、聡子を奪還したほうがいいかもしれない。

龍太郎はそう考えながら、自分たちの別荘に戻った。

「どうだった？」

千亜紀が心配そうに訊いた。

「間違いない。黒沢は自分の別荘に聡子をひきずり込んでいるようだ。きみ、聡子の婚約者の渡辺君の電話番号、知っているかい？」

「あっ、知っているわ。聡子に聞いてたから」

「教えてくれ。すぐ連絡を取りたい」

「どうするの？　警察に知らせるの？」

「いや、警察に突き出すのは、あとでいいだろう。その前に渡辺君と踏み込んで、聡子さんを無事、奪還するよ」

龍太郎はリビングの電話を取りあげ、千亜紀のメモを見ながら、東京・三鷹に住む渡辺信彦のマンションにプッシュした。

腕時計を見ると、七時である。

早朝すぎるかもしれないが、出勤前に渡辺をつかまえといたほうがいい。

何度か信号音が鳴ったあと、

「はい、渡辺ですが」

やっと受話器が取りあげられたので、龍太郎はできるだけ平静な声で、探していた江田聡子が見つかったことを告げた。

「ええーッ？　本当ですか。どこです？　ぼく今すぐ行きます」

渡辺は弾んだ声をあげた。

龍太郎は現在地である御殿場の別荘の地理と情況を教え、待っているから車で来るよう指示した。

電話を置くと、

「千亜紀、決着をつける時が来たな。あと二時間以内に、彼はここに来るそうだ。その前に腹ごしらえしよう。昨日、車の中に買ってきたもの、何かあるだろう」

「あ、私も腹ペコ。ちょっと待っててね」

千亜紀は二十分もしないうちに、車から食料品を持ち込み、ありあわせの朝食を作った。

龍太郎はもりもりとそれを食べ、熱いインスタントコーヒーまで飲んで、

「ああ、これですっきりしたな。朝はどうもコーヒーを飲まないとね」

「頭がスッキリしたのは、モーニング・セックスをしたからでしょ」

「こいつ——」

それから二時間もしないうちに、渡辺信彦が車で駆けつけてきた。電話で簡単なことは告げていたが、窓から見える別荘を指さし、

「聡子さんに未練をもつ黒沢は今、あそこに彼女を連れ込んで、たてこもっています。あなたは聡子さんを救出する勇気がありますか」

龍太郎ははっきりと、そう訊いた。

一人の男が、一人の女を四日間も、連れ回していたのである。それ以前から、二人は関係もあったのだ。今、聡子がどのような状態であるかは、大人なら誰だって想像がつく。

その想像は、これから聡子と結婚しようという婚約者渡辺にとっては、耐えがたいことであるに違いなかった。

もし、聡子に対する渡辺の愛情が、他愛ないものであったり、浅いものなら、冗談じゃない、ということになる。

他の男に抱かれて、傷ものになった女を妻にするなんて、おれはご免だね、ということになる公算が大きい。

それならそれで仕方がない、と龍太郎は考えている。今、メンツだけで無理に結婚したところ

で、あとあとまでこの事件が尾を曳《ひ》き、どのみち夫婦生活はうまくゆくはずはない。

しかし、渡辺信彦が危険を省《かえり》みずに、あの別荘に飛び込んで聡子を奪い返す勇気を示し、自分こそ聡子を倖せにしてやる男だ、という愛情と根性を示せば、龍太郎は、彼の聡子への思いは本物だと判断するのである。

今度の一件も、かえって二人の愛情を深く結びつける結果になる、と判断して間違いないのである。

「え？　どうします？　聡子さんはもうあの男にくれてやりますか？」

龍太郎が、意地悪く聞くと、

「冗談じゃない。ぼくはあいつのような金持ちの息子じゃないけど、聡子を奪い返します。あんな卑劣な男には、委《まか》せられません」

渡辺は断固として、そう言った。

「よろしい」

龍太郎もその返事を待っていたのである。

「行きましょう」

二人は別荘に向かった。

龍太郎はチャイムを押した。

別荘はシーンとしていた。

三度目に押した時、

「朝っぱらから、誰？」

インターフォンに不機嫌そうな黒沢初男らしい男の、声が聞こえた。

「管理事務所の者です。デパートから荷物が届いております。ハンコをいただきたいのですが」

龍太郎がそう言うと、

「変だな。荷物って、何だい？」

「さあ、わかりかねますが、丸の内不動産からのとても高価なウイスキーケースのようですが」

取引業者からの付け届けを装うと、黒沢はやっと警戒心を解き、

「しょうがねえな。今、あけるから、待ってな」

スリッパの足音がして、ドアチェーンがはずされ、キーをあける音がした。そうしてドアが開き、

「ハンコはないが、サインでいいのかい」

無防備な顔が覗《のぞ》いた。

「はい、結構でございます」

龍太郎はデパートの配送品に似せたダンボールを、ドアの内側に運び込みながら、

「さて、聡子さんは、どちらでしょうかな？」

そう言ったものだから、

「なにィ？」

素頓狂《すっとんきょう》な顔になって、

「てめえー」

「聡子さんですよ。あんたが誘拐した江田聡子はどこに隠している！」

「て……てめえ、何者だッ！」

怒号が湧いて、黒沢が摑みかかってきた瞬間、龍太郎は反対にその右手を摑んで引き寄せざま、鳩尾《みぞおち》に数発のパンチを打ち込み、たてつづけに足払いをかけて、ズドーンと黒沢の巨体を土間にひっくり返していた。

出雲龍太郎も、色の道だけではなく、いざとなったら学生時代にやった柔道や空手を思いだして、そこそこ、決めることは決めるのである。

しかし、それほど強くはない。

相手が自分より弱いと判断できる場合だけ、実力行使に及ぶことにしている。

で……とりあえず、馬乗りになって黒沢を逃さず、

「渡辺君、今だ！　家探しして、聡子さんを探したまえ！」

表から飛び込んできた渡辺が、聡子の名前を呼びながら、奥の部屋へ駆け込んでいった。

そうしてほんの数分後、一階の奥の部屋にさるぐつわをかけられ、両手を後ろ手に縛られて転がされていた聡子を、発見した。

「大丈夫かッ！　聡子さんッ！」

渡辺が駆け寄って抱き起こし、さるぐつわをはずすと、

「あー、渡辺さん、ありがとう」

聡子は気丈にも涙ひとつ見せずに、渡辺に対して信頼の瞳を精一杯に見開き、そうして激しく抱きついていった。

挙式寸前に救出された花嫁は、翌々日、晴れやかなウエディングドレスを着て、平河町のホテ

ルの結婚式場のメーンテーブルに坐った。そっとうつむいて、はじめて感極まったように、眼尻から流れ落ちる涙を指の先で拭《ぬぐ》っていた。

11

絶頂請負人

1

結婚相談機関のコーディネーターを二年半もやっていれば、相手の服装や顔色を見ただけで、どんな職業の女で、どんなことを期待しているのか、大体は想像がつくようになる。

だが時には、まったく見当がつかない女というのもいる。

そういう女は、はなはだ応対に困る。

片桐絵美《かたぎりえみ》が、そうであった。

片桐絵美はばかに派手がましい恰好をして、相談室に現われたのだ。冬なのに黒のレザーコートを脱ぐと、半袖のすけすけブラウスであった。

しかもその腋《わき》の下から黒木香《くろきかおる》ばりの、ふさふさした毛を覗《のぞ》かせ、黒皮のミニスカートに、カトレア色のストッキングという肉感的なスタイルを決めている。

そのうえ、脚が長い。ソファに坐った時、ミニスカートの裾から、奥が丸見えなのである。

双脚は斜めに揃えて傾けていても、どうしてもミニスカートの奥が見える。パンティーも肉色の透明なものか。もしかしたら、それさえも着用には及ばず、カトレア色のパンストだけなのではないかと思うくらい、押しつけられた黒い茂みが、谷間の上辺、丘べにはっきりと見えるのである。

(むむっ……どういうつもりだっ)

龍太郎は、眼のやり場に困り、

「片桐様、おめでとうございます。挙式の日取りも、いよいよお決まりのようで」

それでも一応、精一杯、丁寧な言葉遣いでお祝いをのべたのは、この片桐絵美は東京ブライダルに入会して、半年間の涙ぐましい努力が実り、ついに相思相愛の花婿を見つけて、来月、結婚にゴールインすることになったからである。

だから、今頃はもう結婚準備に追われていて、交際機関の窓口に再び、のこのこ現われる必要もないと思われるのに、超ド派手なおめかしをして現われたので、龍太郎はその用件の意味するところを察しかねて、首をひねったのである。

（まさか、もう一人、男を見つけてくれというんじゃあるまいな……？）

恐る恐る、

「何か、ご相談でもあるのでしょうか」

そう訊くと、

「ええ、実は――」

意外にも絵美のほうが何となく、恥ずかしそうにもじもじとうつむいて、蚊の鳴くような声で、

「実は……あたくし……あのう」

言いにくそうである。

「何かご心配ごとがあるんでしたら、どうぞ遠慮なくおっしゃってください」

「はい。……それが……あたくし……もうすぐ結婚式をあげるというのに、まだ、何を……なにも知らないものですから、とても不安で」

「はあ。何を……なにも知らないとおっしゃるのでしょうか?」

普通に考えれば、こういう場合は、男性を知らないということになる。

でも絵美の雰囲気からは、とても処女とは思えないのである。

龍太郎はいつぞやの「六月の花嫁」東田珠美のことを思いだしながら、恐る恐る、

「何も知らないというのは、男性とのことですか?」

「はい。実はそのう……セックスのことでございます」

絵美はこの時ばかりは、近代女性らしく、ハッキリした言葉遣いで、セックスのことでございます、と言った。

「まさかあなた、処女というわけではないでしょうね」

グラマーな肢体。ルックスもいい熟女。見事なレザールックを決めた超ド派手な感じからいって、とても処女とは思えなかったので、龍太郎は正直にそう訊いたのである。

「はい。あたくし、バージンというわけではありませんが……」

また、蚊の鳴くような声になった。

(なるほど、それはそうであろう)

と、龍太郎は何となく、安心した。絵美が処女ではないという鑑定眼の正しさが証明されたからである。

「それで何も知らないとか、男性が不安だとかいうのは、要領を得ませんね。いったいどういうことでしょうね?」

「はぁ……うまく言えないんですけど……あたくし……実は……」

「ああ、わかりました。つまり、何ですか。処女ではないが、ちょっぴりしか挿入していない、とか、半分で痛くなって、やめたとかいう、そういうことでしょうか?」

「いいえ、違います。あたくし……男性はもう二十人以上も、経験してるんですけど……」

(二十人以上!)

龍太郎は仰天して、のけぞりそうになった。

「それでもまだ、あなたは何も知らないとおっしゃるのですか?」

「はい。あたくし、あれを知らないんです」

「あれって、何でございましょうか?」

「あれって、あれよ」

絵美は心持ち、悩ましそうな声になって、龍太郎に色眼を使った。

「あ、なるほど。絶頂感のことですか?」

龍太郎も問題の核心をやっと理解したのである。

「そうなんです。あたくし、エクスタシーというものを一度も経験したことがないんです。それで、ボーイフレンドからは不感症だとか、鉄骨女とか、つまらないとか言われて、振られてばかりいたんです。それで今度もし、結婚してハネムーンに旅立つのはいいんですけど、ハワイで鉄骨女だと言われて、あの人に嫌われて、成田離婚になりそうで、とても不安で、たまらないんです」

絵美はそう言って、悩ましそうに身をよじって、苦悩の根源を打ち明けたのであった。

だが、龍太郎の見るところ、片桐絵美はとても不感症のようには、見えない。

むしろ、好きそうで、情感たっぷりで、開発しだいでは、性的に目ざましい発展を遂《と》げる恵まれた体質のように思えるのである。

龍太郎は改めて、絵美の略歴や今の仕事のことを思い出した。

片桐絵美は当年二十六歳の一流会社の社長室秘書である。

当然、社会経験も深いし、熟女である。

そのうえ、会社勤めのかたわら、一時期、夜はクラブでアルバイトをしていた時期もある。そういうことから、男性との交際も結構、多かったようである。

現代の世相の中で、その年で二十人以上もの男性を知っている、ということが多いのか少ないのか、議論の分かれるところであろう。

しかし、交際した男が多いからといって、彼女の性生活が真に多彩で、豊かであったかどうかは、別問題である。

まして性の極致をきわめたかどうかは、およそ数には比例しない。

むしろ、浮気っぽい女は、不感症が多いといわれる。男を遍歴するたびに、失望し、もっといい世界があるはずだと、また新しい男へと巡礼するからである。

龍太郎の経験でも、ある程度、それは言える。片桐絵美も案外、そうしたタイプかもしれない。

それにしても、絵美はまだ未婚であり、これから結婚するのである。

何人もの男から、「おまえは不感症だ」「鉄骨女だ」と言われたショックは、さぞ大きかっただろうし、これからも尾を曳《ひ》くと思われる。

もしかしたら、彼女が心配するように「性格の不一致」という名の、「不感症離婚」も、あり得るかもしれないのである。

「なるほど、お気持ち、お察しします。お悩みのほどもわかりました。それで私に、どうしろとおっしゃるのでしょうか？」

龍太郎は、まっすぐ絵美を見て訊いた。

「はい。あたくし、いろいろな人から聞いたんですが、出雲龍太郎さんはその道の達人だと伺《うかが》いました。あたくしが本当に不感症であるかどうか。癒《なお》るものかどうか。絶頂感を獲得できるかどうか、それを検査してほしいのです」

「なるほど、検査ねえ。……でも、これぱっかりは、あそこに指をそろりと入れて膣圧を測るとか、リトマス試験紙を入れて反応をみるとかいう具合には参らないんですよ」

「はい。承知しております。あたくし、出雲さんに何もかも捧げますから、男性のお道具をしっかり入れて、検査してほしいんです」

絵美は恥ずかしそうに、そう言った。

その時になって初めて、龍太郎は彼女が超ミニの皮のスカートをはき、太腿むちむちとむきだしにして、とても刺激的で、挑発的な恰好をして相談室に現われた理由を、納得した。

(ド派手なようでも案外、気持ちは純情可憐。本当に不感症を心配して、夜も眠れないのかもしれない。その心情は、察するに余りあるというものだ)

龍太郎はそう考え、

「わかりました。検査してみましょう」

2

路地がうっすらと、雨に濡れていた。新宿のラブホテル街である。適当なところで片桐絵美の腰を抱き、

「ここにしよう」

龍太郎はすっと入った。

「あ、こんなところで？」

「専門館は、いやですか」

「いやじゃないけど、もう少し雰囲気のあるところを選んでくれるのかと思ったわ」

「選んでますよ、雰囲気をね。こういうことは、気取ったところより、俗っぽいところがいいんです。人間の汗と欲望とスペルマとバリトリ氏腺液の匂いが、むんむんするようなところがね」

龍太郎はわけのわからないことを言いながらフロントを入ると、絵美は逆《さか》らわずについてきた。

窓口でキーをもらって、エレベーターに乗った。

部屋は四階だった。

「おや、どうしたんですか。ふるえてるじゃないですか」

「あたくし、こんなところ、あまり入ったことないんです」

「うっそう。男は二十人以上も、知ってると言ってたくせに」

「あれは少し、オーバーなの。それにふだんはシティーホテルなんです。ベイ・シティーなんかの」

あ、なるほど、片桐絵美は丸の内の一流会社の社長秘書をしているというから、誘う男の人種が違うのかもしれない。

龍太郎はしかし、それならますます、いい場所を選んだと思った。気取ったところで、早漏男と、お上品なセックスをしてたんでは、不感症が治るはずはないではないか。

エレベーターを降りると、通路は薄暗い。周囲の部屋から、明らかにそれとわかる女の呻き声や喘ぎ声が微かに洩れていた。

「まあ、凄いわ。ジャングルに入ったみたい」

絵美が恥ずかしそうに言った。

でも心持ち、眼を輝かせて、興味津々《しんしん》という顔になっている。

「このラブホテルの名前、気づきましたか?」

「眼に入らなかったわ。とても恥ずかしくて、夢中で飛び込んだもの」

「人間関係っていうホテルなんですよ」

「え?　ホテル〈人間関係〉?」

「ええ、そう。ここで男と女は、人間関係を結ぶ、そのものズバリ。いいネーミングですね」

(人間なんて一皮むけば、みんなジャングルの動物みたいなものさ。それがカンケイを結ぶんだから、所詮、裸同士になるわけであって、気取ることもないじゃないか)

部屋に入るとドアを閉め、

言いながら、龍太郎は絵美を抱擁して、キスを見舞った。

はじめは硬かった身体のこわばりが、接吻がすすむにつれて溶けだしてきて、絵美は喘ぎながら、舌を絡めてきた。

「ああん……」

目まいがしそうな顔になって、しがみつく。

(あれれッ、ちっとも不感症っぽくないじゃないか)

龍太郎はいささか驚いた。

龍太郎の今夜の仕事の目的は、はっきりしている。片桐絵美が本当に不感症であるかどうかを確かめ、もし彼女が言うとおりなら、セックスにおける絶頂感なるものを、しっかりと教えて、前途への道を切り開いてやることである。

そのためには、あまり荒っぽくやってはいけない。そうかといって、お上品なやり方ばかりでは、前途に横たわる厚い壁は突破することができないかもしれない。

はじめはとことん、ナイトに徹して優しくふるまい、絵美の気分がほぐれて、燃えはじめたあたりから、攻めにはいって一気に、ワイルドにゆこう。

龍太郎はおおむね、そういう考えでいる。

「さあ、気分を楽にして、今、お風呂用意してくるからね」

龍太郎が浴室に入って、バスタブに湯を張りはじめたのも、乱れ籠《かご》の浴衣《ゆかた》やタオルをとりだして、用意してやったのも、そういう騎士道精神からである。

「すみません」

絵美は殊勝な返事をした。

「なに、言ってる。早く入んなさい。もしかしたら、あとで襲いにゆくから」

「わあ、恐いわ」

言いながらも、絵美は化粧室の鏡の前で、服を脱ぎはじめた。

「ここって、隠れるところがどこにもないのね」

寝室と浴室を仕切る壁もすけすけのガラス一枚。ベッドルームから見ると、大きな円窓越しに、浴室がまるでカプセル式の宇宙船を見るような具合である。

「見やしないから、安心して、あそこもちゃんと洗いなさいよ」

龍太郎は缶ビールを一本、飲んでから、風呂に入った。ちょうど、絵美がシャワーを浴びているところで、背中の線がきれいだった。

龍太郎は身体をさっと洗って、浴槽に入り、絵美のプロポーションを眺めた。

「不思議だなあ。あなたくらい、いい身体をしてれば、不感症なんて、あり得ないよ。これ、マジな質問だけど、男性経験の時、まるっきり、というわけじゃないんでしょう？」

「……？」

シャワーを止めてから絵美に訊いた。

「あのね、最後の絶頂感はなくても、なんとなくそれなりに、いい気持ちはあるんでしょう？」

「ああ……男の人とやってる時のことね……ええそれはまあ」

絵美はタオルで前を隠して、浴槽のほうに歩いて来ながら、こくんと肯《うなず》いた。

「あ、これかなっていう感じのものは、あるんです。でもいつもそこまでで、それ以上は進まないので、じれったくて……」

「それじゃ、不感症じゃない。冷感症でもない。大丈夫ですよ」

「ホント？　大丈夫でしょうか？」

「まあ、安心して出雲の神様にまかせなさい。さ、こっちに入って」

龍太郎が身体をずらすと、絵美はバスタブの中に入ってきた。

でも、正面から顔を合わせるのは、恥ずかしそう。それなら、いい方法がある。

龍太郎は、浴槽の中で彼女をくるっと後ろ向きにさせて、後ろから抱いた。

「これなら、顔を合わせなくてすむからね。恥ずかしくはないでしょ」

ええ、と絵美は小さく肯いた。

龍太郎としては、男と一緒に風呂に入って羞恥心に打ちふるえる絵美の表情を見る楽しみがなくなった代わりに、自然体で両手に抱いて、彼女の乳房や身体の線をなぞることができるメリットがある。

絵美の乳房は、かなり固締まりで、豊かな隆起をもっている。両掌のうちに双丘を入れ、ゆっくりと揉んでみたが、すぐにはこりっとした乳首の突起は感じられなかった。

絵美の乳首は、陥没型かもしれない。でも、裾野からゆっくりと揉みあげると、それなりに感じているようで、

「ああ……」

と、絵美は微かな声を洩らして、首をだるそうに、前に倒そうとしている。

龍太郎は乳房を揉みながら、首すじにキスをした。そこの白い襟足に後《おく》れ毛がほどけかかって、ふるえているのが、とてもそそる眺めだった。

首すじにキスをしながら、龍太郎の片手は早くも絵美の下腹部におりていた。恥丘の若草のあたりを撫で分けながら、

「ここに、最初に男を迎え入れたのは、いつ？」

「初体験のことですか」

「そう。参考までに聞いておきたいんだけど」

そう言いながら、龍太郎の指先は、藻のようにゆらいでいる茂みを分けて、早くも秘唇にくぐり込もうとしている。

「ひっ」

と、絵美は首を反らせた。

絵美のそこは、適度な湿り気を帯びてはいたが、まだ潤《うる》んでいるというほどではなかった。でも指が秘唇を分けて中に進むにつれ、あはあん……と息をつまらせて反るので、痛いわけではなく、そこそこ、感じているふうだ。

少し変わってるな、と思ったのは、指先がクリトリスを探して、恥核のあたりをさすっても、あまり顕著な反応を見せないことである。

(はて……クリトリスは鈍いのかな？　それとも未発達かな……？　これはあとでクンニの時によく眺めて、検討してみよう)

「ね、答えてごらん。初体験はいつだったの」

「そんなこと、答えなければならないんですか?」

「不感症を退治するには、それなりのデータが必要なんですよ」

「だって……そんなところを触られると、だるくなって、頭がボーッとしちゃうんです」

とてもお話するどころではない、と絵美は訴えた。

なるほど、それはそうである。

「じゃ、いったん指を抜くから話しなさい」

不感症治療のための問診が始まっている。

片桐絵美は、長崎県出身だそうだ。

県庁所在地のミッション系の高校を卒業したので、かなりお固い教育を受けたのかもしれない。そこを卒業後、東京の私立女子短大に入ったが、初体験はその短大の一年の夏である。

相手は、同郷の大学生だった。同窓会の打ち合わせで絵美のアパートに泊まった時、何となく男に押し倒され、二人は結ばれてしまった。

「彼のこと、嫌いじゃなかったし、私、燃えてたんです。期待も大きかったんだけど」

しかし交渉は、想像していたよりもつまらないものだった。彼はいきなり挿入してきて、すぐに果ててしまったので、やたらに痛いと思っただけで、およそめくるめく思いとは、ほど遠かった。

それでも、女になったという心の満足感だけは多少、得られたので、その初体験は必ずしも不出来ではないし、むしろ、普通一般かもしれない。

東京の大学に通っていたその同級生とは、いらい何度か交渉を繰り返した。少しは進境らしいものが見られたが、おおむね最初の時と五十歩百歩の結果で、およそ忘我の境地など、望むべくもなかった。

二番目の男は、短大二年の春、友人から紹介されたボーイフレンドで、車好きだった。やたらと車を自慢して、ドライブに誘いだし、カーセックスを楽しむ男であった。

しかし絵美は、クリスチャン系の教育を受けたせいか、野外の明るいところで、というのが、体質的になじまない。いくら人眼がないとはいっても、シートを倒して、ごそごそと狭いところでやるカーセックスは、気分が乗らず、結局、男が一方的に排泄《はいせつ》行為をしているように感じられて、一度も歓びを得られなかった。

そうこうするうちに、短大を卒業して就職し、また新しい何人かの男と交渉があった。

だがどれも、挿入された瞬間、快感らしいものの端にたどりつきはするが、あっという間に終わり、反対に、取引先の重役はお年寄りで、長持ちはするがペニスの硬度不足だったりで、どれもエクスタシーの入り口を覗くばかりで、満足したことがなかった。

「そんなことがつづくうち、ある男の人から、〝お前は不感症だ〟〝やり甲斐のない女だ〟と言われて、あたくし、大ショックだったんです。いらい、あたくしって、本当に不感症かなって気がして、もう気分は灰色。セックスをするのさえ、恐ろしくなってきちゃって」

絵美は、そんなことを打ち明けた。龍太郎が対面話法を取らずに、バスタブの中で後ろから軽く抱いて話させたので、絵美は白い壁を眺めながら、リラックスして自由連想の要領で話せたのかもしれない。

今の話の中で、いくつか見当がつくものがある。相手の男がすぐに爆《はじ》けるのは、早漏というケースもあるが、それより、絵美の膣道が固すぎるのかもしれない。それに、おまえは不感症だと言われたショックが、絵美自身の中に大きな傷跡を残しているようでもある。

龍太郎は絵美を風呂からあげ、洗い桶《おけ》に腰かけさせた。

絵美の肌は白く、適度な脂が、湯の玉をはじいている。特に、腰かけた姿は、背中から腰まわりにかけての女らしい丸みが強調されて、いわば〝湯浴みする女〟という名画ふうの絵に決まって、女っぽい。

龍太郎はシャワー・トップを握って、湯のしぶきを絵美の首すじから、背中にあてた。

これまでにきいた〝不感症女〟の悩みをすべて洗い流してやるように、龍太郎は優しく、丹念に、シャワーで女体を洗いたてながら、気分を揉みほぐしてゆく。

龍太郎は首すじから背中をかけ終わると、前に回って、肩から乳房を直撃させる。

「ああん」

勢いよくほとばしる湯の束が、乳房の頂点にあたると、乳首がみるみる赤く膨らんで、ふるえる。

「ああん、そんなこと、なさらないで」

「かけられたことないの？　男性から」

「ないわ。だって、一緒にお風呂に入ったことも、ないんだもの」

それは本当かも知れない。

絵美はやはり、クリスチャン系の教育を受けていたので、男と女が裸でお風呂に入ってふざけ合う、なんてことは、許されざること、と考えていたのかもしれなかった。

龍太郎は、湯温を少し熱めにして、シャワーの穂先をさらに進めた。乳房から今度はいよいよ下腹部へ、勢いよく湯のほとばしりを向けたのである。

恥丘の若草が湯の束に薙《な》ぎつけられて、なびく。その下を分けて、秘唇を直撃した時、

「うっ……やあんっ！」

絵美はびっくりして、股を閉じた。

「いやいや……そんな恥ずかしいこと、なさらないで」

「自分でもそこへのシャワータッチ、やったことないの？」

「ないわよう、そんなこと」

「だって今、若い女の子の間で二番目に人気のあるオナニー方法は、これなんだよ。やや熱めのシャワーをね、ずーっとそこに勢いよくほとばしらせる……」

言いながら、龍太郎は片手を膝頭にあて、強引に股の間を開かせた。

「ああーん。だめよう」

湯の束が秘唇を直撃する。

「あ……や、や……」

ほとばしりがあたりつづけると、絵美はもうあまり、逆らいはしなくなった。心持ち、顔をうわむけ、膝をふるわせて、じっと女芯にシャワーを受けつづける。

「ああ、何だか快よーいって感じ。眠くなりそう」

そのくせ、両下肢はしだいに開いて、今はもう目いっぱいという感じ。シャワーの穂先は毛むらを薙ぎつづけ、秘唇の割れ口を襲い、そうしてクリトリスのあたりを、直撃しつづけている。

「何だか、じんじんするわ」

絵美は、かなり気分をだしてきたようだ。

龍太郎はそろそろベッドに移ることにした。

3

寝室の灯りは、ほんのりと明るい程度に調節し、龍太郎はシャワーを浴びて部屋に戻ると、ベッドの中に入った。

待つ間もなく、絵美が戻ってきた。裸のまま、バスタオルで腰を包んで、おずおずとベッドの端に坐る。

「固くならなくて、いいんだよ。お入り」

掛布をあけてやったが、絵美はじっとしている。

手をひいて、布団の上にもつれ込んだ。

どこやら、花嫁を結婚前夜に調教する大昔の族長の気分になったようで、悪くない。

重なって、唇を合わせた。

接吻しながら龍太郎は、バスタオルの結び目をほどいて、乳房を揉んだ。シャワータッチで、赤く熟れきって硬化した乳首が、掌にこりっと触り、揉み進めるうち、ああ……と、絵美は呻くような声を洩らした。

龍太郎は頃合いをみて、右手を絵美の秘部に這わせた。

絵美はひくついたが、逃げようとはしない。話のように、男経験はたくさん積んでおりながら、彼女にとっても今夜は少し勝手が違うようで、ただもうされるまま、龍太郎にしがみついている、といった具合であった。

秘められた場所は、恥ずかしそうに湿っていて、もう暖かい愛液をあふれさせていた。

（なんだ、濡れることもできるじゃないか）

さっきのシャワータッチで、かなり気分は昂揚していたようだ。ぬらつきの中を触ると、

「ああ」

絵美は大きく呻き、龍太郎はその反応を見ながら、花びらの内側をゆっくりと、楽しむように、指先でもてあそんだ。

その指運びは、ビロードのような薔薇《ばら》の花弁の内側を、するっ、するっとこするような感じである。そうして時折、花びらを指ではさんだり、蜜液を指先で汲《く》んで、谷間の上部に塗りつけたりする。

「う……う……あああんっ」

局部への愛撫が進むうち、絵美は腰をひくつかせ、それなりの反応を示す。

（うむ、難攻不落ではないようだな。別段、不感症でも冷感症でもないのかもしれないぞ。こうしているだけでも、最後にはエデンの園にさまよいだすのではあるまいか）

そんな予想外の印象を抱いた。

（よし、だんだんと開いてゆこう）

龍太郎はすっかり自信が湧いて、今度はなぜ絵美が達しなかったかの原因を、探求する気持ち

で、女体を賞《め》でることにした。女芯の味覚を味わっていた指先は、その上部に移動した。クリトリスを愛撫しようと思ったのである。

（おや……？）

クリトリスが見つからない。いや、よく探るとあったのだが、それはやや厚めの包皮の中に包まれたまま、小さく潜《ひそ》んでいた。

男の子でいえば、包茎という感じである。莢《さや》からむきでる感じが、およそないのである。

（そうか。一つの原因はこれかもしれないぞ。思いっきり皮をむいてやろう）

絵美のクリトリスはとても未発達である。いや、未発達というよりは、覆いかぶさった皮が肥厚していて、百合《ゆり》の芽はその中に小さく包まれている感じなのである。

これではクリトリス感覚も、未発達と思える。龍太郎は二指で包皮を思いっきりむいて、中の肉芽を励ましながら、ぐりぐりとくすぐった。

「うっ」

と、絵美はひときわ強く呻き、身を揉むように腰をよじって、引いた。

指先の突起は、また包皮に隠れてしまう。

「そこ、痛すぎるのかね」

「ええ、ちょっと。でも何だか変よ。電気がはしったわ」

「正直いってあまり成育していないね、ここ」

「成育だなんて」

「オナニーなんかしてる子は、凄ーく成育がよくて、お豆、発達しているものだよ」

「上から押すと、少し感じるわ。でも、皮をむかれて強く触《ふ》れられると痛いだけで、私、そこがまったくだめなの」

皮の中に埋もれていると、鈍感である。しかし、むかれると敏感すぎるというのも、ふだんの露頭部が少なく、あまり気持ちのいい接触を受けてはいないからに違いない。

「じゃ、ペッティングで燃えたことは？」

「触られると、それなりに気持ちいいわ。安心するっていうのかな。でもお友達なんか指だけで何回もイクっていうけど、あたくしにはそんな最高潮の気分、まるでわかんないのよ」

やはり、原因の一つは、このホーケイクリット。特異体質というわけではないが、性格的な気難しさもあって、絵美はここに上手なペッティングをされたことがないのかもしれない。

それと気持ちの問題。自意識過剰だったり、気のつよい女は、どこやら心の一カ所を男に対していつも武装していて、男から愛撫を受けても、男の指先ひとつで女がメロメロになるなんてことは、絶対にあり得ないし、許せない、と考えがちである。

絵美にも少し、その傾向があるようだ。

龍太郎はそれやこれを考えながら、絵美の自意識を満足させながら、この莢包みのクリトリスをソフトに攻めて舞いあがらせるには、口唇愛が一番だな、と判断した。

「クンニなら痛くないはずだけど、男の人から、されたことある？」

「ああ、あれ」

絵美は忍び笑いを洩らし、

「ビデオで見たことあるわ。でもあれって、AV俳優の演技でしょう」

「やってもらったことないの？」

「やだあ、あんな」

（あんな不潔なこと、できやしないわ）

絵美ははっきりと、そう言った。

（おやおや、今どき珍しい石頭の女の子もいるものだ。およそ無知、未開発）

龍太郎はいささか驚きながら、これはゼッタイに授けてやるべきだな、と判断した。

AV全盛の今、女性の秘部を口や舌で愛するクンニを知らない若者はいない。女性と寝ると、必ずあれをするものだと思い込んでいる若者や、また反対に、女の子から必ずフェラチオをしてもらうのが当然だ、と思い込んでいる若者も多い。

龍太郎が取り扱ったケースで、笑えない成田離婚のカップルがいる。どうしてダメになったかというと、新婚旅行でハワイに行った初夜、新郎は風呂からあがると、ベッドに仰むけになって、花嫁にフェラチオを求めた。

ヘルスやソープでの女性体験しかないから、女性からは必ずそうしてもらうものだ、と思い込んでいたらしく、また、あそこに女性の唇を受けないと臨戦状態にならない癖になってしまっていたそうである。

男はそれでもいいが、いきなりフェラチオを求められた花嫁は、びっくりするだろう。悲鳴をあげ、「私をばかにしないで。あなたなんかもう絶対にいや」という結果になってしまった。

一般的にも、アダルトビデオなどが多彩で、珍奇なくらいのテクニックや、体位を使うのは、映像効果を追うからであって、それと現実とを混同してはいけない。またヘルスやソープ嬢など、職業的女性のサービスを普通のセックス・マニュアルだと思い込む若者も、困ったものである。

もともとクンニやフェラチオは、性生活にとって絶対的なものではなく、なくてもいい。むしろ一昔前は、さほどポピュラーではなかった。しかし、場合によっては、その方法を使ったほうが男女のペアリングは多彩になるし、豊かにもなるし、新鮮にもなる。

それぐらいは、今の社会ではもう、常識である。

ところが、片桐絵美の場合は、その経験がまるでないという。氾濫《はんらん》しすぎるのも困りものだが、なさすぎるのもまた、貧しい。

これまでに絵美が付き合っていた男がみんな不親切だったのか、あるいは、不潔で許せないもの、という気持ちから、彼女が拒否していたのかもしれない。

龍太郎は断固として、今夜を、片桐絵美のクンニ初夜にしてやるべきだ、と考えた。

だが、暴力はふるわない。

「あのね、絵美さん。あなたのクリトリスは、優しく吸うのが一番みたい。ぼく、あなたのあそこを心をこめて、キッスしたい」

龍太郎がそう言うと、

「そんなあ、だめよ、だめ、汚ないわ」

「汚なくはないよ。お風呂で洗ってきたばかりじゃないか。あなたには絶対に、あのくすりが一番効くと思うよ」

龍太郎はむずかる絵美の下腹部に顔を移し、両手でその両腿を左右に大きく広げて、位置をとった。

「ああ――ン……いやいや」

両下肢を閉じようとする。

そこをそうはさせじと、ぐっと両手で押さえて、龍太郎が舌を流れの中に浸した時、絵美はううッ……と、気絶するような声をあげた。

「やだあ……そんなこと……恥ずかしいっ」

出雲の神様は励んだ。

「ああーん……いや……お願い、やめて」

龍太郎によって、初めて女芯に唇を受けて、絵美は恥ずかしそうに半泣きである。

「ああ……あたくし……どうしよう」

半泣きではあるが、しかしその声には未知の世界に対する惧《おそ》れと期待とはずみが、こもりはじめていた。

出雲龍太郎は、今や不感症を癒《なお》すための出雲の神様。恥丘に鼻を寄せ、クリトリスのあたりを鼻骨で押さえながら、潤んでいる部分をぺろりと舐めた。

それから二指で花びらを広げ、中心に口をつけた。ゆっくりと吸いながら、熱い息を吹きかけたりした。

「あっ……あっ……」

絵美は、身をよじった。よじりながら、声の性質が、少しずつ変わりつつある。

「だめえっ……だめええ」

言いながらも、恥毛のあわいから、体液がますます滲《にじ》みだすようになった。

それと同時に、いつのまにやら、あれほど強《こわ》ばっていた抵抗がなくなり、絵美の魂は妖しい笛使いの音《ね》によって、エデンの園にさまよいはじめた小羊になっているようである。

絵美の陰阜は、こんもりと盛りあがっていて、現代っ子らしく両側をきれいに刈り込まれたブッシュにおおわれていた。

合わさった亀裂の上方に、莢《さや》に包まれたまま、肉芽はまだ出てはいない。

龍太郎は、これからが本工事だと自分に言いきかせながら、両手の親指を肉芽の両側の柔らかいふくらみに押しあて、そっと観音《かんのん》開きに、左右にひらいた。

フードの内側がようやく出現した。薄桃色の粘膜が蜜液に濡れ輝いている。

その上部に、少し尖《とが》りかけた三角形の突起が、外の空気に触れて、おののき、ふるえているようであった。

莢をむかれて、今は羞恥の塊《かたま》りであるその赤い実にふーッと、息を吹きかけた。

そうしてクリトリスを、唇に含んでみる。ほんのわずかに、露出部がコリッとした引っかかりを感じさせる。

そこに舌を派遣する。露出部を舌が捉えると、強い電流に触れたように、絵美は、あ、と反り、全身を小さくぶるっと痙攣させた。

それは、今までの絵美の体験とは異なって、包皮をむかれることによって、ハッキリと感じてきたような反応であった。

龍太郎は刺激が強すぎないよう、充分、加減しながら、奉仕をつづけた。絵美の下半身が反ったり、弾んだりして、感応と陶酔の度合が深まってきたようである。

(もうここまでくると、しめたもの。よし、そろそろ、指を挿入してみよう)

龍太郎はクリトリスの芯の部分を舌で、キープしたまま、不意に指をクレバスに挿入した。

潤んだ女芯は、たちまち指を迎え入れ、

「あ、あーん」

絵美は驚いたような声をあげた。

秘孔に入れた指を、ゆっくりと、うごめかせる。

「わ……それって、とても感じるわ」

絵美は、感じはじめていた。

出雲の神様によるクンニと、指戯での複合刺激が、とても効いてきたようである。

もともと、先天的に不感症の女性というものは、そう多いものではない。何かのつごうで開発されてはいないだけのことであり、また、女性にとっては、最初の男から「不感症だ」「冷感症だ」「おまえはつまらない」などと言われたことが、のちのちまで響いている場合が多い。

それは男の子がちょうど、「あんたは粗チンだわ」とか「小さい」とか「早漏」だとか言われて、大いにコンプレックスを抱かされ、自信を失《な》くすのと同じである。

性感には個人差があって、百人が百人とも、爆発的なオーガズムを体験するとは限らない。また、経験の度合や、年齢にもよる。

最初から、耳年増で情報ばかり多く、高いレベルのエクスタシーを「頭だけ」で知っていると、現実との落差が大きくて、「私って、不感症かしら」ということにもなる。

　絵美もどうやら、そうしたもろもろの原因が重なって、たまたま、エクスタシーというものを獲得したことがないようである。

　しかしどうやら、今夜はそれに向かいつつあるようだ。今や絵美は、これまでのこだわりを身体の芯奥で溶かされて、トロ火で焙《あぶ》られている。その証拠に、透明な蜜液があわびの吐蜜のように、たえまなく噴きだしてきて、ついに糸を引いてシーツにしたたり落ちて、輪ジミを作るほどに、なりはじめていた。

（よし、口唇愛と指でこうなら、しめたものだ。あとは、もう少しぶっといものを入れてみよう）

　龍太郎は珍しく自分から激しい衝動を覚えて、早く男性自身をインサートしたい、という気分になっていた。

「ね、入れてみて……お願い」

　幸い、絵美の生理的欲求と、ちょうどタイミングが一致したようである。

　龍太郎は位置を決めて、あてがい、少し挿入した。

「あ、凄ーい」

　絵美はしかし、自分が考えていた範囲を超える容積の強大さに驚いたように、あわてきった声をあげた。

「む……むりよう、そんなの」

　受け入れながら、喘いでいる絵美の姿というものは、女体が開発されてゆく段階を映して、非常になやましかった。

しかし、豪根はもう、みっしりと奥まで到達している。目いっぱい充たされ、それがゆるやかに抽送に移されて、動きはじめたものだから、絵美は顔をまっ赤にして、あーんと、シーツを握って、耐えている。

その表情には、喜悦も混じりはじめていた。男性をその部分に受け入れたことは、何度もあるにしても、今までとは違ったさざなみや、流れやとどろきが絵美の中にうまれて、彼女はあわあわと、苦しそうな表情さえ浮かべていた。

困惑の表情と言ってもよかった。

「ああ、変よ……あたくし、何だか変になってきたわ……いや……そんなにお腰を動かしちゃ、いやだ」

絵美は、昇りはじめていた。

龍太郎の男性を受け入れ、はじめはその充実感の大きさに目をまわしそうになっていたが、今や困惑の表情の中にはっきりと、喜悦が射し込んでいる。そうしてその喜悦は、やがて爆発的な歓びに変わる予感をはらんでいた。

「わかるわ……だんだん……変な具合に、いい気持ちになってきたもの」

登山口にさしかかって、絵美にも自分の感じが、これまでとは違うことが、はっきりとわかってきたようである。

「ああ……そんなにお腰を動かさないで……」

絵美は、女芯の中のものを出没されると、氾濫《はんらん》しそうになる未知の感覚をもてあましてうろたえたように、ああ、待って……と、しがみついた。

それはもう、はっきりとエクスタシーへの予兆であった。龍太郎は自信を得て、昂まりきったものを、さらに微妙に変化させながら、ダイナミックに打ち込んだ。

「あーっ、当たるわ」

龍太郎のものは、奥にぐるぐるっと、うごめくものに当たった。どうやらそれは、絵美の子宮頸管のようであった。

「いつも、こんなふうに当たるのかい?」

「ううん、はじめてよ。こんなの……当たるわ……出雲さんのって、ああ、長いんだわ」

そう言いながら、絵美はしばらく無言のまま、闘犬のように腰を使いはじめていた。それはほとんど、本能的に、無意識に反応する行為のようであった。

「あ……あ……あたくし、変になりそう」

すると、繋がった部分から甘いものが響いてきたらしく、絵美はしだいに恍惚の表情を見せはじめた。

「こんなことって、初めてよ。頭がまっ白くなって、ぼうーっとしてきたわ」

言いながら、絵美は、収拾つかなくなりはじめた自分の身体を支えるために、必死で腕をまわして、龍太郎の背中にしがみつこうとした。しかし、その手に明確な力がはいらず、くねくねとマヨネーズのように動いて、ひっ搔いたりしていた。

そのうち、絵美の口からは、それまで想像もできなかったような唸り声に近い声が洩れはじめ、それは切迫の度合をつよめた。

(とうとうエデンの園に、さまよい出たな。あとはクライマックスをどう迎えるかだ)

龍太郎は、背を海老《えび》のようにまげて、乳房を接吻しながら、抽送の速度を早めた。

その姿勢だと、彼も闘犬のようになっている。突然、絵美の口から低い野獣の唸り声が湧いた。

それは唸り声に、いやいや、というような甲高《かんだか》い切迫音が混じり、最後は「ヤーッ」というような激しい声とともに、クライマックスの波に、巻き込まれていったのであった。

——「ありがとうございました。私、はじめて女になったみたい。これで自信をもって、明日の結婚式に臨《のぞ》めます。私の不感症を癒してくれた出雲の神様に、感謝します」

数日後、龍太郎は会社のファックスで、絵美からこういうメッセージを受け取った。

12　蜜どもえ

1

月曜日の午後、出雲龍太郎が外出先から戻って席についた途端、鳴りだしたのがその電話であった。

「はい。東京ブライダル」

「出雲課長、いらっしゃいますか」

「出雲は、ぼくですが」

「あ、出雲さーん……！　助けてちょうだーい！」

突然の女のけたたましいヘルプミーの声に、龍太郎は驚いて、どちらさまでしょう、と訊いた。

「佳津美《かつみ》よ。雨宮《あめみや》佳津美」

「ああ、雨宮さん。その後、神山《かみやま》さんとの間は、発展しておりますか」

電話の相手は雨宮佳津美といって、東京ブライダル・アカデミーの会員である。通信機器会社のＯＬで、龍太郎たちのお見合いパーティーで知り合った神山幸吉《こうきち》という男性会員と交際していた。

それで、龍太郎はその後、その二人の仲が発展しているかどうかを確かめたのであった。

すると佳津美が、

「それが、だめなのよう。結婚どころじゃないのよう」

おろおろ声であった。

「どうなさったんです？」

「私、枕捜しに遭《あ》っちゃったのよ。銀行通帳やカードをごっそり」

「枕捜し……？」

はて、と龍太郎は考えた。わが社はホテル業でもないし、警察でもない。枕捜しの被害を訴えられても困る、と思っていると、

「ほらほら、神山よ。私がお付き合いしていた神山がどうも怪しいのよ。だって彼が私の部屋に泊まって帰った翌日、必ず何かがなくなってるのよ。しかも今日はカードや銀行通帳までなくなっていたので、私、大ショックなの」

「ええーっ、うちの会員に……？」

それは大変だ、と龍太郎は思った。枕捜しなんて、そんな泥棒みたいなセコイことを、うちの会員がやるはずはない。それは、何かの間違いではないのか。

「ねえ、どうしよう。通帳やカードまで紛失してしまっては、大変でしょ。私、気落ちして会社に行く元気もないのよ。ねえ、どうしたらいいのか、相談にのってよ」

「わかりました。すぐおうかがいします」

龍太郎は電話を切ってすぐ、雨宮佳津美のマンションに行くことにした。

何といっても、東京ブライダルの男性会員が、枕捜しを働いたなどということが表沙汰になったら、あそこは悪質な会員がいるという評判がたって、信用はガタ落ちし、事業はストップしてしまう。

まずその真偽を、確かめることである。もしそれが事実なら、被害を受けた雨宮佳津美は、落ち込んでいて、可哀想である。大至急、善後策をとって、彼女を救済してやらねばならない。

佳津美は、京王《けいおう》線の八幡山《はちまんやま》のマンションに住んでいた。電車はそろそろラッシュにさしかかっていた。三十分後、八幡山に着いて、龍太郎は住所を頼りに、彼女のマンションを探しあてた。

雨宮佳津美のマンションは、駅近くの、畑を背にした六階建てのこざっぱりした新築マンションであった。

龍太郎はエレベーターを降り、四階三号室のドアの前に立って、ブザーを押した。

ドアがあけられ、瞳の大きな白い女の顔が浮いた。佳津美はそこそこの日本的美人だが、今日はやつれて蒼白いくらいの顔をしている。

「すみません。わざわざ来てもらって」

「いや。だいぶ落ち込んでるようだから、外に出る気分じゃないでしょ」

「ええ、こたつにでも入って、事情をお話しします。どうぞ、お入りになって」

二十六歳の独身女性としては、なかなかの部屋で、3DK。龍太郎はリビングの奥の部屋に通された。

そこには初冬なのに、早くもこたつがあって、飲み残しのウイスキーの水割りのコップや、ビールや、みかんなどが載っていた。

どうやら、佳津美はやけ酒でも飲んでいたようである。

たしかに、佳津美にとっては、自分が愛し、結婚まで決心していた男が、自分の部屋で枕捜しをやったとあっては、情けなくて、腹が立って、物質的な損害だけではなく、精神的な落ち込みのほうがひどいかもしれない。

「枕捜しの犯人は、本当に神山さんなんでしょうかね。ほかには思いあたらないのですか？」

龍太郎はこたつに招じ入れられて、すぐに訊いた。

「外部から泥棒に入られた様子は、どこにもないのよ。毎週一回、彼が泊まった翌朝はきまって、何か小さなものがなくなってたんだもの。はじめは変だな、と思ってたくらいで、神山とは結びつけて考えたことはなかったけど、今朝、銀行通帳とカードが紛失しているのに気づいて、ガーンと、大ショックを受けたの」

「ところで、その盗難のほう、警察には届けましたか？」

「いえ……まだ……」

と、佳津美は説明した。

「神山さんが怪しい、というのは内輪だけの話で、警察に告げるのは、ちょっと気がひけるものですから」

「しかし、通帳とカードというのは、他人に使われたら大変ですよ」

「ええ。銀行と信販会社には、今朝のうちに電話をして、紛失届けをし、使用禁止措置をとっています」

「それは結構でした。通帳やカードは、まだ使われてはいませんでしたか？」

「今のところは、まだ使われてはいないみたい。でもタンス預金二十万円、痛いわぁ。それより、愛していて結婚さえ考えていた相手の男が、そんな泥棒みたいなひとだったかと思うと、情けなくて情けなくて、どうしようもない気分なのよ」

佳津美はそう言って、コップにウイスキーを注ぎ、またやけ酒を飲みはじめた。

「お気持ち、よくわかりますよ。でもまあ、そんなにやけ酒飲むのはよくない。もう少し落ち着いて、詳しく彼との関係、話してくれませんか」

佳津美が交際していた神山幸吉は、総合インテリア会社の営業部員である。

三十二歳と年は少しくっているが、最近はハイミスターが多いし、真面目でルックスもいい男だったので、佳津美はお見合いパーティーで知り合って以来、この人こそ、と心に決めて夢中になったそうである。

そういう意味では、佳津美のほうが先に熱をあげたのかもしれない。甘いマスクで、面喰いの女を夢中にさせるタイプであったことは、龍太郎も憶えている。

「で、神山幸吉が佳津美さんの部屋に泊まるようになっていたということは、つまり、何ですな、お二人にはもう、肉体関係が生じていたというわけですね」

「わかりきったことを聞くもんじゃないわ」

佳津美は龍太郎の質問を、軽蔑したように言った。

「それはそうですが、私どもとしましてはこういうことは一応、念を入れておきませんと」

東京ブライダルとしては、紹介した以上、会員男女がどのような交際をしようとも、それはもう自由である。龍太郎としても、とやかく言うことはできない。しかし、結婚情報機関で紹介された二人である以上、肉体関係を結ぶということは、できうれば遊びではなく、愛と信頼と結婚を前提にして考えてほしいし、そのためには、相手がどんな人間であるか、しっかり見極《きわ》めたうえで決心してほしい。

婚前交渉や性的交渉は、相手との相性を確かめるために必要な手段という考え方もあるが、女の一人暮らしの部屋にホイホイ男を泊めるというのは、少し軽率だったと言われても致し方あるまい。

そういう状態から入って、ずるずると半同棲した結果、「嫌いになった」「別れる」という騒動が起きたり、各種の苦情やトラブルが発生したりするのは、たいていそういうルーズなケースである。

もし、神山幸吉が本当に、通帳泥棒などの枕捜しなどをしたとしたら、いつぞやの結婚詐欺男や、花嫁誘拐男よりも情けない窃盗犯だし、タチが悪い。

当然、そういう人種を会員にした龍太郎たち東京ブライダルの「人間を見る眼」をも、問われるのであった。

（ともかく、神山本人にすぐに会って真偽のほどを確かめてみよう。もし本当だとすれば、断固とした処置をとらねばなるまい）

龍太郎がそう考えている時、

「ね、何ぼんやりしてるの。私にもっと注いでほしいわ」

佳津美がビールの大瓶をさしだした。

片手には空のタンブラーをさしだし、

「ね、あなたも飲みなさいよ。私、もっと飲んであいつのこと、忘れたいのよ」

佳津美は相当、荒れはじめているようだった。

龍太郎は、ビールを注いでやりながら、

「神山幸吉の自宅は、どちらでしたかね?」

できるなら、今夜にでも押しかけてみようか、と考えはじめていると、

「そんなこと、おたくの会社でわかることでしょ。それより、私にもっと注いでちょうだい」

佳津美は相当、荒れはじめていた。

無理もなかった。愛し、結婚しようと思っていた男から手ひどく、裏切られたのである。その空洞を埋めるにはよほど、飲まなければ気がすまないのかもしれない。事情聴取がいつのまにかやけ酒、慰め酒の相手をすることになり、龍太郎は立ち上がる潮時を失いかけていた。

「え? もう帰るというの。私をこんな状態で放っとくおつもり……?」

佳津美はそう言って脅すかと思うと、世の中に自分ほど不幸な女はいない、といって、よよと嗚咽《おえつ》しはじめるのだった。

たしかに酒癖も、あまり良くない。激情にかられたような新しい嗚咽と泣き声が終わると、今度は不意に、

「ああ……何だか寒いわ。私、寒いわ。心が寒いの」

佳津美は芝居がかって言い、両手で肩にかけた自分のカーディガンの下の、むきだしになった二の腕をさすった。

「ね、そっちへ行ってもいい?」

「いいですけど、おこた、入ってるじゃありませんか。そんなに寒いはずはないんですけどねえ」

龍太郎がいささか逃げ腰になっていると、

「心の空洞に風が吹いているのよ。そういう時は、孤独が一番こたえるの。私が寒いと言ってるんだから、寒いと思ってちょうだい」

佳津美は可愛い女なのに、どうも酒が入ると乱れて、わがままになるタイプのようである。

「じゃ、いらっしゃい」

龍太郎は譲歩した。

「ああ、よかった」

佳津美はうれしそうに、龍太郎の脇に腰をおろして身をすり寄せてきた。洗いたての、若い女の髪の匂いが、にわかに龍太郎の気分をくすぐって、居心地の悪い思いをさせた。

「ね、もっと飲みましょうよ。今夜は、あたしを介抱して」

（おやおや、どうなっちゃってるんだろう）

龍太郎は佳津美の中に誘惑の匂いを感じて、いささか怯じ気づきはじめているところだが、しかし、むげに冷たくすると、もっと恐ろしいことになるかもしれない。

東京ブライダルは結婚詐欺漢や、枕捜しや、通帳泥棒の類《たぐい》の男ばかり紹介するとんでもない悪徳交際機関だ、と世間でわめきたてられて週刊誌にでものったら、会社の信用は一発で地に落ちてしまう。

そうならないためには、今夜は雨宮佳津美の機嫌をとり、しっかり励ましてやらねばならない、と龍太郎はそう自分に言いきかせた。

「ね、このおビール、私に飲ませて。そうしたらきっと、身体があったまると思うわ」

言いながら、グラスを手にした佳津美の顔が、髪の触れるほど近くから覗いていた。

（仕方がないな。これも仕事だもの）

龍太郎はビールをひと口含み、壊れものでも扱うように、佳津美の肩に手をそっと置いて、不器用に唇を合わせた。ビールを送り込むと、貪《むさぼ》るように口をあえがせ、佳津美はベルベットみたいな舌で丹念に応え、両腕を首にまわしてくる。

佳津美は喘ぎはじめた。ベルベットのような舌を絡ませながら、ひと口、飲み干すと、

「もっと……」

と佳津美はねだる。

龍太郎はふた口目を注ぎ込んだ。それを飲み干すうちに龍太郎の首に巻かれていた佳津美の両腕に力がこもり、本格的な接吻となる。

龍太郎のほうに、激情や興奮があったわけではない。佳津美の勢いに飲まれている部分がある。女の弱みにつけ込んで踏み込んでゆくようで、こういう成り行きで男女の仲になるのは、あまり好きではない。

しかし今、この佳津美を突き放したり、ていよくあしらったりすると、佳津美はもっと落ちこんで、自殺でもするかもしれない。東京ブライダルはインチキ会社だと、週刊誌に投書されるかもしれない。

そう思うと、体内をざわめき駆け回りはじめた欲望のまま、流れにまかせるしか、この場合は仕方ないのではないか、と思えた。

それは龍太郎にとって、都合のいい解釈だったかもしれない。

しかし現実問題、それ以外、手はなかったので、自分の気持ちを抑制しようという戒《いまし》めを、龍

太郎はすっかり放棄してしまった。

そうなるともう、こたつの中で抱き合った男女である。赴《おもむ》くところは決まっていた。

「ね、熱いわ。セーターを脱がして」

「今度は熱いんですか。さっきは寒いとおっしゃってたのに」

「男の人に抱かれてると、身体が熱くなるのよ。ね、セーター脱がして」

こぼれ出たバストの、雪のように白い肌に、佳津美の若さと欲情の旺盛《おうせい》さが匂っている。

掌に包んだたわわなバストの尖端《せんたん》を、龍太郎はひとしきり揉んだあと、舌で押し転がすようにして、しっかりと含んだ。

「あ……ああん……」

佳津美はのけぞり、両腕が龍太郎を抱きしめた。口の中で乳首が硬くなってくる。

苺のような赤い実を舌で刺し、薙《な》ぎ伏せ、吸ったりするうち、

「ああん……響くわ……とても……わたし、だるくなったので、横になりたい」

佳津美は上気した顔になって、絨毯《じゅうたん》の上に龍太郎をいざない、倒れ込んだ。

佳津美は自らスカートのホックをはずした。はずしたまま腰をよじったところをみると、脱がしてくれ、と言っているようであった。

2

龍太郎は黒いタイトスカートを脱がした。スリップの裾をおなかのあたりまでまくると、佳津

美の白い下腹部と太腿が、むちむちと弾むように現われた。

パンストははいていない。黒いショーツが旺盛な茂みをおおっていた。そこに手をやる。谷間は潤みはじめていた。ショーツを脱がせ、ラビアのあたりをくつろがせているうち、指はひとりでに通路にすべり込んだ。粒立ちの多いうねり立ちが指を摑みしめてきて、

「ああん……今夜はひどく感じるわ。そこ、いっぱい愛して」

佳津美は放恣《ほうし》であった。

白い肉体が投げだされている。むちむちした太腿から谷間へ、龍太郎は愛撫の手を動かしている。

佳津美の恥丘は小高い。そこに黒い恥毛が、密生していた。その繁茂の下に、鮮やかな紅色の割れ目が覗いている。

そこは濡れて、蜜を含んだ花弁のように輝いていた。龍太郎はその中に中指をすべり込ませて、活躍させはじめた。

第二関節のあたりまでずっぷりと埋めたところで、探るように指を動かすと、鮹《たこ》のあたまのようなものが当たる。その鮹のあたまは指を奥に入れまいとするように通路に立ちふさがっていて、その隙をすりぬけて中指を奥まですすめた瞬間、ひくひくっと、摑まれる感じが訪れた。摑まれる感じは、環のようになっている。手前の鮹のあたまも怒ってうごめきだしている。

「ああ、そこー」

佳津美の女体が跳ねた。

「そこ……そんなふうにしないで……」

鮪の奥に進めた中指の先で、鮪を手前に引っ掻くようにしていた。かたわら、掌全体でクリトリスや恥丘を圧《お》すように力を加えて、包み込んでやる。

「そこ……そんなふうにしないでっ……」

と、佳津美が泡をふいたような声をあげているのは、鮪のあたまを手前に引っ掻いているからであった。そうやっているうち、鮪はますます膨れあがってくるようであった。

その感触を楽しみながら、外の掌は円を描く。クリットを上手に掌でマッサージしている感じ。その相互運動に圧迫を加えると、膣口部を内と外から、はさみつけているような具合になって、

「ああーん、倖せな気分になってきたわ」

佳津美は、腰を突きあげてきて、鼻声になった。軽くブリッジを作った瞬間、小さな慄《ふる》えが腰にはしったところをみると、軽い頂上感が掠《かす》め通りすぎていったのかもしれない。

佳津美はどさっと、腰を落とした。それから不意に龍太郎のベルトをはずすと、ズボンの前をはだけさせ、手を入れて探りにきた。

「あらあ……もう、スタンバイしてるじゃないの。たのもしいお道具だわ」

喘ぎながら、湿った声で言う。優しい手は猛《たけ》りの部分を握りしめ、遠慮がちにしごきたてていた。

「ねぇ……お願い……入れてほしいわ」

そうも言う。

「どうしても、入れなくちゃいけないのですか」

「この段になって逃げるなんて、卑怯《ひきょう》よ。ねぇ、あなたのジュニアも、もう入りたいと言ってるわ……ほら」

　龍太郎は挿入することにした。

　この段になるともう、毒くらわば皿まで、である。男に裏切られて落ち込んでいるこの佳津美に、ひと夜の倖せを与えて、何もかも忘れさせて強烈なカンフル剤を、注射しなければならないという使命に燃えていた。

　身を起こした。

　龍太郎は位置をとる。

　佳津美のヴィーナスの丘が正面に見えて、茂みの下のクレバスが楕円《だえん》形の花のようによじれて、わなないている。

　その花の中央の窓から、温かい蜜液が、とめどなくあふれて出ていた。その中へ、龍太郎は雄渾なものをおさめにいった。

　太い頭の部分が蜜の中に浸《つ》かっただけで
「あうーんっ」

　という唸り声に似た、叫び声があがった。

　佳津美が、頭を反らせたのである。

　亀頭部分をおさめただけで、喘ぎはじめていた佳津美は、それが狭隘《きょうあい》部を抜けて、一気に奥まで到達したとたん、

「ああッ……恐いわ」

目をまわしたような顔になった。そうして腰に手をやって、じっと味わっている。

龍太郎は奥に届いたところで、少し静止した。うねくってくるものを感じた。例の鮪のあたまが怒っているのかもしれない。

通路は熱く燃えたぎっている感じだった。そこを龍太郎の猛りが、着実なストロークをとって、出没運動をはじめた。

「ああ……入っているのね……あたしの中に……別の男がしっかり入っているのよ……もうあいつなんか……」

佳津美がうわ言のように言いながら、両手を龍太郎の背中にまわしてくる。

密着感を、深めようとしていた。

腰を、龍太郎の一点で繋がっているものにぶつけるようにして、動いた。

「好きよ……好きよ……」

佳津美の言う、その「好き」というのは、別段、深い意味の愛情からではない。今夜のかりそめの交合を、バラ色の恋として飾りたてたいだけなのだろう。

「すてきですよ、佳津美さん」

龍太郎も、囁いた。

奥まで届いているタフボーイが、花埋みの中で掻きまわすように動くにつれ、佳津美は枕捜しのことなど忘れて、倖せな気分にひたっているようであった。

龍太郎は、弓のようにしなる佳津美の腰に両手をまわし、乳房を接吻にいった。突き動かしながら、乳首の接吻をつづけると、佳津美は一気に舞いあがりはじめた。

性感は時に、涙腺《るいせん》を刺激する。昂揚感が近づくと、不意に泣き出したりする女がいるが、その夜の佳津美がそうであった。

男に裏切られて不倖せな自分、という感傷的な気分が下地にあったから、なおさらかもしれない。

「ああん、いい、とても」

そんなことを言いながら、嗚咽し、すすり泣きしはじめたのである。

嗚咽と激情と悲しみの渦《うず》の中で、佳津美は呻きつづけた。龍太郎はその中をゆっくりしたストロークをとって、動きつづけた。

突然、佳津美の中にきらめき昇ってゆくものが弾け、

「ああっ……ダメダメ……いくうぅッ」

佳津美は、一気に頂上感を迎えていた。

「後ろからも、して」

佳津美は、欲張りだった。

悲しい女はだいたい、欲張りなのである。

やけ酒、やけ喰い、というのはだいたい、悲しい時の所産であるし、セックスもまた、そうである。

悲しい時に傍《かたわ》らに異性がいれば、とりあえず性に没頭したくなる。動物になりきることで、人間は悲しみを忘れようとするのかもしれない。

「後ろからも、して」

佳津美は、身体の向きをかえた。手のうちにぴったりと、抱き具合がいい。

龍太郎は後ろから挿入した。身体を少し前傾させると、ちょうど、佳津美の乳房がすっぽりと龍太郎の両手の中におさまる感じだった。

佳津美のヒップは、ぷりんと実りが充実しているが、そう大きな臼《うす》型ではない。子供を産むと臼のようにどっしりしてくるが、未婚で、未経産婦で、もともとスリムな体型なので、形がよくて丸い。

しばらく出没させながら、乳房を揉んだ。それから龍太郎は背中を起こし、

「もうちょっと、お尻を持ち上げてごらん」

そう言った。

「こう……?」

位置があがると、佳津美の膣口部が上に来て、通路の角度も具合がよくなった。

桃尻の割れ口から、力強いストロークで出没しているのが見える。龍太郎は腰を摑み、引き寄せながら、打ちつけた。奥壁に届く感じが、はっきりとわかった。

「うれしいわ。当たるわ。出雲さんのが、あたしの奥に当たってるのよ」

奥というのは、子宮底のことである。龍太郎の突端に突き当てられて、その子宮がぐるぐるっとうごめいた。

龍太郎はしっかりと打ち込みをつづけた。……と、その時、龍太郎はふっと背後に人の気配を感じた。それと同時に、ストロボが焚《た》かれたような一瞬の閃光がひらめいたような気がした。

龍太郎は振り返った。リビングに灯りがついているだけで、誰もいない。猫が、テーブルの下を動きながら、ニャアと鳴いた。

(何だ……猫だったのか)

龍太郎は安心して、仕上げにとりかかることにした。片手を前にまわし、恥丘からクリトリスやラビアのあたりを、両手で触った。

そうしながら出没させると、佳津美の嗚咽とも、呻きともつかない、こぐらがるような声が、大きくなった。

龍太郎はストロークを力強いものにして、抽送した。締めつけが訪れ、その中をくぐり込むことはとても困難なくらいになった。

膣口から蜜液があふれ、いくらもしないうち、龍太郎は不意に射精感に襲われ、

「おれ、いきそうだ」

「私もよ……私もよ」

最後の激しい一撃を強い緊縮力の奥に打ち込むと、二人は同時にのぼりつめて、果ててしまった。

3

その週の土曜日、龍太郎は久しぶりに新宿三丁目の〈戸隠〉に行った。ママの志保と、「そのうち」と約束していたのに、その志保が郷里の信州に不幸があって店を閉めて帰ったりしていた

ので、会うのがのびのびとなっていたのだった。

「ね、お昼すぎにでも、いかが？」

「そんなに早く営業してるのかい？」

「土曜日は休みよ。私一人で寄せ鍋でも作って待っているわ。昼酒もいいものよ」

龍太郎の会社も、土曜日は休みだった。志保には会社のコンピューター漏洩問題のことで、聞くこともあった。龍太郎は休日の昼酒に招《よ》ばれるなんて果報者だと思いながら、指定された時間に三丁目に出かけた。〈戸隠〉は、のれんはかかっていないが、志保が一人でカウンターの中で、コトコト料理を作っていて、

「いらっしゃい。そこに坐ってて」

小座敷を眼顔で示した。

テーブルには、そこそこの小料理が載っていて、手酌《てじゃく》でもやれる按配だった。

龍太郎がビールを傾けているうちに、志保が寄せ鍋を作ってカウンターから出てきて、ガス台にかける。ライターで火をつけ、熱燗を運んでくると、志保は店の入り口を閉めてしまった。

鍵をかけると、夜と同じ照明で、すっかり夜の雰囲気である。

「ありがたいね。昼間っからこんな歓待を受けるなんて」

「龍太郎さんもチョンガーだから、しっかり栄養をつけなくては」

二人は飲みはじめた。龍太郎は、この志保から聞きださなければならない大事なことがあるのを思いだした。

「ママ、うちの細野課長がよくここに来てるんだって？」

「そうそう。それを話さなくっちゃいけなかったわ。あのあともずっと気をつけていたら、細野さんはコンピューター会社の大城さんと、日本ダイレクト信用機関というところの本橋《もとはし》さんという人と三人で、ちょくちょくやって来て、奥の小座敷で、ひそひそ話をしているのよ。例のほら、龍太郎さんがいつか話していたコンピューター・データの横流しに関することみたいだったわ」

「ほほう。日本ダイレクトの本橋という男も、一緒だったのかい？」

「そうよ。ここんところ、本橋さんが来る回数が多いのよ。それに、何と言ったかしら、平成閣の江口美智代という女も、時々、一緒だったわね」

「ええっ？　江口美智代も……？」

龍太郎は、ちょっと驚いた。

「ええ、平成閣のブライダルデザイナーというんでしょう、あの人。本橋さんの愛人みたいに、いつもぺたっとその横にはべっていたから、大方、平成閣の戦略管理部門のデータなんかを、横流ししてたんじゃないのう？」

志保は、そういう辛辣《しんらつ》な観測を洩らした。

江口美智代とは、東北旅行の帰りの寝台列車のあとも三、四回、電話がかかってきた。結婚式場平成閣への成婚客の誘致だとは薄々、感じながらも、出雲龍太郎はあの女体の魅力に抗しきれず、東京に戻っても二度ばかり、ラブコールに応じて食事を奢《おご》り、寝たことがある。

その時は、成婚カップルを幾組か紹介してやることで済んだと思っていたが、彼女もコンピューター・データの機密売買グループの一員だったとするなら、龍太郎は、最初からそれとなく囲い込まれ、監視されていたのかもしれない。

ところで、本橋という男は、「日本ダイレクト信用機関」の社長である。社名はまるで公的機関のようだが、どうってことはない。貸しビルの一室に看板をあげる情報会社である。何を売っているかというと、有権者名簿、新興宗教信者名簿、総会屋名簿、一流企業社員名簿、高額所得者名簿など、通信販売やダイレクトメール会社、一般企業などが顧客開発のために欲しがるさまざまなリストを作成して、販売して、ボロ儲けをしている会社であった。

いわば、調査界の裏ボス。うちのデータがそんなところに流れているのかと、龍太郎は腕組みをした。

いまはリスト屋全盛時代である。

先日、龍太郎の会社で縁結びしたある若夫婦に会ったところ、「ひどいわ、出雲さん。こんなことって、あるう?」と若妻が怒っていた。

事情を聞くと、「一カ月二万三千円で奥さんの尿を売ってください」と製薬会社の係員が自宅を訪れたのだという。

「いくら何でも、オシッコを売ってくれなんて、バカにしてるわ。製薬会社はどうして私が妊娠したことを知ったのかしら?」

製薬会社は、妊婦の尿からホルモンを採るために買い取るのだが、どうして妊娠していることがわかったかが問題である。

その若妻はつい二週間前、病院で妊娠が判明したばかり。結婚情報会社である出雲龍太郎の会社が怪しいと思いだして、怒りをぶちまけに来たのだというのだ。

龍太郎はあわてて、

「奥さん、それは違いますよ。製薬会社がうちの会員リストを貰ったからといって、いつ妊娠したかまではわかりはしない。それはきっと、奥さんを診察した病院が、製薬会社の医薬品セールスマンにこっそり教えたに違いないですよ」

龍太郎はそう言って、諒解してもらった。事実、そうであった公算が大きい。しかし、もしかしたら、龍太郎の会社の結婚リストが、横流しされたのかもしれなかった。

ともかく、それほど現代は個人のプライバシーが「売買」されている。今や入学前の子供のいる家庭に、カバンや学習机のダイレクトメールが舞い込むのは常識。七五三、受験、就職、成人式、結婚。すべてにわたって、ダイレクトメールが舞い込んでくる。

ダイレクトメールは眼につくだけであって、眼につかないところで、現代人は「データ記録の牢獄」につながれているのである。

情報化時代と呼ばれて十年が経つが、わが国のコンピューター保有台数はアメリカに次いで世界第二位。情報処理能力の進歩により、銀行などに見られるように情報集中管理システムが進み、大量の個人情報が、国家や企業などに集まり、分析され、利用され、また氾濫している。

それらが国家体制では「管理」に使われ、民間企業では商品開発や個人の生涯管理のために「売買」される。特に結婚や出産に関することは、その後、ゆりかごから墓場まで使えるので、目的別名簿の中でも一番重宝《ちょうほう》がられ、高値で売買されるのであった。

なかでもえげつないことをやっているのが、「日本ダイレクト信用機関」である。数十名のアルバイトを雇い、区役所または市役所で住民基本台帳を閲覧《えつらん》し、独身で結婚適齢期の人間だけをピックアップしてリストを作り、その適齢者の居住地周辺を「ご縁談の調査で」と嗅《か》ぎまわり、勤務先、素行、思想、性格などを書き込み、「○○市結婚適齢者名簿」「○○県結婚適齢期名簿」などを作って、さまざまな企業に売り込むかたわら、最近では結婚情報会社に接近して、そのデータを「買収」することなどをやっている、と龍太郎は聞いていた。

（うーん、日本ダイレクトの本橋か……）

龍太郎は腕組みをして、これは容易ならんぞ、と思った。

信用調査界でも一番悪どいことをやっているという評判の「日本ダイレクト信用機関」の社長、本橋大五郎《だいごろう》と「東京ブライダル・アカデミー社」のコンピューター管理課長、細野隆行が〈戸隠〉でよく密会し、密談しているということは、自社のコンピューター・データが、やはり本橋のところに横流しされている公算が大きかった。

（よし、いよいよ事の真相をあばきだして、細野課長とは、白黒をつけなければなるまいな……）

龍太郎がそんなことを思っていると、

「私の話、役に立った？」

志保が徳利を差しだしながら、覗き込んでくる。

「ああ、とても役に立ったよ。ありがとう」

「じゃ、もう考えごとはよして。しっかり飲みましょう」

「ああ、そうするよ」

二人はそれから気分よく飲みはじめた。土曜日の昼下がり、店休日で閉めきった店内にもの憂《う》い照明が入り、寄せ鍋をつついて身体がすっかり温まって酔いがまわってきたとあっては、もう何が出てきてもおかしくはない。

「ねえ、キスして」

志保がそう言って、とろんと眼を閉じた顔を差しだしてきたのは、だから少しも不自然ではなかった。

龍太郎は志保の傍に座り直して、柔らかな志保の身体を抱き寄せた。唇を合わせると、志保が眼を閉じたまま、激しく応じてくる。

「いつぞやは、ひどいところを私に見せたでしょう。私の店で、信子ともつれ合うんだもの」

「ああ、ごめん。あの時は成り行きだったんだよ」

「あれを目撃していらい、あたし、いつか龍太郎さんをとっちめてやろうと思ってたのよ。今日はしっかりとっちめてやるから」

「ぼくもママがずっと前から、好きだったんだよ。抱きたかったんだよ」

龍太郎は調子のいいことを囁きながら、太腿に沿ってワンピースの裾を上へすべらせる。志保は胸あきの大きな花柄のワンピースを着ていた。

手を、太腿に這わせる。

志保は興奮して、ワンピースの中はむっと体温がこもっていた。志保はガーターストッキングをはいていた。弾力のある太腿を撫で、奥へ手を這わせると、パンティーとストッキングのあいだに肌があらわになっている部分があった。

そこに触った。柔らかくて、熱い。龍太郎は呼吸をはかって、志保のハイレグパンティーを強引にそこまでおろした。

「あ、いやいや……ここじゃなくて、奥へ行きたいわ」

龍太郎はかまわず、指先で陰唇をいらった。

「ああ……あーんッ」

内陰唇の合わせ目から、粘液があふれていた。指でさぐる志保の構造は、とても上品だった。

龍太郎は、志保の女性自身に指戯を見舞いながら、首すじに接吻をした。

「だめよう」

首の後ろを吸われながら、志保の髪が揺れている。ハーブシャンプーで洗ったいい匂いのする髪だった。

「ダメよう」

と、また志保が言っていた。

それから不意に、向き合った。眼を閉じて接吻をした。伝え合う熱い息が、じわじわと二人の間に火をつけていた。

龍太郎は眼をあけた。すると、志保のほうもあけて、眼と眼の光がぶつかった。

もう志保の眼は発情していた。うっすらと赤く開いたままの唇が、女性自身のようだ。

「ね、二階へ行きましょ」

店の二階に四畳半くらいの部屋がある。前の経営者はそこに住んでいたようだが、志保は外にマンションを持っていた。

二階の四畳半に倒れ込むなり、二人は重なった。ワンピースの下からパンティーを脱がせ、指

を女陰にあてると、

「ああん……だめよう……お布団、敷きたいのに」

手を摑まれた。二人の手が重なったまま、龍太郎はカトリーヌを愛撫した。指の下で、扉がめくれるみたいになり、小さいとんがりに指がいった。

「ここ、固くなってるよ」

龍太郎は志保の指に、小さな固いしこりを撫でさせた。

志保は指を、反対に握られて、こすりつけられて、まるでオナニーしているみたいになった。

「ああん……変なことしないで」

「これって、逆オナニーかな」

龍太郎は駆られていた。ズボンを脱ぎ散らすと、不意に抱きにいった。

「しょうがない人ねえ。じゃ、これを敷いて」

志保が座布団を尻にあてがってくれた。

「ね、楽にして」

龍太郎を仰むけにさせたので、何をするのかと思っていると、片手で猛りを握ると、

「ああ……取り込みたいわ」

喘ぐように言って、のしかかってきたのであった。

志保のほうから、重なりたいのだ。重なってきながら、握って、おさめる。

龍太郎はまかせることにした。志保は動きだした。龍太郎は志保のヒップを両手で抱いて、下から応えた。

両手で抱きながら、ヒップの割れ目に指を入れ、後ろの穴にちょっと触った。出入りしているものがわかる。

「ああん……」

志保が呻き、腰で押しこくった。一つになった性器同士が、揉み合った。

龍太郎は、下から突きあげた。

「おおッ」

志保はたちまち、登ってゆく。

「ああ……生きてるのね……私たち」

「そうさ……生きてるのさ……人間なんて、これが生きてる証拠だよ」

二人は火祭りをしていた。その火祭りに酔い、そして爆《はじ》けた。

4

「あッ、失礼……！」

エレベーターが一階に着いて、龍太郎が降りようとした時、ちょうど乗り込もうと待機していた長身の女性とぶつかりそうになって、龍太郎はあわててよけた。

でも、肩と肩が触れ、はずみに女性がよろけた。

シャネルスーツに包んだ長身の、すらっとした美人である。

顔を見て、初めて、

「あッ、会長……」

龍太郎はびっくりして、

「これは大変、失礼いたしました」

そこは城東化学の本社が入っている丸の内の城東ビルであった。龍太郎は東京ブライダル・アカデミーの親会社である城東化学の企画部に用事があって訪れ、事務的なことを済ませて帰るところであった。

「ちょうど、よかったわ。龍太郎君、上にあがって」

マドンナ会長、若林槇子が役員室に同行を求めた。

「はい。何か」

「何かじゃないわ。あなたに訊きたいことがあります。いらっしゃい」

龍太郎は再び、エレベーターに乗った。

城東化学の役員室は三階にあった。マドンナ会長の槇子は社長室にバッグや小脇にしていた資料を置くと、卓上に載せていた一通の封書を取りあげ、

「こちらへいらっしゃい」

龍太郎を隣りの役員応接室に導いた。

そこは首脳陣の小会議室も兼ねているようで、豪華なソファセットのほかに、テーブルや椅子も配されている。

「龍太郎君、八幡山の雨宮佳津美という女性を知っていますか？」

「はい、知っています」

「あなた、その女性をレイプしたそうね」

「ええーッ？　レイプ？」

「投書が来てるわよ、本人から。それによると、あなたは失恋して落ち込んでいる佳津美を慰めるふりをして、性的行為に及んだそうじゃないの」

槇子は一通の封書を手にして、机の端に軽くヒップをあて、腕組みをして立ったまま、尋問する。

「それは違います。とんでもない。ぼくはレイプなんかしてはいませんよ」

龍太郎は、冗談じゃない、という感じで語気荒く否定した。

「どう違うというの？」

マドンナ会長に見つめられて、龍太郎はあたふたと事実を説明した。

それは、こうだ。先週、八幡山に住む会員の雨宮佳津美から電話がかかってきた。東京ブライダル社で紹介した神山幸吉という男と交際して部屋に泊めたところ、枕捜しされてドロンされ、落ち込んでいるから相談にのってくれ、という。それで八幡山の部屋に駆けつけ、一緒にこたつに入って佳津美からいろいろ、悩みを聞いてやったことを、正直に話した。

「ただ、それだけ？」

マドンナ会長の槇子が、確かめる。

「本当にこたつに入って相談に乗ってあげただけなの？」

龍太郎は問い詰められて、しどろもどろに、

「いえ……あの……いささか……きわどい関係にたち至りましたが……」

「きわどいなんてものじゃないでしょ。あなた、その佳津美を抱いてしまったんでしょ。ほら、これをごらんなさい」

マドンナ会長は、封筒から数枚の写真をとりだし、ぱっとテーブルの上に広げた。

卓上の写真に何気なく視線を走らせた龍太郎は、あッと驚いて、眼をそむけた。

そこには、こたつの傍《そば》で佳津美ともつれ合っている龍太郎の姿がはっきりと写っていたのだった。

(やはり、あの時、ピカッと光ったのは、ストロボだったのだ)

(だが、誰が、なぜ、何のために盗撮なんかしたんだろう……?)

「会員の女性と親しくなる。優しく相談にのってあげる。それは一概に、いけないことだとは思わないわ。でも悲嘆にくれている女の弱味につけ込んで、慰めるふりをして性的交渉に持ち込むなんて、男として卑怯だと思うけど」

マドンナ会長は手厳しいことを言う。

「いいえ、あれはけっしてレイプなんかじゃありません。その女性に、誘われたんです」

「あら、そう。誘われたら、あなたは誰とでも寝るの？」

「いいえ、そういうわけではありませんが、あの場合は何しろ——」

「何が、何しろ、だというの？」

「抱いてくれなければ自殺する、とあの女は言ったんです。ぼくはそれで同情して……」

「ところがむこうは、そうは言ってないわよ。むこうはこの手紙であんなコーディネーターはくびにしろ、と言ってるのよ。くびにしなければ、警察に告訴すると言ってるのよ」

「会長、違うんです。ぼくは本当に、誘惑されたんです」

「そう。じゃ、どんなふうに誘惑されたか、ちゃんとやることができる？」

「それは、無理ですよ。ここにはこたつもなければ、佳津美もいない」

「私が、その佳津美になってあげるわ。こたつはなくても、そこのソファならやってみせることができるでしょ。私がちゃんと、レイプであるかどうか、審判してあげます」

マドンナ会長は、そう言って自《みずか》ら先に立って、ソファに坐った。

「さあ、私を佳津美だと思って、ちゃんとここでやってみせなければ、許さないわよ」

「しかし、会長……ここは役員応接室で……人が来れば、大変なことに……」

「いいえ、人が来ないよう、鍵をかけています。何にも、恥ずかしがることはないのよ。さあ、龍太郎君、ちゃんと私にやってみせて」

そうまで言われると、龍太郎も後にはひけない。それにマドンナ会長の魂胆《こんたん》もちらちら見え隠れしたので、横に坐って、抱いて、キスをした。

「ああん」

マドンナ会長の槙子は龍太郎に抱かれて、キスを見舞われると、甘い声を出した。首筋から仄《ほの》かに、マダム・ロシャスの香水が匂う。

ひとしきり、接吻が終わると、

「それから、あの女はどうしろと言ったの」

「はい……あの……とても言いにくいことなのですが」

「いいわ。言ってごらんなさい」

ん、と上にあげた。

「そう。じゃ、私にも後ろから、してみせて」

マドンナ会長は、勇敢な女性なので、とことん査問と検証をやり遂げるつもりのようである。

後ろからするために都合のいいように、起きあがって、丸テーブルに両手をつけ、ヒップをつ
「あの女にどういうふうにしたか、ちゃんとやってごらんなさい」

スリットの入っているスーツは、こういう時に実に便利である。両側の切れ込みが深いので、めくりやすいし、おろすと貴婦人である。

龍太郎はもう遠慮せずに、裾《すそ》をヒップまでめくりあげ、かわりにパンストとショーツをおろした。

まっ白い円球が二つ、現われる。

双球の合わせ目は、深い切れ込みとなっていて、真下にたなびくものが煙っていて、ピンクの割れ目もほの見え、そそる眺めだ。

龍太郎は、マドンナ会長の円《まろ》やかな肉のついたヒップの二つの肉の丘陵を外気に晒《さら》しておいてから、彼女の足許に屈《かが》み込んだ。

脚を広げさせるには、やはり、布きれが邪魔である。ベージュのパンストと黒色のショーツを、片足から抜きとってしまった。

やっと、開脚できた。

「恐れ入りますが、もう少しお尻を高くあげてください」

「ああ、そうなの。あの女も高くヒップをあげたのね」

外陰唇にまといついた柔らかい毛むらを分けて、槇子の薄桃色に濡れ輝くねっとりした部分を、指でくつろがせる。

ルビーの沼は、彩《いろど》りを深めてあふれるようになった。

指を突き入れる。

「あうっ」

中の指をこねまわした。

「ああーん。あの女にも、こんな気持ちいいことしたの？」

マドンナ会長は湿った声をたてて、龍太郎の指をうれしがるように、臀部を振った。

龍太郎の深く埋められた指がこねまわすにつれ、秘唇はぬかるみになった。

指を抜く。

湿潤な沼は、驚くべきことに一瞬、楕円状の女のたたずまいを見せて、窓があいている。それはすぐに閉じられる性質のものだが、それがまだ閉じられる寸前、龍太郎は猛《たけ》りたった男性自身を、その窓にあてがった。

一気に貫《つらぬ》くと、うっと、槇子が反った。

槇子は押しつまったような声を洩らし、卓上に伏せた頭を振った。そのはずみに、長い髪が魔性の生き物のような艶《つや》を放って、ゆらいだ。

「ああーん、きついわあ」

マドンナ会長の甘い声を聞きながら、龍太郎は彼女のくびれたウエストを抱き、後ろから力強くストロークをとって動いた。

「あっ……あっ……あっ……」

声が出そうになって、それを怺《こら》えている感じが、ひどくスリリングで、艶《なま》めかしい。

なにしろ、そこは真昼の役員応接室である。

マドンナ会長は、すぐにのぼりはじめた。

槇子の、タフボーイを呑み込んでいる肉洞は粒立ちが多く、いっせいにせめぎ合うような反応を起こして、龍太郎にからまり、彼を絞るように蠕動《ぜんどう》しているのであった。

ひと口にいって、槇子の女の部分は、相当にいやらしかった。それが、こうした場所で声を我慢している分、いっそう際立つのであった。

「ああーん……あたし、いきそうよ」

龍太郎の力強いストロークが十数回を数えるうち、声量を怺えながらも、美人会長は到達する言葉を撒《ま》きちらした。

「いきそうよ……うっ、だめ」

「ぼくも……いっしょに参ります」

腰を打ちつけながら、息を弾ませて言い、マドンナ会長が登頂するのに合わせて、どくどくとリキッドを放った。

龍太郎が果てたあとも、槇子のカトリーヌの部分は、いつまでもぴくぴくと妖《あや》しいうごめきを繰り返していた。

「ふーう。少し急ぎすぎたようね」

マドンナ会長が青息吐息のていで結合を解くと、テーブルにくずれそうになり、ソファに身体を沈めてしまった。


一休みして龍太郎は、マドンナ会長に煙草を一本、すすめながら、

「いかがでした？　ご審判は……」

「そうね。女のほうから後ろからして、というのはレイプではないわね。いくら何でもレイプなら普通は上から押さえこむものよね」

「そうでしょ。これはぼくを陥れる陰謀に違いありません」

「私も龍太郎君の言葉を信じるわ。あなたはきっと、悪い女に誘惑されて、盗撮写真をとられ、レイプされたと訴えられたんだわ」

「はい。潔白が証明されて大変、光栄です」

「ところで……きみを陥れようとしているのは、どんなグループかしら？」

「はい。そこですが」

龍太郎は、例のコンピューター・データの漏洩事件とこの密告盗撮写真は繋がりがあると睨んだ。

「会長、恐れながら、ご報告することがあります」

龍太郎は、その後自分で独自調査をしたことをもとに、細野管理課長とコンピューター業者の大城や日本ダイレクト信用の本橋らの癒着《ゆちゃく》と、データ横流しの内情を、証拠を揃えて報告した。

そして一方では、自分がそのようなコンピューター・データ横流し事件の内幕を調査している

ことに気づいた細野や大城や本橋らが、危険を阻止するために、親しい会員である八幡山の雨宮佳津美を雇い、龍太郎を誘惑させ、証拠写真をつけてレイプされたと若林会長に投書することで、龍太郎を会社から追いだそうと企《たくら》んだのにちがいない——という観測をのべた。

「そうね。細野たちのやりくちをみると、私にもそう思えるわね」

と、マドンナ会長がつづけて言った。

「ところで、龍太郎君——」

マドンナ会長が言った。

「細野課長がそんなふうだと、困ったことが起きたのよ」

「は、どういうことでございましょう」

「本社から出向させていた帯刀《たてわき》社長は、この二月の人事異動で本社取締役企画部長に呼び戻すのよ。そのあとはもう、天下りはさせずに、東京ブライダルの社長は内部昇格で、と考えていたの。年齢、経験、キャリアからいったら当然、細野管理課長あたりを考えていたんだけど、彼にはデータ横流しの容疑でやめてもらうようだとしたら、社長の椅子が空席になるのよ」

「はあ。そういうことになりますか」

その人事案件は龍太郎にとっては、初耳だった。何とはなしに、いい知らせが舞い込んできそうな予感がして、胸をどきん、とさせた。

「でも、社長の椅子は空席のままというわけにはゆかないでしょう。NO・1もNO・2もいなくなるとすると、世の中の慣《なら》いとして当然、実力、人望兼備のNO・3が昇格するしかないわよね、そうでしょ？」

「はあ。私にはよくわかりませんが」

「たよりないわね。NO・3が誰だかわからないの」

「はあ。といいますと……」

龍太郎は故意に、口ごもった。

それは、指導課長の出雲龍太郎しかいないことは、誰にでもわかっている。もともとコンピューターによるお見合い企業の結婚情報会社だから、それほど社員が大勢で、会社規模が大きいわけではない。本社には結婚コンサルタントや結婚カウンセラーと称する女性社員が八十五人に、プログラマーやコンピューター要員の事務系男子社員が三十人。これに全国の支社員全部合わせても百五十人未満の規模である。

それを今までだって、ほとんど出雲龍太郎が一人で、取りしきってきたのである。

「何とぼけているのよ。NO・3が内部昇格して取締役社長の座につくとしたら、出雲君、あなたしかいないでしょ」

果敢な実行力で鳴る一部上場企業城東化学のマドンナ会長、若林槇子は今日もその閃きと才腕と決断力をいかんなく発揮しようとしている。

「は。しかし、ぼくはまだ若いですし……」

「若いといっても三十五歳なら、もう文句はないわ。三十代の社長がどんどん誕生しているご時勢よ。それに出雲の神様、出雲龍太郎君なら、ブライダル産業の社長にぴったりよ。あなた、取締役社長になってちょうだい」

「はい。しかし、それは会長が兼務なさいまして、ぼくはとりあえずその代行ということで」

「いけません。代理とか代行とかいうのは、私は嫌いです。出雲君、社長はあなたよ。これはもう命令です」

若林槇子は断固として、そう言った。

査問のために連れ込まれた役員応接室は、一転して思いもよらぬ出世と幸運の辞令発令の場となった。これも龍太郎のタフボーイがマドンナ会長のご機嫌をうるわしくしたせいかもしれない。

人生いたるところチャンスと、ベッドあり。めでたしめでたし。

（この作品『背徳の祝祭』は、平成三年五月、扶桑社から『結婚劇場』として新書判で刊行されたものを改題し、著者が加筆、訂正したものです）

一〇〇字書評

切り取り線

購買動機（新聞、雑誌名を記入するか、あるいは○をつけてください）

□（　　　　　　　　　）の広告を見て	
□（　　　　　　　　　）の書評を見て	
□ 知人のすすめで	□ タイトルに惹かれて
□ カバーがよかったから	□ 内容が面白そうだから
□ 好きな作家だから	□ 好きな分野の本だから

●最近、最も感銘を受けた作品名をお書きください

●あなたのお好きな作家名をお書きください

●その他、ご要望がありましたらお書きください

住所	〒				
氏名		職業		年齢	
Eメール	※携帯には配信できません	新刊情報等のメール配信を希望する・しない			

あなたにお願い

この本の感想を、編集部までお寄せいただけたらありがたく存じます。今後の企画の参考にさせていただきます。Eメールでも結構です。

いただいた「一〇〇字書評」は、新聞・雑誌等に紹介させていただくことがあります。その場合はお礼として特製図書カードを差し上げます。

前ページの原稿用紙に書評をお書きの上、切り取り、左記までお送り下さい。宛先の住所は不要です。

なお、ご記入いただいたお名前、ご住所等は、書評紹介の事前了解、謝礼のお届けのためだけに利用し、そのほかの目的のために利用することはありません。またそのデータを六カ月を超えて保管することもありませんので、ご安心ください。

〒一〇一―八七〇一
祥伝社文庫編集長　加藤　淳
〇三（三二六五）二〇八〇
bunko@shodensha.co.jp

祥伝社文庫

上質のエンターテインメントを！　珠玉のエスプリを！

祥伝社文庫は創刊15周年を迎える2000年を機に、ここに新たな宣言をいたします。いつの世にも変わらない価値観、つまり「豊かな心」「深い知恵」「大きな楽しみ」に満ちた作品を厳選し、次代を拓く書下ろし作品を大胆に起用し、読者の皆様の心に響く文庫を目指します。どうぞご意見、ご希望を編集部までお寄せくださるよう、お願いいたします。

2000年1月1日　　祥伝社文庫編集部

背徳《はいとく》の祝祭《しゆくさい》　長編官能サスペンス

平成8年2月20日　初版第1刷発行
平成19年1月20日　第13刷発行

著　者　南《なん》里《り》征《せい》典《てん》
発行者　深澤健一
発行所　祥《しよう》伝《でん》社《しや》

東京都千代田区神田神保町3-6-5
九段尚学ビル　〒101-8701
☎03(3265)2081(販売部)
☎03(3265)2080(編集部)
☎03(3265)3622(業務部)

印刷所　図書印刷
製本所　図書印刷

ISBN4-396-32491-X C0193

祥伝社のホームページ・http://www.shodensha.co.jp/